KB059215

나르스트
도르도
시파니
린키스
데니
그 자。
후에……
That person.
Later on…
· 미야 카즈토모
NAHAaTO

레간
플로이드
루시엘
닐(애프터)
닐(비포)
티안
That person, Later on… 일러스트 • 미야 카즈토모

# 그 자 후 에 … 09

신혼여행편 (2)

## 줄 거 리 *Sonomono Nochini* stoRy

드디어 와즈는 하렘 멤버들과 이세계 이룸슈타드로 신혼여행을 떠나게 되었다.

일행은 여행하던 도중에 저주받은 대검에 조종을 받는 흑발 미녀 야토파와 만난다. 그 저주를 풀려면 4개의 크리스털의 힘이 필요하다고 한다.

'풍' 크리스털로 저주를 풀고서 그 다음에 '수' 크리스털이 있는 가르도렌으로 향하는 일행.

그러나 느닷없이 야토파의 몸에 이변이 발생하여 와즈 일행에게 대검을 휘두르기 시작한다. 궁지에 몰린 와즈는 세계간 전이로 언데드 닐을 데려와 그 힘을 빌려 어떻게든 야토파를 정화해낸다.

# 등장인물 관계도

## 와즈 하렘

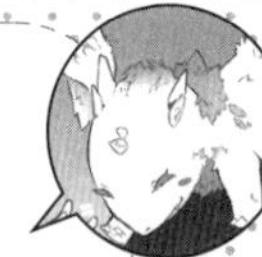

**아리아**

와즈의 소꿉친구

**메아르**

용왕 라그닐의 딸

**카가네**

아마존 상회 회장

**타타**

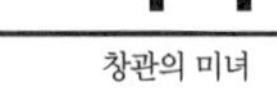

창관의 미녀

**사로나**

아름다운 엘프 전사

**나레리나**

만본도 왕국의 왕녀

**하오스이**

오센의 최강의 용사

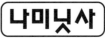

**나미닛사**

만본도 왕국의 왕녀

**마오**

수인국 디즈의 딸

**캐시**

만본도 왕국의 여성 기사

**파파루**

전 이룸슈타드의 마왕

## 여신들

**바다의 여신** | **전쟁의 여신** | **하늘의 여신**

**빛의 여신** | **대지모신**

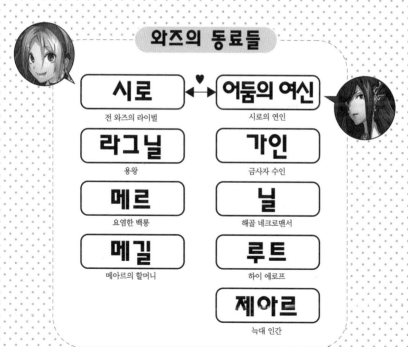

## 와즈의 동료들

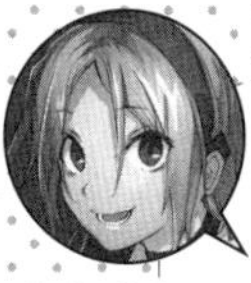

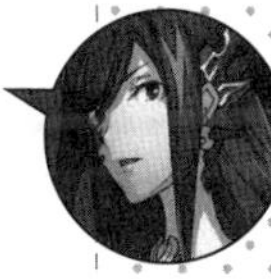

**시로** ♥ **어둠의 여신**

전 와즈의 라이벌

**어둠의 여신**

시로의 연인

**라그닐**

용왕

**가인**

금사자 수인

**메르**

요염한 백룡

**닐**

해골 네크로맨서

**메길**

메아르의 할머니

**루트**

하이 에로프

**제아르**

늑대 인간

그 자。 후 에 …

That person. Later on…

NAHAaTO

# 목 차

# 프롤로그

물의 도시 가르도렌에서 다시 벌어졌던 소란이 가라앉았다. 도시가 안정을 되찾자 우리는 '수' 크리스털이 있는 신전으로 향했다.

야토파 씨의 저주를 풀기 위해서다.

그런데 신전까지 가는 동안에 퍽 고생했다.

부인들과 세리아스 씨와 라비가 '신에게 선택받은 왕녀와 11인의 여전사와 한 마리의 백룡'으로서 물의 도시 가르도렌에서 큰 인기를 끌고 있어서였다.

이미 여러 가게에서 관련 상품들을 팔고 있을 정도로.

지명도가 워낙 높은지라 여기저기에서 불러 세워서 악수나 사인을 요청했다.

그리고 사람들은 나를 보고는 하나같이 저 녀석은 누구야? 하고 의아해했다.

다들 인기가 엄청 많네요~, 하고 쓴웃음을 짓는 야토파 씨와 함께 빈둥거렸다.

……그 쓴웃음이 괴롭다.

물론 더러운 눈으로 부인들을 쳐다보는 놈은 암살……, 즉각 퇴장시켰다.

이룸은 모여드는 사람들을 줄 세운 뒤에 이상한 행동을 하려는 시김은 힘으로 배제시키기도 하고, 악수를 나누는 시간에도 제한을 걸었다. 그런데 그녀의 행동을 볼 때마다 자꾸만 플로이드가 생각나는 이유는 뭘까?

역시 남매구나 싶었다.

신전에 도착하기까지 시간이 걸렸지만, 막상 안으로 들어가니 이야기가 빠르게 진행되었다.

우리 쪽에 신에게 선택받은 왕녀인 라비가 있기에 신관들이 안내를 해줘서 '수' 크리스털이 있는 곳까지 수월하게 도착했다. 그 뒤에는 크리스털 앞에 우리만 있을 수 있도록 잠시 비켜주었다.

이곳에 우리만 있다는 걸 확인한 뒤에 바로 저주를 풀기 시작했다.

야토파 씨의 손을 잡고서 결계를 천천히 지나 안으로 들어갔다. 그러고는 '수' 크리스털 앞까지 유도했다.

"자, 이제는 '풍' 크리스털 때처럼."

"'수' 크리스털을 만지기만 하면 되는 거죠?"

내가 그렇게 하면 된다며 고개를 끄덕이자 야토파 씨도 고개를 끄덕였다.

잡았던 손을 살며시 풀자 야토파 씨는 그 손을 가슴 앞에서 꾹 쥐고서 심호흡을 거듭했다.

마음을 가라앉힌 야토파 씨가 '수' 크리스털에 손을 뻗어 만졌다.

그 순간 '풍' 크리스털 때처럼 변화가 일어났다.

'수' 크리스털의 주변에 작은 물방울들이 여러 개 떠오르더니 하나로 뭉쳐져 크게 불어났다. 그러고는 야토파 씨의 몸을 집어

사켰다.

숨이 막힐까 싶어서 도와주려고 했더니 거대한 물방울 안에 있는 야토파 씨가 내 쪽으로 손바닥을 내보이며 괜찮다고 했다.

거대한 물방울 속에 있는데도 고통스러워하는 기색은 보이지 않았다. 모든 것을 받아들인 것처럼 평온했다.

나는 그대로 가만히 지켜보기로 했다.

잠시 뒤 물방울이 증발하듯이 윗부분부터 사라지기 시작하더니 이윽고 완전히 사라져버렸다. 야토파 씨는 '수' 크리스털에 댔던 손을 서서히 떼고서 숨을 깊이 내뱉었다.

"…………괜찮아?"

"예. 괜찮습니다. '풍' 크리스털 때와 달라서 놀라기는 했지만, 아무 문제없습니다."

"그래. ……저주는?"

"'풍' 크리스털 때는 몸이 가벼워지는 느낌이 들었는데, 이번에는 몸이 안에서부터 정화되는 느낌이 듭니다."

느껴지는 감각이 달라졌을 뿐 아무래도 저주가 가벼워진 건 틀림없는 듯하다.

그 증거로 야토파 씨가 등에 메고 있는 대검의 코등이에 뚫린 세 구멍 중 한 곳에 물색으로 빛나는 돌이 박혀 있었다.

일이 잘 풀린 듯하여 안도의 한숨을 내쉬었다.

"이제 남은 건 '화'와 '토' 크리스털뿐이네."

"예. 잘 부탁드립니다."

야토파 씨가 그렇게 말하며 고개를 숙이자 나도 고개를 숙였다.

저주는 풀었지만, 식량을 비롯한 물자들을 모아야만 하기에 며칠 동안 이곳에 더 머물러야할 것 같다.

# 별장 집사, 휴양을 하다

-1-

저와 티안은 다음 도시로 향하기 위해서 만본도 왕국을 나섰습니다.

만본도 왕국에서는 이엣트 백작님이 자살한 바람에 그 배후에 도사리고 있을 거악(巨惡)에 관한 추가 정보를 얻어내지 못했습니다. 그밖에 수상쩍은 다른 자들도 바로 붙잡아다가 조사를 해봤으나 눈에 띌 만한 성과는 거두지 못했습니다.

자살을 한 이엣트 백작님이 가장 많은 정보를 쥐고 있었겠지요.

그렇기에 자세한 정보를 누설하지 않고자 자살한 듯합니다. 만본도 왕국에서는 더 이상 자세한 정보를 얻을 수 없겠다 싶어서 다른 도시로 가기로 했습니다.

평소였다면 해로(海路)를 통해 온천가 오센으로 갔을 테지만, 정보도 수집할 겸 육로로 나아가기로 했습니다.

목적지는 캐시 님의 고향인 드워프국.

그곳에서 뭐든 좋으니 정보를 얻을 수 있으면 좋으련만…….

지금껏 발각되지 않은 것으로 보아 어려울지도 모르겠습니다.

하지만 희망이란 스스로 거머쥐는 것.

아무 행동도 하지 않는다면 아무 것도 시작할 수 없습니다.

…………그런데 결국 아무 것도 얻어내지 못했습니다.

사신과의 전쟁을 겪으며 교훈을 얻은 드워프들이 하나 같이 무구를 제작하는 데 열중하고 있어서 다른 일에는 전혀 관심을 기울이지 않았습니다.

메길 님이 설교했다고 들었는데 효과가 그다지 없었던 모양이군요.

……그러다가 또 설교를 들어도 전 모릅니다?

'시작강화약(試作强化藥)'을 아는지 물어봤더니 모두 '강해지려고 약에 의지하는 바보 같은 녀석은 여기에 없어!' 하고 대답했습니다.

아무래도 이곳에서는 정보를 더 구할 수 없을 듯하여 다른 곳으로 이동하기로 했습니다.

"……이쪽 세계의 드워프들은 다들 이런 느낌인가요?"

이동하던 도중에 티안이 의아해하며 물었습니다.

"아뇨, 그렇지 않아요. 그 나라의 드워프들이 조금 유별나다고 해야 할까요? 한 분야에 특화되어 그 분야만 연구하고 싶어 하는 드워프들이 모여 살고 있을 뿐이거든요. 이룸슈타드의 드워프들은 어떻습니까?"

"글쎄요. 그런 열의를 빼고는 비슷한 것 같네요."

그렇게 저와 티안은 이쪽 세계와 이룸슈타드에 사는 종족들의 차이를 확인하면서 나아갔습니다.

드워프 왕국에서는 아무런 수확도 거두지 못해서 항구 도시에도 들려봤지만 역시나 허사였습니다.

이대로 있어봤자 소용없기에 온천가 오센이 가깝기도 하니 그

곳에서 잠시 휴양하자고 제안했습니다

"온천 말인가요? 좋네요."

티안의 동의도 구했기에 우리는 온천가 오센을 향해 나아갔습니다.

―2―

온천가 오센으로 향하는 길은 역시나 순탄치 않은 듯합니다.

"헷헷헷, 거기 잠깐만 서보지?"

"여긴 여자나 어린애가 태평하게 걸어 다녀도 되는 길이 아냐."

"맞아, 맞아. 우리 같은 도적들이 납치하여 신나게 즐긴 뒤에 팔아넘길 거니까!"

"엄마~!"

"괜찮단다, 엔젤! 이 엄마가 있으니까!"

나무로 뒤덮은 길가에서 도적들로 보이는 세 남자들이 어린 소녀를 안고 있는 여성을 포위하고 있었습니다.

소녀는 겁을 먹은 표정으로 엄마로 보이는 여성의 옷자락을 꾹 쥐고 있습니다.

……이거 안 되겠군요.

세 도적들은 당장에라도 소녀와 여성을 덮칠 기세입니다

"……플로이드 님."

티안이 험악한 표정으로 세 도적들을 노려보고 있었습니다.

그 눈이 눈앞에 있는 모녀를 구하자고 호소하고 있습니다.

이곳에 와즈 님이 있었다면 반드시 구하러 달려갔을 테지요.

다시 말해 와즈 님의 집사로서 저 역시 못 본 척 지나갈 수 없다는 뜻입니다.

"티안, 내게 맡겨요. 도적 따윈 떼거지로 몰려와도 아무 의미가 없습니다."

"저도 함께 하겠습니다."

"기대하도록 하죠."

티안과 함께 갔습니다.

"잠깐만! 당신들의 악역비도(悪逆非道)를 이 두 눈으로 똑똑히 봤습니다!"

"자! 순순히 오라를 받으십시오!"

우리는 포즈를 취하고서 도적들에게 말했습니다.

"""""…………."""""

도적들이 어리둥절한 표정을 지었습니다.

흐음. 아마도 저와 티안의 위광에 압도당한 모양이군요.

"……저 녀석들, 바본가?"

"……집사와 메이드가 왜 여기에?"

"……어느 쪽이든 상관 없잖냐? 메이드가 제법 반반한데? 집사만 해치우자고. 오늘밤이 기대가 되는걸."

"""그것도 그렇구먼."""

……어라? 압도당한 게 아니었군요?

이상하군요.

이 포즈에 대응할 수 있는 사람은 와즈 님뿐이라고 생각했습니다만…….

[illegible] 옆에 있는 티안이 이성을 잃고 말았습니다.

"……내게 손을 대겠다고? 그것도 모자라서 플로이드 님까지 얕잡아보다니…………. 아무래도 이 세계에서 흔적도 없이 사라지고 싶은 모양이네요."

뭐라고 더듬더듬 중얼거리고 있습니다.

그렇게 작게 중얼거리면 상대방에게 안 들릴 텐데요?

더욱이 마왕의 면모를 내보이고 있습니다.

"티안, 진정해요. 지금 당신은 메이드이니까."

"헉! 실례했습니다."

제가 달래자 티안이 냉정을 되찾았습니다.

그러나 도적들이 엉망진창으로 깨지는 미래는 확정된 거나 마찬가지.

저는 소녀와 엄마를 바라보며 안심시키고자 웃음을 지었습니다.

………….

…………어라? 저 엄마를 어디선가 본 적이 있는 것 같군요.

…………음? 어디였더라?

더욱이 엄마가 소녀를 엔젤이라고 불렀습니다. 그 이름도 어디선가 들은 기억이……. 대체 어디였을까요?

떠올려내고자 곰곰이 생각하고 있으니 도적들이 말했습니다.

"야! 뭘 그리 우두커니 서 있냐!"

"뭐야? 쫄았냐?"

"사정 봐주지 말고 바로 해치우자!"

"앗! 죄송합니다. 잠시 생각할 게 있으니 입 좀 다물어주시겠습니까?"

"플로이드 님이 생각하는 데 방해를 한다면…… 찢어죽일 거예요?"

티안이 웃으면서 마왕의 박력을 내뿜었습니다.

그것만으로도 도적들은 선 채로 굳어버렸습니다.

"이제 생각에 집중할 수 있겠군요. 고맙습니다. 티안."

"아뇨, 개의치 마세요."

목에 생선가시가 걸린 것 같은 기분이니 어서 떠올려내고 싶군요.

그대로 생각에 몰두하려고 할 차에 이번에는 엄마가 먼저 목소리를 높였습니다.

"바로 지금이야! 해치워!"

"아이아이 썰~!"

그 말이 떨어지자마자 수풀 속에서 다섯 남성들이 튀어나와 세 도적들을 흠씬 두들겼습니다.

……처음으로 그럴 작정이었던 듯하니 그건 그렇다 치고. 그런데 방금 나타난 남성들 중 한 사람도 낯이 익습니다.

대체 어디서 만났는지 생각하는 동안에 남성들이 세 도적들을 포박한 뒤 엄마와 손을 맞댔습니다.

"잘 했어!"

"나 참, 도적들 숫자가 줄어드나 싶더니만 요즘에 또 늘어나네."

"아빠, 멋있었어!"

"그치? 사랑스러운 아빠지? 엔젤!"

"응!"

어쩐지 화기애애하군요.

그런데………… 아빠……, 엄마……, 엔젤…….

………….

저는 손뼉을 짝 쳤습니다.

"아아, 생각났습니다. 아빠와 그 동료들이 아이 우유 값을 벌려고 도적질을 나서려던 차에 엄마가 만류한 적이 있었습니다."

제가 거기까지 말하자 엄마와 아빠가 놀란 듯한 표정을 짓더니 제 얼굴을 물끄러미 쳐다봤습니다.

……흐음. 어떻게 하면 이렇게 웃을 수 있는 비결이라도 알고 싶은 건가요?

""아아! 당신은 그때 그 집사!""

아무래도 상대방도 제가 누군지 알아차린 듯하군요.

그리고 우리는 그대로 가볍게 대화를 나눴습니다. 방금 잡힌 세 도적들은 최근에 이 근방에서 행패를 부리고 있다고 합니다. 이대로 놔뒀다가는 도시에까지 피해가 미칠까 싶어서 자발적으로 나섰다고 합니다.

훌륭한 사람으로 개과천선한 듯하여 눈물을 참아내기가 무척이나 힘들었습니다.

티안에게 어떤 일화였는지 간략하게 알려주고서 그들의 배웅을 받으며 우리는 다시 온천가를 향해 나아갔습니다.

그나저나 대화를 나누다가 알게 되었는데 역시나 아이의 이름은 '엔젤'이었군요.

이거 와즈 님께 들려드릴 좋은 이야기 선물이 생겼습니다.

-3-

그 뒤로 딱히 거론할 만한 일들은 벌어지지 않았습니다. 우리는 드디어 온천가 오센에 도착했습니다.

"여기가 그곳인가요? 말씀하신 대로 거리 여기저기에서 김이 피어오르고 있어요. 게다가 기분 탓인지 따뜻한 것 같은 기분도 들고요."

"그렇군요. 이 동네에 솟아난 여러 온천들이 공기를 데워서 기온이 높은 거겠지요. 그리고 지열(地熱)과도 관계가 있을지도 모릅니다. ……그나저나 혹시 온천이 처음입니까?"

"……부끄럽네요. 이룸슈타드에도 온천이 있을 것 같지만 지금껏 이용할 기회가 없어서."

"그렇습니까? 그럼 온천을 마음껏 즐기면서 몸을 쉬도록 하지요."

"예."

티안과 함께 온천가 안으로 들어갔습니다.

우선은 여독을 풀고자 온천에 들어가기로 했습니다. 그러나 티안이 처음이라고 하니 우선은 잘 아는 사람에게서 이용법이나 예절 등을 익히기로 했습니다.

이곳은 온천가이니 그런 걸 알려줄 사람이 반드시 있겠지요.

다만 한 가지 아쉬운 점을 꼽자면 온천가의 영주인 세레나 님이 현재 남편인 그레이브 님 곁에 있습니다. 그러니 현재 잘 아는 지인이 없다고 할 수 있겠군요.

그렇게 생각하는 동안에 티안이 교육을 다 마쳤습니다. 우리는 적당한 여관을 잡은 뒤 곧바로 온천으로 향했습니다.

이 온천가는 남탕구, 여탕구, 혼욕구, 세 구역으로 나뉘어 있습니다. 저는 남탕구로, 티안은 여탕구로 갈라져야만 합니다.

그런데 그전에 티안이 제 옷을 쥐고서 무언가 할 말이 있는 것 같은 시선으로 쳐다봤습니다.

이런, 이런. 하는 수 없군요.

"그럼 티안. 이따가 만나도록 하지요."

"……예."

"미리 말해두겠는데 엿보기는 범죄입니다. 남탕구로 돌입하는 것도 자제해주세요."

"…………."

혹시 몰라서 당부하자 티안이 조금 퉁명스러운 표정을 지었습니다.

역시나 그럴 마음을 먹고 있었던 모양이군요.

"잘 들어요. 이곳은 엿보기 방지 설비가 완비되어 있습니다. 더욱이 단순히 경고하는 수준이 아닌 제재하는 수준으로요. 하지만 마왕의 힘이라면 무사히 돌파할 수 있을지도 모르겠군요. 그래도 그런 행동은 삼가도록 하세요."

"어째서 안 되는 건가요? 전 플로이드 님과 함께 온천에 들어가고 싶어요."

“조신하게 행동하라는 말입니다. 게다가 혼욕구에는 저 말고도 다른 남성들도 있습니다. 전 티안의 맨살을 남한테 내보이는 취미는 없답니다.”

“……알겠습니다. 그러네요. 제 맨살을 봐도 되는 사람은 오직 플로이드 님 뿐. 그럼 그 맨살을 언제든 보여드릴 수 있도록 말끔히 닦고 오겠습니다.”

제 대답에 만족했는지 티안이 미소를 지으며 여탕구 쪽으로 걸어갔습니다.

그 뒷모습을 지켜본 뒤에 전 남탕구 쪽으로 발걸음을 옮겼습니다.

“휴우~…….”

숨을 길게 내뱉으면서 서서히 몸을 어깨까지 온천물에 담급니다.

따뜻한 온천물이 온몸에 스며드니 몸과 마음이 치유되는 듯한 기분이 들었습니다.

역시 온천은 좋군요.

더욱이 이곳에서 보이는 풍경도 근사합니다.

푸릇푸릇한 나무들을 보니 자연의 힘을 느낄 수가 있습니다.

주위에는 부자 사이인지 서로 몸을 씻겨주는 남성과 소년, 아직 대낮인데도 온천욕을 즐기면서 술을 마시는 초로의 남성도 있었습니다.

“……평화롭구나~.”

느긋하게 흘러가는 분위기에 젖어들어 그렇게 생각했습니다.

손을 모아 손가락 사이로 물을 뷰웃! 뷰웃! 하고 뿜어내는 놀이를 하면서 마음의 피로를 풀었습니다.

따뜻한 온천물에 몸을 담그고 있으니 세상만사가 어떻게 돌아가든 상관없겠구나 싶었습니다.

모두가 알몸이 되어 이렇듯 온천물 속에서 서로를 마주볼 수 있다면 이 세계는 좀 더 평화로워지지 않을까, 하는 생각이 드는군요.

그나저나 지금쯤 와즈 님은 무얼 하고 계실까요?

부인들의 활약만이 눈에 띄어서 와즈 님의 활약을 아무도 알아주지 않아 슬퍼하는 나날을 보내고 계시는 건 아니겠지요?

뭐, 이룸도 곁에 있으니 괜찮을 것 같지만.

와즈 님이 언제든지 부탁할 수 있도록 원기를 채워둬야만 합니다.

"으음~…… 으음~……."

몸을 풀듯이 사지를 쭉 펴고서 휴우~, 하고 숨을 내뱉었습니다.

슬슬 밥도 먹고 싶고, 티안도 밖에서 기다리고 있을지도 모릅니다.

…………….

……………흐음. 일단 백을 센 뒤에 나가도록 할까요.

백……, 구십구……, 구십팔…………….

온천에서 나온 저는 아까 전에 잡아둔 여관으로 돌아가 객실로 향했습니다.

객실 안을 둘러보니 아무래도 티안은 아직 돌아오지 않은 듯하군요.

객실 안에 비치된 다기로 차를 끓여 마시면서 기다리기로 했습니다.

창가에 놓인 의자에 앉아 거리 풍경을 멍하니 바라보고 있으니 소란스러운 광경이 시야 한구석에 들어왔습니다.

사람들이 터준 길을 유유히 걷는 인물이 있었습니다.

……티안입니다.

마왕의 박력을 내뿜고 있는 것도 아닌데 티안 앞에 있는 사람들이 그 모습을 보자마자 길을 양보해주고 있습니다.

대체 무슨 일일까요?

마치 온천욕을 마친 티안의 아름다움에 매료된 것처럼 보입니다.

그대로 그 광경을 바라보고 있으니 티안이 저를 알아봤습니다.

"플로이드 님~!"

티안이 활짝 웃으며 여관 안으로 뛰어들었습니다.

그 주변에 있던 사람들이 이쪽으로 시선을 돌리자 저는 평소처럼 웃어주었습니다.

창가에서 나와 티안을 맞이하러 갔습니다.

이쪽으로 달려오는 발소리가 귀에 들리더니 객실 앞에서 멈췄습니다. 그녀가 심호흡을 한 번 한 뒤에 문을 열었습니다.

"지금 돌아왔습니다. 플로이드 님!"

"어서 와요. 티안."

우리는 서로를 보며 웃었습니다. 그런데 티안이 여기까지 뛰어오느라 땀을 살짝 흘리고 있습니다. 객실 안으로 들인 뒤 수건을 꺼내 닦아주었습니다.

"조금 얌전하게 행동하도록 해요. 살짝이긴 하지만 땀이 날 만큼 뛰지 않더라도 난 아무 데도 도망치거나 숨지 않아요."

"알고는 있지만, 플로이드 님의 모습을 보면 자연스레 뛰게 돼요."

"그렇다면 하는 수 없군요."

티안이 흘린 땀을 부드럽게 닦아준 뒤 식당으로 가서 맛있는 요리를 만끽하고 있으니 티안이 무슨 생각이 떠올랐는지 손뼉을 쳤습니다.

"맞아요! 중대한 사실을 전해드린다는 걸 깜빡했습니다!"

"중대한 사실 말인가요?"

"예. 온천에 들어가면서 다른 여성분한테서 들었는데요. 최근에 새롭게 가족 욕탕이 만들어졌다고 해요!"

"가족 욕탕 말입니까?"

음? 글자 뜻을 생각해보면 가족……, 가족…….

그렇군요. 커다란 아빠 욕탕과 중간 크기의 엄마 욕탕, 그리고 자그마한 아기 욕탕이 모두 갖춰져 있는 곳을 말하는 거군요.

혼자서 고개를 끄덕이고 있으니 티안이 의심하는 눈으로 쳐다봤습니다.

"……아마, 아닐 거예요."

티안이 고개를 갸웃거리며 말했습니다.

……독심술?

아뇨, 티안에게 그런 능력은 없다고 생각합니다만…….

…………….

그렇군요. 이게 바로 와즈 님이 자주 말씀하시던 마음이 읽혔다는 현상이로군요.

설마 제가 같은 체험을 하게 될 줄이야…….

주인과 집사 사이에 얽혀 있는 단단한 인연의 끈을 실감했습니다.

"플로이드 님, 잘 들으세요. 가족 욕탕이란 가족만 들어갈 수 있는 욕탕을 말하는 거예요. 예약제라서 입욕할 때 다른 분들은 절대로 들어갈 수 없어요. 다시 말해 저와 플로이드 님이 그 욕탕에서 함께 온천욕을 즐길 수 있다는 뜻이에요!"

티안이 눈빛을 반짝이며 말했습니다.

과연. 그런 욕탕이었군요.

아니, 아니, 전 진즉에 알고 있었어요.

그저 어느 분의 아이디어일까? 하고 생각했을 뿐이니.

……………아마도 카가네 님의 생각일 겁니다.

이곳에 깔려 있는 방범 설비는 카가네 님이 고안했으니 영향력도 있을 테지요.

그리고 틀림없이 와즈 님과 함께 입욕하기 위해서 그런 욕탕을 만들었을 테고요.

"……그렇군요. 무슨 말을 하고 싶은지는 알겠습니다. 하지만 주인보다 먼저 들어가는 건 집사로서 불경스러운 짓이 아닐까 싶습니다만?"

"플로이드 님이라면 그렇게 말씀하실 줄 알았습니다. 하지만 그건 생각하기 나름이 아닐까요?"

"생각하기 나름?"

"예. 먼저 체험해보면 주인님께 체험담을 전해드릴 수가 있어요."

"……그 마음은?"

"플로이드 님과 함께 욕탕에!"

티안이 흠! 하고 의욕을 내보이자 쓴웃음이 절로 지어졌습니다.

"솔직한 분이로군요. 호감이 갑니다."

"고맙습니다."

티안이 뺨을 붉게 물들였습니다.

더욱이 티안의 말이 맞습니다.

먼저 체험해둔다면 와즈 님께 설명을 드리기도 쉬울 테죠.

저는 웃으며 티안에게 말했습니다.

"그럼 그 가족 욕탕으로 가도록 할까요?"

"예!"

"우선 예약부터 해야겠군요."

"문제없습니다! 벌써 예약해뒀습니다!"

행동이 빠르군요.

그 뒤로 저는 티안과 함께 온천가에서 느긋하게 지냈습니다.

…………….

……음? 뭔가 목적이 있었던 것 같습니다만…………, 뭐, 상관

없겠지요.

# 제1장 동행자가 늘었습니다

식량 등을 구입하기 위해서 물의 도시 가르도렌에 체류하고 있다.

그 동안에 밖으로 나가면 주변이 소란스러워지는 라비와 루시엘 씨의 피난처로 비공정 내 빈 방을 쓰기로 했다.

이룸이 창조신으로서 전면에 나서면 이렇게 되는구나…….

음음.

밖으로 나가면 소란스러워지는 건 부인들과 세리아스 씨도 마찬가지라서 주로 내가 비공정 승조원들을 데리고서 여러 물건들을 구입했다.

……뭐…… 아무도 나를 주목하지 않으니까.

물품 구입도 여유롭다.

"라비가 비공정 밖으로 나가면 큰 소동이 벌어질 테니 제가 와즈 님을 돕도록 하겠습니다. 절 마음대로 부리도록 하세요. 비공정을 쓰게 해준 답례로."

"치, 치사해! 루시엘."

루시엘 씨가 그렇게 말해줘서 감사한 마음으로 거들도록 허락했다.

그런데 라비가 왜 통명스러운 표정을 지은 거지?

"문제없습니다. 메이드인 제게 맡겨주세요."

"……하, 하아."

뭐, 상관없나.

그리하여 루시엘 씨에게서 여러 번 도움을 받았다.

좋은 가게를 소개해주기도 하고, 흥정을 해서 가격을 깎기도 하는 등 큰 도움이 됐다.

다만 워낙 물량이 많은지라 역시나 곧바로 마련하기는 어렵단다.

그래서 물량이 확보되는 대로 가지러 가기로 했다.

양이 꽤 많아서 주로 내가 옮겼다. 메아르가 함께 있었다면 시공간 마법 안에 수납했을 텐데…….

그 메아르는 비공정에서 필요한 자재들을 받으러 돌아다니고 있다.

식량 못지않게 양이 대량이고, 또 무게도 더 무거우니 어쩔 수 없다.

시간이 조금 지나자 부인들이 다함께 행동하면 주민들에게 들키지만, 두어 명 정도만 함께 행동한다면 들키지 않는다는 걸 깨달았다.

열혈 팬에게는 발각되는 모양이지만.

그래도 일을 분담하면 괜찮다는 걸 알았기에 그러기로 했다.

모처럼 신혼여행을 왔는데 부인들과 따로 행동하는 건 적적하다. 함께 다닐 수 있어서 기쁘다.

그래서 소수 인원끼리 외출을 거듭했는데, 이번만큼은 일종의 긴장감이 흘렀다.

"오늘 아침 대련은 그때 그 주먹이 들어갔더라면 내가 이겼어!"

"……하지만 안 들어갔어. 그러니 내 승리."

"끄으응……. 하지만 미래가 보였다. 다음 대련은 내가 이긴다!"

"……그것도 무리. 난 아직도 제 실력을 내보이지 않았으니까."

"나도 아직 제 실력을 다 보인 게 아냐."

하오스이와 파파루가 말싸움을 벌이고 있다.

아니, 그건 딱히 상관없지만 하오스이가 내 왼팔을, 파파루가 내 오른팔을 쥐고 있어서 사이에 끼어있는 형국이었다.

언제 본격적인 싸움이 벌어질지 조마조마하지만, 이런 일은 일상다반사다.

오히려 현재 하오스이와 파파루의 사이는 양호한 편이다.

하오스이가 파파루를 이기게 된 뒤로 파파루는 당면 목표를 내가 아닌 하오스이로 바꿨다.

그 덕분인지 모르겠지만, 파파루는 전투 의욕 대부분을 하오스이에게 쏟아내면서 쓸데없이 싸움을 걸지 않게 되었다.

그렇다면 하오스이가 민폐라고 여기지 않을까, 하고 생각할 수도 있겠지만, 꼭 그렇지도 않다.

하오스이는 자신과 힘이 비슷한 파파루와 절차탁마한다면 더욱 강해질 수 있을 거라며 환영했다.

"뭐, 일단 진정하도록 할까? 지금은 물건을 구입하는 시간이니까."

"……알겠어."

“하는 수 없지. 하오스이와는 언제든지 싸울 수 있으니 지금은 임자와의 외출을 즐겨야지.”

나는 쓴웃음을 지으면서 하오스이, 파파루와 함께 상점으로 향했다.

느긋하게 걷고 있으니 머리 위에서 살기가 느껴져 뒤로 조금 물러났다.

물론 하오스이와 파파루도 비슷한 느낌을 느꼈는지 똑같이 행동했다.

이내 어떤 3인조가 우리가 있었던 위치에 검을 휘두르며 등장했다.

우리가 피했다는 걸 안 3인조는 제각기 우리를 향해 검을 겨누었다.

아무래도 확실히 우리를 노리고 있는 듯하다.

“““듣던 것보다 더 실력이 있는 것 같군.”””

3인조가 입을 모아 그렇게 말했다. 그런데 우리를 아는 듯한 말투다.

그럼 자연스럽게 저들이 누구냐는 문제로 넘어가게 되는데, 짐작이 가지 않는다.

더욱이 우리를 습격한 3인조는 모두 머리가 길고, 머리 색깔이 청자색인데다가 얼굴까지 똑같이 생겼다.

……삼둥이?

“아무래도 사람을 잘 못 본 것 같지는 않고, 대체 누구지?”

“……글쎄. 흥미 없어. 적이라면 밟아줄 뿐.”

"맞는 말이다."

하오스이와 파파루가 호전적으로 웃었다. 주위에 있던 사람들이 싸움이 벌어지리라 감지했는지 달아나려다가 문득 발걸음을 멈췄다.

그들은 그대로 이쪽을 쳐다보며 하오스이와 파파루를 가리켰다.

…………

…………이제 들켰네.

나는 이 뒤에 어떤 전개가 펼쳐질지 짐작했다.

"여전사님이다! 여전사님 둘이 습격을 받았다!"

"뭐라고! 대체 어떤 녀석이!"

"……그나저나 두 여전사님과 팔짱을 끼고 있는 저 남자는 대체 누구야? 얼굴은 시원찮은데 말이야."

좋아. 마지막에 말한 녀석, 썩 앞으로 나와!

……아니, 이 정도면 자랑할 만하잖아?

순식간에 구경꾼들이 우리와 3인조를 에워싸듯이 모여들었다.

하오스이와 파파루는 팔짱을 결코 풀지 않았다. 그러나 모여든 사람들에게 손을 흔들었다.

……아주 신이 났네.

모여든 사람들도 손을 흔들어주었지만 다가오지는 않았다.

3인조가 뿜어내는 살기에 압도당한 듯하다.

그 3인조를 다시 쳐다보니 대담하게 웃고 있었다.

……일단은 말을 걸어보자.

"저기, 하나 물어봐도 됩니까?"

""""뭐야?""""

"습격을 받아야하는 이유를 잘 모르겠는데, 당신들을 대체 누구십니까?"

""""우린 네놈들이 박살낸 '흑조의 갈퀴발톱'의 상부 조직인 '영원의 영광' 소속으로 케르베로스라 불린다. 우리 업계는 한 번 얕잡아 보이면 끝장이야. 그 앙갚음을 해주마!""""

세 사람이 그렇게 말하고서 어떤 포즈를 취했다.

…………'흑조의 갈퀴발톱'과 '영원의 영광'?

음, 최근에 그런 이름을 들은 것 같은데…….

하오스이와 파파루 쪽을 보니 고개를 갸웃거리고 있었다.

아무래도 두 사람도 기억이 나질 않는 듯하다.

바로 그때 떠올랐다.

분명 하오스이와 파파루에게서 흠씬 얻어맞은 뒤 내가 대국 가리스로 보냈던 도적단의 이름이 '흑조의 갈퀴발톱'이었다. 그리고 그 상부 조직이 '영원의 영광'이었……지?

그렇다면 대국 가리스에서 도망쳤다는 '흑조의 갈퀴발톱'의 두목에게서 우리 이야기를 들었겠지.

하오스이와 파파루에게 그 이야기를 하자 또다시 고개를 갸웃거렸다.

"……기억 안나?"

""강하지 않은 녀석은 좀.""

아무래도 눈곱만큼도 기억나지 않는 듯하다.

"아니, 아니, 아니, 아니, 잠깐만. 그 녀석들이잖아? 떠올려봐!

지난번에 용사 근처 숲에서 습격해온 도적단."

"……그건 기억나."

"하지만 그 두목은 기억나지 않는다."

왜 그 부분이 빠져 있는 거야?

아니, 아니, 하오스이와 파파루가 초장에 두목을 날려준 덕분에 쉽게 쓰러뜨렸다고 들었는데?

""""……저기~.""""

"죄송한데요. 잠시 대화를 나누는 중이니 조용히 좀 해줄래요?"

""""앗, 예.""""

3인조가 시끄러워서 살짝 힘을 실어서 노려봤다.

하오스이와 파파루를 쳐다보니 곤혹스러워하며 웃고 있었다.

"그런 건 좋지 않아. 아무리 약하다고 해도 한 번 싸웠던 사람을 기억해두지 않으면 상대방한테 실례잖아?"

"……서방님은 기억해?"

"아니, 전혀."

"설득력이 없네."

"그건 미안합니다."

틀렸다. 논파되었다.

하지만 그때 나는 그 도적단을 보내기만 했고 실제로 싸우지는 않았으니 어떻게 안 될까?

실제로 '흑조의 갈퀴발톱'이라는 이름은 기억이 나지만, 그 두목의 이름은 떠오르지 않는다.

그래도 이렇게 '영원의 영광'에 소속된 사람들이 왔으니………,

아아!

맞다. 이곳에 아는 사람이 있으니 그쪽에 물어보면 되는 거야.

"죄송합니다~. 잠깐 괜찮을까요?"

""""어? 이제 말해도 돼?""""

"예. 그런데 물어보고 싶은 게 있는데 '흑조의 갈퀴발톱'의 두목 이름이 뭐였죠?"

""""……예? 아니, 아니, 너희들이 해치웠잖아?""""

"아아……, 그랬……겠죠?"

""""왜 의문형? 다시 말해 기억이 나질 않는다는 뜻?""""

"아뇨……, 저기…………. 도적단은 기억이 나요. 그런데 저기…… 개개인의 이름까지는……. 저기요? 알죠?"

무슨 영문인지 3인조가 바보 같아서 도저히 상대를 못해주겠네, 하고 말하는 듯한 표정을 지었다.

아니, 그보다 3명이 한꺼번에 말을 해대서 응답하기가 좀 곤혹스러운데.

""""……톳도야.""""

"어?"

""""그, 러, 니, 까 '흑조의 갈퀴발톱'의 두목 이름이 톳도라고.""""

…………그렇구나. 역시 모르겠다. 전혀 기억이 나질 않는다.

역시 직접 싸우지 않아서 그런 거겠지.

그렇다면 직접 싸웠다면 기억을 했을까? 하고 묻는다면 역시나 대답할 자신이 없다. 그러나 직접 싸웠던 하오스이와 파파루라면 이름을 듣고 그자가 누군지 떠올렸을 것이다.

그렇게 생각하고 기대를 품고서 그쪽으로 시선을 돌렸다.

"""……."""

또 고개를 갸웃거렸다.

이래도 안 되는 거냐~.

나와 3인조는 머리를 싸쥐었다.

"""이제 됐어! 당장 끝장을 내주마! 죽어!"""

3인조가 좌우로 나뉘어 덮쳤다.

인내심에 한계가 온 것 같은데, 조금만 더 참아줬으면 한다.

곧바로 대비 태세를 취하려다가 깨달았다.

지금 내 두 팔에 하오스이와 파파루가 팔짱을 끼고 있다는 것을.

앗! 망했다! 하고 생각하는 사이에 3인조가 코앞에까지 육박했다.

"……성가셔."

"골똘히 생각하는 중인데."

하오스이와 파파루는 한가한 손으로 육박해온 3인조를 한꺼번에 때려서 날려버렸다.

3인조는 그대로 땅바닥을 여러 번 구르다가 기세가 누그러들자 바닥에서 일어서려고 했다.

""""크…….""""

아직 의식이 남아 있는 듯하다.

그러나 이제 싸울 의지는 없겠지.

"이 자식들! 이 도시에 강림하신 여전사들한테 손을 대려고 하다니!"

"대체 어디에서 온 것들이야! 오오!"

"이 도시 안에서 여전사들한테 손을 대고도 무사할 성 싶으냐!"

모여든 사람들 중에서 성격이 험악한 사람들이 3인조를 흠씬 패기 시작했다.

…………….

……………뭐, 상관없나.

'영원의 영광'은 정예들만 모여 있다고 들었지만, 하오스이와 파파루의 주먹을 한 방 얻어맞으면 죄다 저런 꼴이 되지.

주변 사람들에게 위병을 불러달라고 부탁할까 생각했지만, 그 틈에 저들이 도망치기라도 하면 훗날 귀찮은 일이 벌어지겠지. 그래서 하오스이와 파파루에게 3인조를 패고 있는 사람들을 만류해달라고 부탁한 뒤에 '완전 신격화'를 발동하여 3인조의 힘을 봉하고서 대국 가리스에 있는 루마루프 앞으로 '전송'시켰다.

우리는 모여 있는 사람들에게서 환호성을 들으면서 그곳을 떠났다. 하오스이와 파파루는 끝내 톳도라는 인물을 떠올려내지 못했다.

이튿날, 라비와 루시엘 씨가 하오스이와 파파루를 대동하고서 할 이야기가 있다며 찾아왔다.

나란히 서 있는 나, 하오스이, 파파루와 대치하듯이 서 있는 라비와 루시엘 씨가 미소를 지었다.

"와즈 님, 하오스이 님, 파파루 님. 실은 어제 신전으로 도움을 요청하러 온 자들이 있었습니다."

"오호, 무슨 용건으로?"

무슨 일이 있었나?

또 가짜 왕가 사람이 나타났다거나?

"예. 길거리에 난동을 부리려는 자들이 나타났다고 하더군요. 갑자기 나타난 남성 3인조가 남녀 3인조를 습격하려고 해서 주변에 있던 사람들 중 하나가 신전으로 보고를 하러 왔습니다. 그래서 위병들을 대동하고서 그곳에 가봤더니 아무도 없더군요. 그런데 약간이긴 하지만 싸웠던 흔적이 남아 있는 것으로 보아 거짓말은 아닌 것 같아요."

""""…………."

그 이야기를 듣고서 우리는 무슨 영문인지 식은땀이 멈추질 않았다.

라비와 루시엘 씨가 미소를 짓고 있었지만, 어쩐지 압박감이 느껴졌다.

……이게 왕가 사람인가?

우리가 그 싸움의 당사자라고 여기고 있다……. 아니, 아마 확신하고 있는 듯하다.

뭐, 실제로 그렇기도 하고.

루시엘 씨가 뒤이어서 말했다.

"착각하지 말아줬으면 좋겠는데, 습격 받은 쪽을 나무랄 생각은 전혀 없습니다. 어쨌든 피해자나 마찬가지니까. 하지만 라비는 왕가 사람이라는 입장이 있어서 무슨 일이 벌어진다면 보고를 해야만 합니다. '수' 크리스털이 보관된 물의 도시 가르도렌에서 벌어진 사건이니 만에 하나라도 어떤 위협의 징조라면 간과할 수 없으니까요."

"어, 음……."

""예. 왜 그러죠? 와즈 님.""

라비와 루시엘 씨가 굉장히 환하게 웃고 있다.

……어쩐지 눈부시다.

"아무 말도 하지 않아서 죄송합니다!"

"……미안합니다."

"어? 사과하는 편이 낫나? ……미안."

내가 고개를 숙이며 사과하자 뒤이어서 하오스이와 파파루도 고개를 굽실거리며 사과했다.

곰곰이 생각해보니 도적들은 대체로 도시 밖에서 맞닥뜨린다.

도시 안에서 그런 일이 벌어졌으니 그야 불안해할 만도 하겠지. 미처 그 생각을 하지 못했다.

더욱이 아무런 정보도 없는 상태라면 더더욱…………. 반성.

나는 라비와 루시엘 씨에게 어제 벌어졌던 일과 함께 도적단 '영원의 영광'이 우리를 노리고 있음을 알려주었다.

이야기를 다 듣고서 라비가 이제야 상황을 알겠다며 고개를 끄덕였다.

"……사정은 알겠습니다. 그나저나 그 '영원의 영광'이 노리고 있을 줄이야."

"앗, 역시 유명한 도적단이었구나."

"예. 이룸슈타드에서 가장 널리 알려진 도적단입니다. 저를 사칭하는 자가 있었듯이 예전에는 너무 유명해서 그들의 이름을 멋내로 사칭하고 다니는 자도 있었습니다만, 진짜 '영원의 영광'이 그런 자들을 모조리 죽였습니다. ……아니, 처참하게 처형했다고 해야 맞겠죠."

라비가 거기까지 말하고는 의아해하며 고개를 갸웃거렸다.

뭔가 걸리는 부분이라도 있나?

"왜 그래?"

"……아뇨, 뭐라고 해야 좋을는지……. 처음에 '영원의 영광'의 이야기를 들었을 때는 무섭다고 느끼기는 했지만, 지금은 와즈님 일행과 적대한 시점에서 그들의 속셈이 좌절되었구나, 하고 생각하니 어쩐지 조금 가엾다고 해야 할지…………. 죄송합니다. 표현을 잘 못하겠어요."

"아, 뭐, 신경 쓰지 마. 무슨 말을 하고 싶은지는 알겠으니까."

아마도 라비는 우리가 곁에 있어서 안심하고 있는 거겠지.

그러니 설령 두려운 상대일지라도 괜찮을 거라고 여기고 있을 것이다.

우리를 믿고 있구나. 음음.

그렇게 생각하도록 하자.

그리고 어제 일은 라비가 잘 처리해주었다고 한다. 나, 하오스이, 파파루는 잘 부탁한다며 다시금 고개를 숙였다.

–2–

그로부터 며칠 동안 특별한 문제는 벌어지지 않았다. 순조롭게 출발 준비를 해나갔다.

이쪽이 출발 준비를 하고 있다는 건 다른 쪽도 준비를 하고 있다는 소리다.

"이쪽은 준비가 다 됐다."

"………… ."

비공정 내부 개인실에 있는 내 앞에는 호화로운 망토를 두른 해골과 여성복을 입은 해골들이 있었다.

얼마 전에 나를 도와줬던 닐과 그 하렘 해골들을 방으로 부른 것이다.

도와준 보답으로 이룸슈타드를 여행할 수 있도록 돕겠다고 말하기는 했다.

분명 그렇게 말하긴 했지만…….

"잠깐만. 준비가 다 됐다고?"

"으음. 완벽해."

"대체 어디가! 해골 모습 그대로잖아! 그런 모습으로 갈 거야? 그대로 갈 작정이야?"

"그럴 작정인데……. 이상한가?"

"이상하지! 완전 이상하지! 저기, 평범하게 생각해! 한 번 생각해보라고! 해골로 다니다가 습격을 받고 싶은 거야? 틀림없이 사람들이 마물이라 착각해서 습격할 거야! 그리고 그대로 갔다가는 어떤 도시에도 못 들어갈 걸?"

"으음…… 그런가?"

닐이 신음하자 하렘 해골 멤버들이 쓴웃음을 지은 것처럼 보였다.

오히려 왜 괜찮을 거라고 여겼는지 알고 싶다.

한 가지 확실하게 말할 수 있는 것은 이대로 가서는 안 된다는 것이다.

……어떻게든 해야만.

그래서 어떻게든 하려고 부른다.

"이루……."

"부르셨습니까?"

이름을 다 말하기도 전에 이룸이 내 옆에 대기하고 있었다.

이제 행동 방식이 어디 사는 집사와 판박이긴 한데, 이럴 때는 고맙긴 하다.

"도움을 주신 닐 님과 그 하렘 멤버 분들의 모습을 어떻게든 하면 되는 거죠?"

눈치가 빠르다는 것 역시 어디 사는 집사와 아주 판박이긴 한데, 대단히 요긴하다.

내가 그렇다고 고개를 끄덕이자 이룸은 뭐라 중얼거리고는 닐 일행에게 마법을 날렸다.

닐 일행이 반짝이는 빛에 휩싸였다. 그 빛이 사라지자 그 자리에 평범한 사람들이 서 있었다.

아니, 정확하게 말하자면 아니다.

전혀 평범하지 않다.

늘씬한 체형에 척 봐도 알 수 있을 만큼 고급스러운 옷과 호화로운 망토를 두른, 잘 생긴 중년 남성과 그 중년 남성 곁에 서 있

는 미녀들.

…………설마.

"오오, 내 뼈에 살이 붙어 있는 모습을 보게 될 줄이야……. 정겹구먼."

중년 남성이 기뻐하며 목소리를 높이자 미녀들도 정겨운 눈으로 자신의 몸을 보고 있다.

아무리 생각해도 닐 일행이 틀림없다.

"……이룸, 설명을."

"알겠습니다. 표면적이긴 하지만 닐 님 일행의 모습을 사람처럼 보이도록 했습니다. 접촉하더라도 사람처럼 느껴지도록 조치해뒀으니 자세히 살펴보지 않는 한 괜찮을 거예요."

그렇다고 한다.

뭐, 얼핏 보기만 했지만, 별 문제는 없겠지.

닐 일행도 만족하고 있다.

라비에게 만들어달라고 부탁한, 그앗도크아 왕가가 신분을 증명하는 카드를 넘겨주었다.

도와준 보답이라면서 라비가 이 건을 흔쾌히 수락해주었다.

당분간 쓸 돈도 건네주었다.

그 돈이 다 떨어지면 알아서 벌겠지.

그만한 능력은 있을 테고.

"그럼 조심해. 이쪽 세계에 민폐를 끼치지 마. 돌아가고 싶어지면 날 부르고."

"으음. 신세를 졌군. 곤란한 일이 또 벌어진다면 돕도록 하지.

그럼 이만."

나는 닐 일행과 함께 비공정을 나가 그들을 배웅했다.

즐거운 여행이 되길 빌었다.

우리 쪽도 여행을 떠날 준비를 해나갔다. 물론 그 동안에 부인들을 단련시키는 것을 소홀히 하지 않았다. 데이트와 기념품을 사는 것도 잊지 않았다.

그 무렵에는 도시 복구도 어느 정도 끝마친 상태였다. 미리 계획했던 대로 반란을 일으켰던 자들을 메길 씨와 라그닐이 있는 용산으로 보내두었다.

근성을 철저하게 뜯어고쳐달라는 말과 함께.

그리고 물의 도시 가르도렌의 특산품은 황당하게도 '물'이다.

……아니, 처음에는 이건 아니라고 생각하긴 했지만, 정말로 맛있고…… 평범한 물이라서.

라비의 이야기에 따르면 '수' 크리스털이 있는 도시라서 그런지 주변 수질이 최고 수준이라고 한다.

……물이 저절로 정화되는 건가?

또한 그 물 덕분인지 요리 대부분이 맛있었다. 역시 크리스털이네요, 하는 말밖에 나오지 않는다.

……깊이 따지면 안 되겠지.

그런데 크리스털의 힘을 그런 식으로 써도 되나?

……뭐, 창조신인 이룸조차도 아무 말도 하지 않고, 또 맛있으니 어쩔 수 없지, 어쩔 수 없어.

그래서 물을 50병쯤 구입하고서 선물용으로 보관해뒀다.

그 뒤로 며칠이 또 지났다. 드디어 식량과 비공정을 유지하는 데 필요한 부품들을 전부 확보하였다. 우리는 여행을 떠날 날짜를 정했다.

이곳에서 신세를 졌던 사람은 라비와 루시엘 씨밖에 없어서 그 두 사람에게 날짜를 알려주었다.

여행을 떠나기 전날, 비공정 내 개인실에서 부인들과 함께 느긋하게 지내고 있으니 라비와 루시엘 씨가 나타나 할 이야기가 있다며 맞은편 소파에 앉았다.

"그래서 무슨 용건인지?"

"예. 실은…… 와즈 님과 부인 분들의 여행에 저와 루시엘도 동행하면 안 될까요?"

"좋아요."

"그렇겠죠. 뻔뻔한 부탁이라는 걸 알지만…………, 예?"

라비가 어리둥절한 표정을 지었다.

어라? 내가 뭐 이상한 말을 했나?

부인들 쪽으로 시선을 돌려보니 괜찮다, 문제없다며 고개를 끄덕여주었다.

그치? 문제없지?

"으음…… 정말로 괜찮나요?"

"응. 부인들도 문제없다며 고개를 끄덕여줬어. 게다가 세리아스 씨, 이룸, 야토파 씨도 있고, 또 비공정을 운행하는 승조원들도 있으니 애당초 나와 부인들끼리 가는 여행도 아니고 말이야.

아아, 그럼 다른 사람들한테도 물어보는 편이 나으려나?"

세리아스 씨, 이룸, 야토파 씨도 불러서 물어봤더니…….

"와즈 님이 결정하셨으니 문제없습니다. 현재 이 비공정 내에서 지침을 내리시는 분은 와즈 님이시니까요."

"괜찮습니다. 와즈 님의 결정에 토를 다는 자는 창조신의 이름을 걸고……, 아니, 와즈 님의 메이드로서 벌을 내릴 테니까요."

"음……, 난 이렇게 저주를 풀어주는 것만으로도 충분해서."

문제는 없는 듯하다.

혼자서 고개를 끄덕이며 납득하고 있으니 라비가 말을 해왔다.

"정말로 괜찮겠어요? 와즈 님."

"응. 괜찮아."

"고맙습니다."

라비가 고마움을 표하고자 나에게 고개를 숙였다.

그건 루시엘 씨도 마찬가지다.

"그런데 왜 동행하고 싶은 건데?"

"그건……, 음……, 맞아요! 견문을 넓히고 싶어서 그런 거예요! 게, 게다가 '수' 크리스털의 수호왕가로서 다른 크리스털이 어떻게 관리되고 있는지도 알고 싶고요!"

라비가 뺨을 붉히면서 어딘지 안절부절못하는 것처럼 보였다. 분명 기분 탓이겠지.

"라비 옆이 제가 있어야할 자리라서요. ……뭐, 최근에는 다른 사람 옆에 있는 것도 괜찮을 것 같다는 생각도 들긴 하지만."

루시엘 씨도 뺨을 살짝 붉힌 듯했다.

그런데 주변을 둘러보니 세리아스 씨, 이룸, 야토파 씨는 무언가 납득한 것처럼 고개를 끄덕였고, 부인들은 마치 먹잇감을 보는 듯한 눈으로 라비와 루시엘 씨를 쳐다보는데………………, 분명 기분 탓이겠지.

그리고 이튿날.

라비와 루시엘 씨를 새롭게 여행 동무로 삼은 우리는 '화' 크리스털이 있는 곳을 향해 비공정을 띄웠다.

# 제2장 저 아래에 펼쳐져 있는 사건은…….

–1–

지난번처럼 비공장 갑판에서 부인들과 함께 하늘을 바라보며 나아갔다.

갑판에는 세리아스 씨, 이룸, 야토파 씨, 라비, 루시엘 씨도 있었다.

다음 목적지는 '화' 크리스털이 있는 무투도시 에스레아데다.

투기장에 크리스털이 방치되어 있기는 하지만, 결계도 쳐져 있고 오드 씨도 있으니 괜찮을 테지. 야토파 씨의 저주도 풀어줘야 하고, 결계도 다른 크리스털과 같은 것으로 바꿔야만 한다.

결계 안에 들어갈 수 있는 사람은 오드 씨만으로 한정해두는 편이 나으려나?

그런 생각을 하고 있으니 갑자기 내 능력치 화면이 공중에 전개되더니 그 중 일부가 커다랗게 부풀어갔다.

아아, '수' 크리스털 근처에 다녀와서 그렇구나.

내가 능력치 화면의 부푼 부분을 보고 있으니 부인들이 무슨 일인가, 하고 고개를 갸웃거렸다. 그러나 이내 사정을 눈치챘는지 손뼉을 쳤다.

그리고 능력치 화면의 부푼 부분에서 짙은 파란색 머리를 한 여성이 튀어나왔다.

"얍!"

그런 외침과 함께 그 여성은 허공에서 빙글빙글 돌다가 내 근처에 화려하게 착지하고는 우아하게 인사했다.

"기다리게 했습니다, 와즈. 부르심을 받고 나왔습니다."

응. 부른 적 없어.

……어라? 안 불렀지?

………….

응. 부른 기억이 없다.

그러나 왜 나왔는지 어쩐지 알 것 같다.

"어음, 오랜만입니다. 바다의 여신님."

"예. 이렇게 얼굴을 마주하는 건 오랜만이네요."

바다의 여신님이 모든 것을 포용할 것만 같은 자애로운 웃음을 지었다.

어라? 그렇게 웃을 수 있는 여신님이었던가?

"그나저나 역시 와즈. 잘 아는군요."

"뭘 말이죠?"

"날 두 번째로 택한 것 말이에요. 하늘의 여신한테 선수를 빼앗긴 건 안타깝지만, 다른 여신보다도 절 우선한 결정은 훌륭해요."

"……하아."

아니, 딱히 그런 이유로 순서를 정한 게 아니다. 그저 가까워서 먼저 갔을 뿐인데……. 그런 건 말하지 않는 편이 낫겠지.

"와즈의 부인들도 오랜만이네요. 이 세계에 온 뒤로 처음인가요."

바다의 여신님이 부인들과 인사를 나누는 동안에 다른 여신님들은 어떻게 지내는지 능력치 화면으로 확인했다.

[하늘의 여신이 앞을 가로막았다.]
……가면 안 돼.
……어차피 곧바로 돌아오게 될 테니 힘만 낭비할 뿐이야.

[싸움의 여신은 얌전하게 있다.]
하늘의 여신 말이 맞아.
그러니까 일단은 진정하자?

[대지모신은 부러워한다.]
큭! 다음은 싸움의 여신 차례이니 그런 여유를…….
어째서 내가 마지막인가요! '토' 크리스털이 있는 곳으로 먼저 가주세요!
'전이' 마법으로 후다닥 다녀오면 되잖아요!

[빛의 여신은 구석에서 절망하고 있다.]
…………….

…………….

……오, 오오……. 아무래도 대지모신님이 억지로 나오려고 하는 듯하다.

그러나 하늘의 여신님의 말대로 나오자마자 들어가야 할 테니 조금 참아줬으면 좋겠다.

다만 문제는 빛의 여신님이다.

늘 활기? 차게 발언하던 여신님이 지금은 한 마디도 하지 않는다.

더욱이 구석에서 절망이라니…….

'광' 크리스털이 없다는 사실이 그렇게나 충격이었나?

조금 불안해하고 있으니 문장이 또 바뀌었다.

[하늘의 여신이 빛의 여신을 가리키다.]

……대지모신. 진정하고 저쪽을 봐.

[싸움의 여신은 할 말을 찾지 못했다.]

난 이제 아무 말도 할 수 없어…….

그 다음에 내가 크리스털의 힘을 얻을 차례이니…… 아무 말도 못 해.

[대지모신은 부드럽게 감싸 안는다.]

……힘내요. 빛의 여신.

당신이 그러고 있으니 분위기가 팍 죽잖아요.

평소처럼 함께 바보짓하며 놀자고요.

[빛의 여신은 반짝이는 자애로운 웃음을 짓고 있다.]

……괜찮아요. 대지모신.

싸움의 여신도 날 개의치 말고 크리스털의 힘을 받도록 해요.

**모두가 새로운 힘을 얻는 것을 지켜보고 있을 테니 그 힘으로 와즈 씨를 도와줘요.**

**[[[하늘의 여신, 싸움의 여신, 대지모신은 깨달았다.]**
**……앗, 이거 글렀네.**

……앗, 이거 글렀네.

아무래도 '광' 크리스털이 없다는 사실에 상당히 낙담한 듯하다.

역시나 이건 어떻게든 하지 않으면 안 될 것 같다.

나중에 이룸과 꼭 상담을 해봐야겠다.

능력치 화면에서 시선을 돌려봤더니 바다의 여신 앞에서 라비가 굳어 있는 모습이 보여 말을 걸었다.

"……무슨 일 있어?"

"아아, 와즈. 아뇨, 첫 만남이라서 내가 누군지 알려줬더니 이렇게 굳어버렸어요."

"…………."

바다의 여신님에게서 설명을 듣고 라비의 얼굴 앞에서 손을 흔들어봤지만 아무런 반응도 없다.

내가 곤혹스러워하고 있으니 루시엘 씨가 말했다.

"설마 와즈 님이 신을 내포하고 있을 줄은 몰랐습니다. 아니, 역시 그랬구나, 하고 넘어가야 할까요? 아니면 당연하다며 받아들여야 할까요?"

"……신경 쓸 필요는 없다고 생각해. 그나저나 라비는 왜 저러고 있지?"

"아마도 바다의 여신님한테서 와즈 님에 관한 얘기를 듣고서 받아들이는 데 시간이 걸리는 듯합니다. 뭐, 잠시 놔두면 제정신을 차릴 테니 안심하세요."

"그, 그래? 그럼 다행이지만."

"다만 라비의 성격으로 보아 와즈 님을 숭배하게 될지도 모릅니다."

"그것만은 제발. 되도록 지금껏 그래왔던 것처럼 대해줬으면 좋겠어요."

"알겠습니다. 제게 맡겨주세요. 적절하게 조치하도록 하죠. 제가 와즈 님을 숭배하면 문제없을 테니까."

"……그것도 제발. …………아니, 루시엘 씨, 그런 말도 하는 사람이었던가?"

아까 전과는 다른 느낌으로 물어보니 루시엘 씨가 어쩐지 후련한 표정을 지었다.

"……지금까지는 라비와 함께 '수' 크리스털을 지켜야만 한다는 중압감 때문에 스스로를 억눌렀지만, 와즈 님 덕분에 이제는 그럴 필요가 없어졌습니다. 이게 제 본래 모습이에요."

오호~. 그런데 왜 내 근처에는 저런 집사나 메이드만 나타나는 걸까?

"……그런데 바다의 여신님은 얼마나 현신할 수 있는 건가요?"

"글쎄요. 흘러넘치는 힘의 총량으로 보아…… 한동안은 현신할 수 있을 것 같지만, 힘을 너무 낭비하는 것도 아까우니 이룸슈타드의 경치를 감상한 뒤에 돌아갈 예정이에요."

바다의 여신님의 말을 듣고서 어라? 하고 의아해했다.

오히려 한계까지 이곳에 머물 줄 알았는데 조금 이상한데?

………….

…………앗! 그건가?

바다의 여신님도 빛의 여신님이 걱정되어서 일찍 돌아가려는 거겠지.

실제로 바다의 여신님의 얼굴에 어쩐지 수심이 가득하다.

"……산이나 대지를 아무리 봐도 즐겁지 않아요. ……볼 거라면 바다. 무조건 커다란 해원을 봐야죠."

바다의 여신님이 그렇게 중얼거렸다.

………….

…………그렇겠죠.

그럴 줄 알았다.

아무래도 육지 위를 날고 있는 게 마음에 들지 않는 듯하다.

……일단은 못 들은 척하자.

그 뒤에 부인들과 바다의 여신님과 함께 비공정 위에서 흘러가는 풍경을 바라보며 담소를 즐겼다.

그리고 충분히 경치를 즐겼다며 돌아가는 바다의 여신님을 다 함께 전송한 뒤 여정을 계속 이어나갔다.

–2–

이튿날, 제정신을 차린 라비가 나를 숭배하려는 듯한 태도를 취하자 평소처럼 대해달라고 당부했다.

며칠 동안 설득한 끝에 라비가 평소처럼 되돌아왔을 즈음, 하늘을 바라보다가 문득 이상한 것이 시야에 들어왔다.

상당히 멀리 떨어져 있어서 보통 사람은 판별할 수 없겠지만, 내 눈에는 잘 보였다.

이것도 이상한 능력치 때문일지도 모른다.

"……무슨 일인가요?"

내가 들고 있는 빈 컵에 홍차를 따르던 타타가 의아해하며 물었다.

내가 어느 한 점을 응시하고 있어서 신경이 쓰였나보다.

"……응……, 좀."

더 자세히 확인하려고 지그시 쳐다보니 확 트인 곳에서 인족과 수인처럼 보이는 사람들이 천막을 치기도 하고, 여러 명이 싸우는 것을 타원형으로 에워싸고서 구경하고 있었다.

간이 투기장인가?

다만 겉에서 풍기는 분위기는 살벌하지 않고 화기애애한 듯했다.

……대체 뭘 하고 있지? 아무리 생각해도 답이 나오지 않는다.

내가 평소와 다른 반응을 보이는 것을 눈치챈 부인들이 모여들자 나는 보고 있던 것을 간략하게 설명했다.

………….

그러자 부인들은 잘 모르겠다며 고개를 갸웃거렸다. 그런데 딱 한 사람, 카가네만이 손뼉을 짝 쳤다.

"아아, 그렇구나."

"카가네, 알겠어?"

"안다고 해야 할지, 그것밖에 없다고 해야 할지………. 그렇구나. 이쪽에는 그런 게 없구나. 하지만 어째서 이룸슈타드에……. 아아, 그런가? 이세계 사람을 소환할 수 있으니 그런 게 널리 퍼지더라도 이상하지는 않나?"

혼자서 납득하고 있다.

이 오빠에게도 알려줬으면 좋겠다.

그나저나 어째서 파파루도 고개를 갸웃거리고 있는 거야?

이 세계에서 벌어진 일이잖아?

"……저기, 무슨 일인지 알려줬으면 좋겠는데?"

"앗! 미안, 미안. 그게 말이지. 저 사람들이 하고 있는 건 말이야……."

카가네는 나와 부인들에게 무슨 일이 벌어지고 있는지 알려주었다.

인족과 수인족들이 '운동회'라는 걸 하고 있는 것 같단다.

……운동회?

더 자세한 설명을 들어보니 '홍군과 '백군'으로 나뉘어 스포츠라는 운동 경기로 승부를 겨루는 대회라고 한단다.

싸움은 싸움이지만 건전하다고 하니 아주 호감이 간다.

……잠깐 해보고 싶다.

부인들도 해보고 싶어 하는 눈치였다.

그대로 카가네에게서 자세한 이야기를 듣고 있으니 세리아스 씨, 이룸, 야토파 씨, 라비, 루시엘 씨가 이쪽으로 다가와 무슨 일이냐고 물었다. 그래서 저 멀리서 사람들이 무엇을 하고 있는지 알려줬다.

“아아, 그러고 보니 인족의 나라와 수인족의 나라가 싸우고 있다고 들었는데, 운동회였나요?”

“그런 일이 있다는 걸 알고 있지만, 조금 흥미가 가는군요.”

“얘기를 들어본 적이 있습니다. ……잠깐 구경하고 싶어요.”

“오랫동안 그런 행사를 치르지 않았다고 들었는데, 평화롭다는 뜻이네요”

“하지만 평화를 되찾은 뒤에 행사를 벌였다고 하기에는 원래 치르던 시기에서 조금 벗어나 있는데요. 무슨 일이 있을지도 모르겠어요.”

아무래도 세리아스 씨를 비롯한 이쪽 세계 사람들은 운동회를 아는 듯했다.

그런데 지금 이 시기에 그 운동회를 하고 있는 것이 의문이라고 한다.

부인들을 비롯한 여성들 모두가 나를 쳐다봤다.

흥미가 있다고 눈빛으로 호소하고 있다.

어? 내가 결정하는 거야?

“…………그럼 잠깐 들르도록 할까?”

[예!]

아주 시원스러운 대답이었다.

“…………왜 이렇게 된 거지?”

“응? 왜 그러나? 와즈 공. 여기서 보이는 경치가 최고 아닌가?”

“……하아.”

“자, 신나게 응원해야지!”

“……하아.”

……솔직히 다른 좌석에 앉았으면 좋겠다.

현재 내가 있는 곳은 가장 커다란 천막 안이다.

왼쪽에는 인족의 국왕인 에르드 씨.

오른쪽에는 수인족의 국왕인 드우라 씨가 있다.

에르드 씨는 늘씬하면서도 몸이 탄탄한 남성으로 얼굴 생김새가 아주 단정하다.

드우라 씨 역시 늘씬하면서도 몸이 탄탄한 남성으로 개 수인처럼 생긴 얼굴도 아주 단정하다.

솔직히 두 사람이 나란히 있으니 마치 그림을 보는 듯하다.

어째서 내가 그런 두 사람 사이에 끼어있느냐면 비공정이 운동회가 치러지고 있는 장소 근처에 착륙한 때부터 이야기를 시작해야한다.

비공정이 땅에 내려앉자 그곳에 있던 사람들이 노골적으로 경계했다. 그리고 에르드 씨와 드우라 씨가 무슨 일인지 확인하려고 함께 앞으로 나왔다.

우선은 사정을 설명하고자 세리아스 씨, 이룸, 라비, 루시엘 씨가 먼저 나섰다. 그런데 나와 부인들을 어떻게 설명했는지 모르겠지만, 두 왕이 나를 세계의 구세주로 맞이하고는 자기들 사이에 앉혔다. 그리고 부인들, 세리아스 씨 일행은 뒤에서 운동회를 지켜보게 되었다.

……운동회를 하는 사람들에게도 이야기가 퍼져나가서 꽤 환영을 받았다. 대체 무슨 이야기를 한 거지?

부인들과 함께 비공정 갑판에서 구경하기만 해도 충분한데.

그러나 운동회를 가까이서 볼 수 있으니 이건 이것대로 괜찮겠다고 생각을 고쳐먹고서 즐기기로 했다.

다만 궁금한 것이 있어서 두 왕에게 물었다.

"그러고 보니 한 가지 물어보고 싶은 게 있는데요."

"응? 뭐지?"

"여기에 오기 전에 들었는데, 원래 이 시기에는 운동회를 개최하지 않았다고 하던데, 무슨 이유라도 있습니까? 게다가 어쩐지 인원도 편중되어 있는 것 같고……."

나는 그렇게 말하고서 운동회가 열리고 있는 곳을 둘러봤다.

아무리 생각해도 여성 대 남성으로 나뉜 것처럼 보인다.

인족과 수인족 여성들이 모여 있는 '홍군'.

인족과 수인족 남성들이 모여 있는 '백군'.

그런 느낌으로 나뉘어져 있긴 하지만 꼭 그런 것만도 아니었다. '홍군' 쪽에는 소수이지만 남성도 섞여 있고, '백군' 쪽에도 소수이지만 여성도 섞여 있다.

다만 양측 총인원을 따져보니 백군 쪽이 많은 듯하다.

또한 확 트인 중앙, 내 정면에는 각 팀의 합계 점수가 적혀 있는 판이 놓여 있다. 승부를 내기 위해서 운동회를 치르고 있다는 걸 알 수 있었다.

그렇다면 대체 무슨 목적으로 승부를 내고 있는 건지 궁금해진다.

그래서 물어봤더니 드우라 씨가 어쩐지 거북스러운……, 아니, 뭐라 형언할 수 없는 표정을 지었다.

"……왜 그럽니까?"

"앗, 아니……, 그게……, 뭐라고 해야 좋을는지…………. 그렇지. 이번에 특별히 열린 운동회에 앞으로의 인생이 걸려 있네."

"……하아."

드우라 씨가 어쩐지 결의에 찬 표정을 지었다.

……어? 그게 뭐야? 그렇게 무거운 것과 관련이 있는 거야?

앞으로의 인생이라니 대체 뭐지?

드우라 씨의 말과는 달리 실제로 움직이고 있는 홍군과 백군 선수들은 화기애애하다. 아무리 봐도 인생이 걸려 있는 것처럼 보이지 않는다. 그러나 그들이 진지하지 않은 것은 아니었다.

대체 무슨 일인지 생각하고 있으니 에르드 씨가 크게 웃으며 대답했다.

"와하하핫! 앞으로의 인생이 걸려있고 말고! 이 운동회의 결과에 따라 나와 드우라가 결혼할지 말지 결정될 테니까."

………….

………….

………………어?

"……겨, 결혼 말입니까? 어? 어?"

눈으로 에르드 씨와 드우라 씨를 여러 번 번갈아봤다. 그리고 덩달아서 손가락도 두 사람 사이를 여러 번 오갔다.

그러자 드우라 씨가 한숨을 내뱉었다.

"……실은 그 말이 맞다, 와즈 공. 대체 무슨 멍청한 생각인지 이 녀석이 구혼을 해왔지."

"……하, 하아. 대체 무슨 소리죠?"

"으음. 실은 말이지. 우리는 모두 아내를 앞서 보냈지. 예전부터 인접국이라서 친하게 지내왔는데, 이대로 있다가는 홀로 쓸쓸하게 생애를 마치게 되겠구나 싶더군. 그런데 그때 죽기 전에 아내가 했던 말이 떠올랐네. 곤란한 일이 생기면 드우라한테 부탁하라고. 그래서 구혼했다!"

……그런 의미로 말한 게 전혀 아닌 것 같은데.

"……에르드, 이 바보 같으니. 뭐, 매일 사랑한다고 속삭이는 목소리에 넘어가버린 내가 할 말은 아닐지도 모르겠지만."

"무슨 소리! 사랑만 있다면 남자든 여자든, 사람이든 수인이든, 뭐든지 가능하다! 그렇기에 드우라와 결혼하고 싶은 거야! 사랑한다, 드우라!"

에르드 씨가 마치 선서를 하듯이 자신만만한 표정으로 말했다.

한편 드우라 씨도 곤혹스러워하며 웃고 있었다.

"……그렇다면?"

"맞아. 홍군은 결혼찬성파. 백군은 결혼반대파. 남자끼리의 결혼, 더욱이 왕끼리의 결혼이니 국민들의 뜻을 무시할 수는 없는 노릇이니까."

"……왕이라는 자리는 참 힘들군요. ……으음, 그럼 백군이 이기면 결혼하지 않는다는 건가요?"

""그렇지.""

에르드 씨와 드우라 씨가 시원하게 웃으면서 말했다.

……뭐, 이미 그렇게 하기로 합의하고서 운동회를 치르고 있는 거니 이곳에 막 온 타지인인 내가 간섭해서는 안 되겠지.

……일단 어느 쪽을 응원해야 좋을까.

그렇게 생각하면서 운동회를 구경하고 있으니 에르드 씨와 드우라 씨가 추가 정보를 알려주었다.

두 나라의 여성들이 주로 모여 있는 '홍군'은 결혼찬성파로, 자기들이 두 왕을 결혼시키겠다며 의욕이 넘쳐흐른다고 한다.

반면에 두 나라의 남성들이 주로 모여 있는 '백군'은 결혼반대파로, 왕가의 혈족을 남겨야 하니 인정할 수 없다고 결의했단다.

"그럼 백군이 이기는 편이 낫잖아요?"

"아니, 그건 문제없네. 그런 전제에서 연 운동회이니까."

"나도, 드우라도 이미 후계자가 있으니까."에르드 씨가 그렇게 말하고서 손가락으로 가리킨 곳에는 에르드 씨와 어쩐지 닮은 젊은 남성과 드우라 씨와 어쩐지 닮은 젊은 여성이 있었다.

그 두 사람이 있는 진영은…… 홍군이다.

"저 남성이 내 아들이고, 저 여성은 드우라의 딸이지."

…………그렇구나. 이미 후계자가 있는 모양이다.

그나저나 자식들이 모두 홍군에 속해 있다는 건 두 사람의 결혼을 가족들이 이미 공인했다는 뜻이네.

…………그냥 결혼하면 되지 않나?

"참고로 각자 정해둔 상대가 있네."

그럼 더더욱 그냥 결혼하면 되잖아!

……그러나 두 나라에 사는 사람들의 입장에서는 그리 쉽게 정할 문제가 아니겠지.

그래서 이런 방식으로 정하고 있는 거니까.

"……그런데 후계자도 있는데 굳이 이런 방식으로 정하고 있네요. ……백군이 이기면 역시 결혼은 그만두는 겁니까?"

""그렇지. 이번에는 결혼이 물 건너가는 거지.""

에르드 씨와 드우라 씨가 입을 모아 말했다.

아무래도 결의는 확고………… 아니, 잠깐만.

…………이번에는? 물 건너간다?

어? 어라? 결사의 각오 아니었어?

"자자자자, 잠깐만요. ……으음, 이번에는 물 건너간다니 무슨 소리죠?"

"와즈 공, 그 의미 그대로야. 이번 운동회에서 결정짓지 못한다면 다음 운동회에서 결정을 지으면 되지."

"으음. 실제로 우리의 결혼이 걸린 운동회는 이번이 세 번째일세."

그 말을 듣고서 주변을 둘러보니 현수막에 커다랗게 '제3회 결혼 결정 운동회'라고 적혀 있는 것이 보였다.

……즉 벌써 과거에 세 차례나 열렸으며 백군이 연승했다는 뜻이다.

"많이도 열렸네요."

"뭐, 우리 결혼만이 목적이 아니니까."

"그 소리는?"

"운동회는 국민들이 기분전환을 하는 기회임에 동시에 양측을 평가하는 자리이기도 하지. 그러니 홍군이 이겨서 결혼이 결정되더라도 운동회는 정기적으로 개최할 작정이야. 저길 보면 알 수 있지."

에르드 씨가 가리킨 방향으로 시선을 돌리니 붉은 머리띠와 하얀 머리띠를 두른 네 남성들이 나란히 서 있었다.

드우라 씨의 설명에 따르면 지금부터 달리기 경주가 벌어질 거라고 한다. 정해진 거리를 누가 더 빨리 주파하는지 겨루는 경기라고 한다.

보면 알 수 있을 거라고 해서 가만히 지켜보기로 했다.

삐이! 하는 호각 소리와 함께 네 남성들이 일제히 뛰어나갔다.

처음에는 나란히 달려가기에 아슬아슬하게 결판이 날 줄 알았는데, 하얀 머리띠를 두른 토끼 수인 남성이 단숨에 치고 나오더니 그대로 1등으로 골인했다.

오오! 나는 박수를 보냈다.

그런데 홍군 진영 쪽으로 시선을 돌리니 그 토끼 수인이 운동회 운영원으로 추정되는 사람에게서 확성기를 받았다.

"나히, 봤어! 1등으로 이겼어! 이 승리를 네게 바치겠어!"

토끼 수인 남성이 어떤 포즈를 취하면서 말했다.

주위가 크게 시끄러워지더니 홍군 진영의 시선이 어느 한 점에 모였다.

그 지점으로 시선을 돌리니 토끼 수인 여성이 부끄러운 듯 웃으면서 손을 흔들고 있었다.

"연모하는 사람한테 어필하는 자리가 되었지. 게다가 운동회에서 활약하면 인기를 끌 수 있어서 연인을 만들고자 애쓰는 자가 많아."

"……과연."

이러니 행사가 이어지는 거겠지.

홀로 납득한 뒤에 에르드 씨와 드우라 씨에게서 경기에 관해 자세한 설명을 들으면서 운동회를 즐겼다.

…………

…………그런데 부인들이 신경이 쓰인다.

아니, 부인들은 운동회를 즐겁게 구경하고 있다. 그런데 그 중에서 카가네가 반짝이는 눈빛으로 두 왕을 쳐다보며 흥분하고 있는 듯했다. 아리아도 얼굴을 붉히며 힐끔힐끔 보고 있었다.

……왜 그러는 걸까?

뭔가 물어보고 싶은 거라도 있나?

……뭐, 생각해봤자 알 수 없으니 나중에 물어보자고 판단하고서 다시 운동회 쪽으로 시선을 되돌렸다.

그런데 많은 사람들이 참가하는 줄다리기 경기에서 사고가 벌어졌다.

홍군 경기자 중 한 사람이 줄을 당기다가 미끄러져서 발이 접질렸다.

바로 대타를 준비하려고 했지만 홍군은 백군보다 워낙 인원수가 적어서 일단은 경기가 중단되었다.

에르드 씨와 드우라 씨에게 어떻게 되느냐고 묻자 이런 경우에는 보통 추가 인원을 내보낸다고 한다. 그런데 누굴 내보낼지 정하질 못하고 있단다.

힘이 센 사람이 나가면 좋을 것 같지만, 홍군에서 가장 힘이 좋은 사람이 아까 발을 접지른 그 사람이라고 한다.

……고민할 만도 하네.

홍군 입장에서는 무조건 이기고 싶어 할 테니.

어떻게 될지 상황을 지켜보고 있으니 누군가가 뒤에서 말을 걸었다.

"예! 오빠!"

"…………."

"예! 오빠!"

"……어라~, 이상한데……. 대답하면 안 될 것 같은 불길한 예감밖에 들지 않지만……. 무슨 일이야? 카가네."

"홍군 인원이 부족한 듯하니 도와주고 싶은데!"

"응. 그거 참 훌륭한 배려심이네~……."

…………이건 찬스야, 하는 표정을 짓고 있는데 말이지.

"……하지만 갑자기 참가하는 건 좀."

""딱히 상관없네.""

에르드 씨와 드우라 씨가 곧바로 승낙했다.

결단이 너무 빠르잖아!

내 부인들은 귀엽고 아름다울 뿐만 아니라 힘도 1등급이야!
아무리 생각해도 과잉전력이야!
그러나 두 왕이 정한 것을 뒤집을 수도 없는 노릇이다. 어영부영하는 사이에 부인들과 세리아스 씨 및 여성 일행들이 홍군에 참가하게 되었다.
아무래도 모두 해보고 싶었던 모양이다. 홍군 사람들도 기쁘게 받아들였다.
다만 야토파 씨는 저주가 발동할 수도 있기에, 그리고 라비는 운동을 잘 하지 못해서 참가하지 않았다. 내 뒤에서 홍군을 응원하기로 했다.
그리하여 운동회에 참가하게 된 부인들과 세리아스 씨 및 여성 일행이 홍군 진영 쪽으로 갔다.
그대로 부인들 중 하나가 줄다리기 경기에 참가하기로 했다.
그 인물은…….
"재밌을 것 같아 참가하고 싶었지! 이런 싸움도 좋구나! 자, 내게 맡겨라! 홍군을 승리로 이끌어주마!"
[우와아아아아아!]
파파루였다.
홍군 참가자들이 크게 고무되었다.
그나저나 옆에서 보니 파파루를 추천한 사람은 카가네였다.
줄다리기에서 이기려면 힘이 필요하다.
…………아무리 생각해도 진심으로 이길 작정인가보다.
그리고 줄다리기 경기가 시작되었다. 그러나 파파루의 단독 무대가 펼쳐졌다.

밧줄이 팽팽하게 당겨졌다.

백군 측 장사들이 힘껏 당겼지만 미동조차 하지 않았다.

“홍군의 숙녀들이여. 밧줄에서 손을 떼!”

파파루의 목소리에 홍군 측 사람들이 밧줄에서 손을 뗐다.

역시 마왕.

벌써 절대적인 존재감을 확립한 듯했다.

“간다! 어디 한 번 내 힘을 받아봐라~!”

파파루가 그렇게 말하고서 밧줄을 힘껏 쑥! 하고 잡아당겼다.

밧줄을 쥐고 있었던 백군 사람들이 수직으로 날아오르더니 파파루를 넘어 그대로 주위에서 응원하고 있는 사람들 속에 처박혔다.

……지나쳤네.

힘 조절을 좀 하라며 머리를 싸쥐었다.

에르드 씨와 드우라 씨는 입을 크게 헤 벌렸다. 홍군 진영은 이겼다며 크게 기뻐했고, 백군 진영은 전전긍긍하고 있었다.

……백군 진영이 그렇게 단정 짓기에는 아직 이르다고 생각해요. 아마도.

뭐, 부인들이 즐거워하는 모습을 볼 수 있어서 기쁘다. 부디 백군 진영도 힘내주길 바란다.

……이미 홍군의 승리가 거의 확정된 것 같긴 하지만.

점심 휴식을 취한 뒤에 운동회가 재개되었다.

# 별장 운동회

에르드 왕과 드우라 왕의 결혼이 걸린 운동회의 오후 순서가 시작되었다.

현재 득점판을 보면 백군이 앞서고 있다. 그러나 그건 어디까지나 오전 순서의 결과일 뿐이다.

진정한 승자는 오후 순서가 끝난 뒤에 밝혀진다.

그러나 지금껏 치러졌던 운동회는 모두 백군의 승리로 끝났다. 백군 참가자들은 이번에도 자신들이 승리하리라 모두 믿고 있었다.

물론 홍군은 그렇게 되지 않도록 분발은 했다. 그러나 지난번 운동회의 기억이 머릿속을 스쳐서 이번에도 또 지는 게 아닌지 우려하고 있었다.

그러나 홍군에게는 희망이, 백군에게는 절망이 찾아온 계기는 오전 순서 마지막에 치러진 경기……, 줄다리기였다.

홍군 측에서 부상자가 생기면서 대타로 파파루가 경기에 나섰다.

그녀는 밧줄을 단 한 번 잡아당겨서 밧줄에 매달려 있던 백군들을 모조리 날려버린 뒤 홍군에게 승리를 안겼다.

그 결과로 홍군 참가자들은 기뻐했고, 백군 참가자들은 생명의

위기를 느꼈다.

그대로 점심시간에 들어갔다. 그러나 이제부터 무슨 일이 벌어질 것만 같은……, 어쩐지 불길한 예감을 느낀 와즈가 자리에서 일어서 홍군 진영으로 갔다. 그러고는 부디 전력을 다하지 말라고 당부했다.

운동회에 참가한 부인들과 세리아스 및 여성 일행도 즐기기 위해서 참가한 것이니 알겠다고 고개를 끄덕였다. 그러나 와즈는 괜찮을까? 하는 의구심을 떨쳐내지 못한 채 원래 있던 천막으로 되돌아갔다.

부인들과 세리아스 및 여성 일행은 합석을 흔쾌히 허락해준 홍군 참가자들과 함께 점심을 먹으면서 누가 어떤 경기에 참가할지 고민했다.

한편 백군 참가자들은 이대로는 안 되겠다고 판단하고서 대파파루 작전을 궁리하기 시작했다.

그러나 백군 참가자들은 파파루뿐만이 아니라 와즈의 부인들과 세리아스 및 여성 일행이 홍군을 돕고 있음을 아직 알지 못했다.

점심시간이 끝나고 오후 순서가 시작되었다.

점수로 앞서고 있는 백군 참가자들은 다들 긴장한 표정이었다.

그리고 오후 순서, 첫 경기는 '물건 빌리기 경쟁'이다.

"자! 아무리 발버둥을 치더라도 오후 순서가 끝나면 에르드 님과 드우라 님이 결혼을 하실지 말지가 결정됩니다! 홍군이 대역전극을 벌여 이번에야말로 결혼이 성사될지 개인적으로 대단히 기대가 됩니다!"

확성기로 말한 사람은 이 운동회의 사회를 맡은 인족 여성이었다. 그녀는 골인 지점 부근에 있다.

아무래도 그곳에서 진행을 할 모양이다.

사회를 맡은 여성은 그 대목에서 말을 끊고서 숨을 고른 뒤에 명랑하게 웃었다.

"자, 그럼 오후 순서의 첫 번째 경기는 '물건 빌리기 경쟁'입니다. 뒤에서 들리는 얘기에 따르면 운동회가 3번이나 열리는 바람에 소재가 고갈되어 출제자가 머리를 싸쥐었다고 합니다. 즉 문제가 간단할 수도 있고, 꼬았을 가능성도 있겠네요. 누가 어떤 문제를 받아 어떤 것을 가지고 나올지 다함께 지켜보아요!"

홍군과 백군이 오~! 하고 환호성을 지르며 박수를 치자 선수들이 등장했다.

참가 선수가 출발선까지 이동했다. 홍군과 백군에서 첫 번째 주자로 각각 두 명씩 나와서 한 줄로 늘어섰다. 그리고 트랙 반대편에는 문제가 적힌 종이가 뒤집어진 채 놓여 있다.

그리고 호각 소리와 함께 첫 번째 주자들이 달려나갔다.

문제를 집어 적혀 있는 내용을 확인한 뒤에 제각기 사방으로 흩어졌다.

와즈는 에르드 왕과 드우라 왕에게서 설명을 들으면서 경기를 지켜봤다.

첫 번째 경기는 간단한 문제를 받은 백군의 승리였다.

백군이 받은 문제는 간단한 '돌멩이', '나뭇가지'였다. 그에 비해 홍군이 받은 문제는 '최근에 차인 사람', '음치'였다. 데리고 나온 사람의 마음을 도려내는 잔인한 문제였다.

……문제가 저러니 홍군이 아무도 데리고 나오지 못했지.

와즈는 그 문제가 야비하다고 생각했다.

그리고 두 번째 주자들이 늘어섰다. 와즈는 그 안에 사로나의 모습이 있는 것을 발견했다.

"힘내~! 사로나!"

와즈의 응원이 들렸는지 사로나가 손을 작게 흔들어보였다.

호각 신호와 함께 두 번째 주자들이 단숨에 뛰어나갔다.

그 중에서 사로나가 단연코 빨랐다.

순식간에 선두로 치고 나오더니 후발주자들과의 거리를 쑥 벌리고는 그대로 문제가 적힌 쪽지를 집었다.

"…………."

사로나가 굳어버렸다.

쪽지에 적혀 있는 문제를 응시하고 있다.

와즈와 부인들은 왜 저러지? 하고 고개를 갸웃거렸다. 그 사이에 후발주자들이 사로나를 따라잡고는 문제가 적힌 쪽지를 집어서 확인한 뒤 사방으로 흩어졌다.

다른 주자들이 사방으로 흩어지자 비로소 제정신을 차린 사로나는 얼굴을 새빨갛게 물들이며 와즈 곁으로 달려갔다.

"……사로나, 왜 그래? 이상한 문제라도 출제된 거야? ……앗! 여기에 왔다는 건 문제가 혹시 '왕' 같은 거?"

와즈가 의아해하며 물었다.

그러나 사로나는 아무 말도 없이 와즈의 손을 잡고는 그대로 골인 지점으로 향했다.

“오옷! 가장 먼저 문제를 집은 사로나 선수! 드디어 골인 지점으로 향하고 있습니다. 그런데 데리고 오는 사람은 아까 전에 소개받았던 구세주님이네요? 이건 대체……. 오옷, 지금 정보가 들어왔습니다. 아무래도 저 두 사람은 부부 관계인 듯하네요!”

여성 사회자가 와즈와 사로나의 동향에 주목했다.

그 말을 들은 다른 부인들은 우리도 부부 관계로 맺어져 있거든요? 하고 말하는 듯이 가슴을 활짝 폈다.

그대로 사로나는 와즈를 데리고서 골인 지점에 1등으로 도착했다. 문제를 확인하는 순간이 왔다.

여성 사회자가 사로나에게서 문제가 적힌 쪽지를 건네받은 뒤 큰소리로 읽어나갔다.

“……적혀 있는 문제는 ‘사랑’! 오오, 이거 뜨겁네요~! 설마 이 경기에서 부부의 사랑을 과시할 줄이야! 부럽네요~. 나도 남친이 있었으면~! 오옷, 백군 여러분, 부러워하는 마음은 알겠지만 구세주님께 살의를 내보이지는 말아요! 홍군 여러분, 부러워하는 마음은 알겠지만 원통해하지는 말아요! 그런 감정을 품지 않은 사람들은 야릇한 이 분위기를 즐겨주세요!”

여성 사회자의 말을 듣고 사로나는 두 손으로 얼굴을 가렸다. 그러나 더욱 새빨개진 얼굴을 감추지는 못했다.

옆에 있는 와즈는 하하하……, 하고 쓴웃음을 지으며 머리를 긁적였다.

그 광경을 보고 홍군과 백군 가릴 것 없이 분위기가 크게 무르익었다.

그 광경을 보고 있던 부인들은 자기가 경기에 나갔어야 한다며 주먹을 불끈 쥐었다. 그러나 지금은 승리를 기뻐해야한다며 박수를 보냈다.

와즈와 사로나는 박수를 받으면서 각자 원래 위치로 돌아갔다.

두 번째 경기는 그대로 홍군의 승리로 끝났다. 그리고 마지막 주자인 세 번째 주자들이 출발선에 섰다.

그 안에도 와즈의 부인 중 한 사람이 있었다.

캐시다.

"캐시가 나왔어? 힘내~!"

"예~, 힘내겠습니다~!"

와즈의 응원을 듣고 캐시는 손을 크게 흔들었다.

"오오옷! 구세주님의 부인 분이 또 등장했네요! 대체 부인이 몇 명이나 있는 건가요? 저도 그 안에 들어갈 수 있을지 무척이나 궁금하지만, 지금은 경기를 진행시키도록 하죠!"

욕망을 살짝 드러낸 여성 사회자가 말하자 모든 사람의 시선이 세 번째 주자에게로 쏠렸다. 호각 신호와 함께 마지막 경기가 시작되었다.

주자들이 일제히 달려나갔지만, 캐시가 가장 뒤쳐졌다. 그녀는 그대로 마지막에 남은 쪽지를 집었다.

쪽지에 적혀 있는 문제를 확인한 캐시는 그대로 부인들…… 옆에서 홍군을 응원하고 있는 세리아스 및 여성 일행 쪽으로 달려갔다.
캐시는 세리아스 일행을 쭉 둘러보고서 좋아! 하고 결정했다.
"이룸 님, 함께 가주시겠습니까~?"
"저 말인가요? 알겠습니다. 메이드로서 어디든 함께 합니다. 설령 세계를 뛰어넘을지라도."
이룸은 공손하게 인사한 뒤에 캐시 뒤를 조용히 따라갔다.
그 광경에 와즈는 쪽지에 대체 어떤 문제가 적혀 있는지 조마조마한 마음으로 봤다.
평범하게 생각하자면 메이드일 것 같지만……, 캐시가 머뭇거린 것이 마음에 걸렸다.
그렇기에 와즈는 제발 메이드가 문제이길, 하고 속으로 바랐다.
캐시가 이룸을 데리고서 2등으로 골인 지점에 도착했다.
1등으로 들어온 백군 주자의 문제는 '종이'였다. 그래서 문제가 적힌 쪽지를 들고서 그대로 골인했다.
여성 사회자가 정답을 맞혔는지 확인하기 위해서 캐시에게서 문제 쪽지를 넘겨받고서 내용을 확인했다.
"…………."
경기장에 침묵이 흘렀다.
누가 침을 꿀꺽 삼켰는데 그게 누군지 모르겠다.
이곳에 있는 모두가 여성 사회자의 말을 기다렸다.
"으음~………… 이 쪽지에는 '보라색'이라고 적혀 있습니다만, 이게 어떻게 된 거죠?"
여성 사회자의 말을 듣고 캐시를 제외한 모두가 고개를 갸웃거렸다.

이룸에게서는 '보라색'이 전혀 보이지 않았기 때문이다.

따라 나온 본인조차도 의아해하고 있다.

그러자 캐시가 명랑하게 웃었다.

"예~. 그건 이룸 님이 오늘 입은 속……."

"잠깐만요!"

이룸이 손으로 캐시의 입을 막았다.

그대로 뒤로 질질 끌고 가서는 둘이서 뭐라 쑥덕거렸다.

대화는 한동안 이어졌다. 서로 어떤 합의를 보았는지 다시 여성 사회자 앞으로 이동했다.

"죄송합니다~. 틀렸다고 하기로 뜻을 모았습니다~!"

……뭐가? 아니, 그럼 실제로는 틀리지 않았다는 뜻이잖아? 모두가 그렇게 생각했다.

그러나 눈치가 빠른 사람이나……, 특히 홍군 사람들은 어디에 '보라색'이 있는지 알아차리고서 어디에 시선을 둬야 좋을지 당혹스러워했다.

이룸 본인도 뺨을 살짝 붉힌 것처럼 보였다.

그 광경을 보던 와즈는 영문을 모르겠다며 고개를 갸웃거렸다.

처음에는 이따가 물어봐야겠다고 생각했지만, 정체를 알 수 없는 한기가 느껴져 역시 포기해야겠다고 마음을 돌렸다. 와즈는 이 화제를 언급하지 않기로 했다.

"……으음, 그럼 어떻게 할 거죠?"

여성 사회자가 캐시에게 물었다.

대화를 나누는 사이에 나머지 주자들이 곧인 지점에 들어와버렸다.

캐시는 주위를 둘러보며 생각하다가 하는 수 없다며 고개를 끄덕였다.

"그럼~, 답을 찾아내지 못했다는 것으로 치고 기권하겠습니다~."

캐시는 홍군 진영 쪽으로 몸을 돌리고는 미안하다며 고개를 숙였다.

그러나 물건 빌리기 경쟁에서 이기려면 운도 필요하다며 홍군 사람들은 개의치 않는 눈치였다.

그리고 물건 빌리기 경쟁은 종합적으로 백군의 승리로 끝났다.

그러나 부인들, 세리아스 및 여성 일행을 비롯한 홍군 사람들은 아무도 포기하지 않았다.

승부는 이제부터인 것이다.

여러 경기들이 끝나고 다음으로 부인들이 참가하는 경기가 시작되었다.

그 종목은 '공 넣기'다.

홍군과 백군 각 진지에 바구니가 달린 장대가 세워졌다. 그리고 바닥에는 빨간색 공과 하얀색 공이 여기저기 흩어져 있다.

준비가 모두 끝나자 수많은 참가 선수들이 제각기 진지로 향했다.

와즈는 그 안에서 타타와 마오의 모습을 발견했다.

"앗, 이 경기에는 타타와 마오가 나오는구나. 둘 다 힘내~!"

와즈의 응원을 듣고 타타와 마오는 손을 흔들었다. 그러고는 서로 마주보면서 힘내자며 고개를 끄덕였다.

이 경기에서 승패를 가리는 법은 간단하다. 상대팀보다 바구니 안에 공을 더 많이 넣으면 된다.

"이걸 얼마나 많이 넣느냐에 따라 승패가 갈리는 건가요?"

"생각보다 가볍네. 살짝 던지기만 해도 저 멀리 날아가버릴 것 같아. ……힘 조절을 하지 않으면 바구니에 넣지 못할지도."

공을 들고서 그 감촉을 확인하는 타타와 마오.

다른 참가자들도 공의 감촉을 느끼며 어느 정도의 힘으로 던져야할지 확인하기 시작했다.

"예~예~! 슬슬 공 넣기 경기를 시작하려고 하니 선수들은 일단 손에서 공을 놔주세요~!"

여성 사회자가 말하자 모두들 일단 공을 바닥에 내려놓았다.

모든 선수들의 손에 공이 없다는 걸 확인하자 여성 사회자가 큰 소리로 선언했다.

"모두 공을 갖고 있지 않네요~……. 자, 됐어요! 그럼 공 넣기 경기를 시작합니다!"

삐이~! 하는 호각 소리가 울리자 선수 모두가 일제히 공을 집어 바구니를 향해 던지기 시작했다.

그러나 감을 잡지 못했는지 홍군과 백군 모두 공을 바구니 안에 좀처럼 넣지 못했다.

살벌과는 거리가 먼 분위기 속에서 그 광경을 흐뭇하게 바라보는 와즈, 에르드 왕, 드우라 왕.

한편 공이 좀처럼 들어가지 않아서 고전하고 있는 타타와 마오.

그나마 타타가 공을 바구니 안으로 더 잘 넣고 있었다.

"굉장하네, 타타."

"그렇지 않아요. 애당초 이 중에서 제가 가장 힘이 없으니까 힘 조절을 애써 할 필요가 없어서 그런 것뿐이에요."

"그래도…… 팀에 보탬이 되고 있잖아. 부러워!"

타타와 마오가 동시에 공을 던졌다. 그런데 타타가 던진 공은 바구니 속에 들어갔고, 마오가 던진 공은 바구니를 훌쩍 넘어 날아가버렸다.

마오는 분해하며 이를 악물다가 문득 백군 쪽으로 시선을 돌렸다. 그곳에서 주목할 만한 일이 벌어지고 있었다.

백군에 소속된 남성 고양이 수인이 펄쩍 뛰어다니면서 다른 선수들이 던졌다가 벗어난 공을 때려서 바구니 속에 넣고 있었다.

저래도 돼? 하고 마오는 그 남성 수인을 가리키며 여성 사회자를 쳐다봤다.

그러자 여성 사회자는 문제없습니다! 하고 엄지를 척 세웠다.

애당초 이 운동회에는 엄격한 규칙이 있는 것이 아니다.

두 나라의 왕이 결혼하느냐 마느냐가 걸려있기는 하지만, 국민들이 기분전환을 하고 자기 어필을 하는 행사이기도 하다.

그렇기에 신체 능력을 십분 활용해도 좋고, 타인에게 위해를 가하지 않는 한 마법도 어느 정도 용인된다.

연모하는 사람에게 어필하기 위해서 자신이 가진 힘을 내보여야만 하니까.

그런 뒷이야기는 잘 모를 테지만, 마오는 자신이 할 수 있는 일을 찾았다며 눈빛을 반짝였다.

백군 측 남성 수인을 참고로 삼아 마오는 바구니에서 벗어난 공을 때려 속에 집어넣었다.

다만 그 속도가 심상치 않았다.

"홋! 핫! 얏! 톳!"

작은 기합 소리와 함께 홍군의 바구니 안으로 공이 잇달아 들어갔다.

마오가 마치 분신술이라도 쓴 것처럼 움직이자 홍군 참가자들은 이길 수 있겠다고 흥분하며 응원을 보냈다.

응원을 듣고서 의욕이 샘솟은 마오는 속도를 더욱 높였다. 이미 와즈와 그 부인들 말고는 눈으로 쫓을 수도 없는 영역에 들어섰다.

"……으~음, 지나친 것 같다는 느낌이 들긴 하지만……, 뭐 상관없나."

와즈는 생각하는 것을 포기했다.

홍군을 제외한 나머지 사람들은 마오의 속도에 입을 헤 벌렸다. 그 사이에 홍군의 바구니가 가득해졌다.

"이제 경기 종료~! 홍군의 승리~!"

[와아아아아아아~!]

이제 백군이 승리할 가능성은 없다고 판단했는지 여성 사회자가 홍군의 승리를 선언했다.

"엥? 벌써 끝났어? 아직 전력을 다하지도 않았는데?"
"굉장해요, 마오! 홍군이 이겼어요!"

마오는 경기가 느닷없이 끝나서 당황했다. 타타는 기뻐하면서 그녀를 끌어안았다.

비로소 승리를 실감한 마오는 타타와 손을 맞잡고서 기뻐했다.

한편 마오의 일부 실력을 목격한 백군 참가자들은 파파루뿐만이 아니라 와즈의 부인들과 세리아스 일행도 경계해야한다는 것을 비로소 깨달았다.

다음 경기는 '다리 묶고 달리기'다.

운동장에는 출발선이 그어졌고, 그 지점에서 떨어진 곳에 막대기 두 개가 세워졌다.

그 막대기는 홍군과 백군의 반환점이다.

경기 준비가 진행되는 동안에 출발선에 홍군과 백군 선수들도 모여서 준비에 들어갔다.

여러 사람들의 발목을 끈 하나로 묶어서 대열을 만들어나갔다.

홍군과 백군에서 각각 3조씩 출장하는 모양이다. 릴레이 형식이고, 세 번째 조가 먼저 골인하는 쪽이 승리한다는 설명을 들으면서 와즈는 홍군 세 번째 조에 속한 세 사람의 모습을 쳐다봤다.

선두에는 세리아스, 가운데는 루시엘, 후미에는 이룸이 있었다.

"아, 저기, 제가 선두를 맡았는데! 이룸 님이나 루시엘 님이 서는 편이 낫지 않을까요?"

선두에 선 세리아스가 애원하듯이 이룸과 루시엘에게 말했다.

""뭐, 이미 발목을 묶었으니 이대로 가도록 하죠.""

거부한다는 답변이 되돌아왔다.

이룸과 루시엘은 모두 즐겁게 웃고 있었다.

"게다가 저희들은 메이드라서 선두에 서면 평판에 흠이 가거든요."

"맞습니다. 역시 선두에는 아름답고 용감한 세리아스 님이 서는 게 자연스러운 흐름이 아닌가 싶네요."

세리아스의 바로 뒤에 있는 루시엘이 그렇게 말하자 이룸도 바로 동의했다.

그러나 그런 말을 들었지만 세리아스는 어쩐지 납득하지 못한 눈치였다.

"……역시 조금 납득이 가질 않아요. 애당초 이룸 님이 선두에 서는 게 가장 자연스러운 흐름이라고 생각하는데. ……저기……, 그런 존재이니……."

역시 이 자리에서 이룸이 창조신이라는 걸 밝힐 수는 없어서 세리아스는 말 일부를 흐렸다.

이룸과 루시엘은 그저 뒤에 서는 편이 성미에 맞고, 선두에 서는 게 싫어서 그렇게 말했을 뿐이다. 그러나 이대로 가다가는 세리아스가 마지못해 선두에 서게 될 것이다.

세리아스의 성격상 납득하지 못했다고 해서 의욕이 떨어질 리는 없다고 믿고는 있지만, 만약의 사태를 회피하기 위해 이룸과 루시엘은 눈짓만으로 순간적으로 의견을 주고받았다.

그렇게 도출해낸 결론은…….

""앗, 세리아스 님. 와즈 님이 이쪽을 보고 있어요.""

"……어?"

이룸과 루시엘이 유도하자 세리아스의 시선이 와즈 쪽으로 향했다.

세리아스와 눈을 마주친 와즈가 부드러운 표정을 지었다.

"세리아스 씨가 선두구나~. 힘내요~! 이룸과 루시엘 씨도~!"

와즈가 응원하자 이룸과 루시엘은 고개를 공손히 숙였고 세리아스는 의욕이 충천했다.

"무조건 이깁니다!"

세리아스가 주먹을 불끈 쥐고서 오~! 하고 높이 쳐들었다. 그에 호응하듯이 홍군 모두가 마찬가지로 주먹을 쳐들었다.

이것으로 승리는 확정되었다고 이룸과 루시엘은 생각했다.

그리고 다리 묶고 달리기 경기가 시작되었다.

호각 신호와 함께 제1조가 출발했다.

홍군과 백군 모두 영차영차, 하고 천천히 나아갔다.

제1조는 양쪽 모두 넘어지지 않도록 균형을 유지하는 것을 중시하면서 나아가려는 모양이다.

양 팀은 차이가 별로 나지 않았다. 반환점을 무사히 돈 뒤에 제2조와 배턴 터치를 했다.

제2조도 마찬가지로 조심스럽게 나아갔다.

모두가 제3조에서 승부가 나겠다고 생각했을 때, 홍군 선수들이 반환점을 돌다가 그만 균형을 잃고 넘어졌다.

이겨야한다며 마음이 다급했는지도 모른다.

황급히 일어섰지만, 이미 차이가 크게 벌어졌다.

홍군은 열심히 뒤쫓았지만, 그 차이를 좁히지 못한 채 마지막 조인 제3조와 배턴 터치를 했다. 그때 백군이 이미 크게 앞서고 있었다.

이미 쫓아갈 수 없다고 모두가 생각했지만, 세리아스가 선두에서 있는 제3조는 아무도 포기하지 않았다.

"전력으로 갑니다!"

""예스, 맘!""

아니, 상태가 조금 이상하다.

움직이기 시작한 홍군 제3조는 그대로…… 운동장을 뛰어갔다.

그래, 뛰고 있다.

넘어지지 않고 순식간에 반환점에 이르렀다.

백군은 차이가 워낙 벌어져서 안심했는지 여유롭게 걷다가 홍군이 엄청난 속도로 달려오자 화들짝 놀라 부랴부랴 속도를 높였다.

그러나 홍군의 제3조가 달리는 속도로는 반환점을 돌 수가 없다.

모두가 그렇게 생각했지만, 실은 그렇지 않았다.

홍군 제3조는 통솔자를 따라서 모두가 브레이크를 대신하여 한쪽 다리를 앞으로 쭉 뻗었다. 마치 드리프트를 하듯이 반환점을 돌아 그대로 골인 지점으로 달려나갔다.

앞서고 있는 백군과의 차이가 순식간에 좁혀졌다. 가장 먼저 골인 지점을 통과한 조는…….

"극적인 승리입니다! 홍군의 극적인 승리입니다!"

여성 사회자가 큰 소리로 선언했다.

이 경기를 본 자들은 나중에 이렇게 말했다.

“그건 여러 사람이 동시에 달린 게 아니라……, 마치 한 생물 같았어”라고.

그리고 어느 메이드가 곧바로 이 말을 덧붙였다.

“사랑하는 처녀의 진심입니다”라고.

다리 묶고 달리기 경기에서 극적인 승리를 거둔 홍군의 기세가 드높아져갔다.

그 뒤에 벌어진 여러 경기에서 홍군이 우세를 이어나갔을 정도다.

점수 차이가 조금씩 좁혀지자 홍군은 기뻐했고 더욱 분투해나갔다.

그러나 백군도 포기하지 않았다.

이길 수 있는 경기에서는 반드시 이겨서 추격을 뿌리치고 우승을 거머쥐자고 벼르고 있다.

그리고 다음에 열린 경기는 ‘2인3각’이다.

두 사람이 한 조를 구성하는 경기로 다리 한쪽씩 묶인 상태에서 정해진 거리를 달리는 것이다.

이번에는 운동장을 한 바퀴 돌아야만 한다.

운동장에는 수많은 참가 선수들이 모여 있었다. 어떤 방식으로 승자를 결정하는지 와즈가 궁금해하고 있으니 지금까지 그랬던 것처럼 에르드 왕과 드우라 왕이 설명을 해주었다. 홍군과 백군에서 한 조씩 달리게 하여 가장 많이 이긴 팀이 승리를 거둔다고 한다.

설명을 들으면서 와즈는 홍군과 백군의 선수들을 쳐다봤다.

그 안에 부인들의 모습이 보였다.

"…………."

그러나 그 모습을 확인하고서 와즈는 고개를 갸웃거렸다.

2인3각에 참가한 부인은 나미닛사와 나레리나.

저 두 사람이 나온 이유는 알겠다.

두 사람이 쌍둥이의 능력을 유감없이 발휘하여 승리를 거머쥘 거라는 판단이겠지.

그러나…… 와즈는 다른 방향으로 시선을 돌렸다.

그곳에는 하오스이와 파파루가 있었다.

설마 했던 두 사람이 등장하자 와즈는 으~음……, 하고 고개를 갸웃거렸다.

그러나 저곳에 있다는 건 경기에 참가하겠다는 뜻이다. 와즈는 부인들을 믿을 수밖에 없다며 응원하기로 결심했다.

"나미닛사, 나레리나, 하오스이, 파파루! 힘내라~!"

네 사람이 알아주길 바라며 와즈는 손을 크게 흔들었다. 와즈의 응원과 몸짓을 알아본 네 사람은 호응하듯 손을 흔들어주었다.

그 때문에 부인들의 존재를 눈치챘는지 백군은 질 수 없다며 기합을 불어넣었다.

그리고 경기가 시작되었다. 다리가 묶인 선수들이 잇달아 운동장을 뛰어나갔다.

홍군과 백군은 승리와 패배를 거듭했다. 두 조밖에 남지 않은 시점인데도 부인들은 아직 남아 있었다.

줄을 선 것을 보니 나미닛사와 나레리나 조가 먼저 나갈 모양이다.

"자, 다음 주자는 이번 운동회에서 여러모로 선풍을 일으키고 있는 구세주님의 부인들입니다! 진짜 대체 얼마나 있는 건가요! 앞으로 더 늘어날 예정이 있다면 저도 그 안에 껴주면 안 될까요?"

욕망을 점점 노골적으로 드러내는 여성 사회자가 나미닛사와 나레리나를 그렇게 소개하는 사이에 준비가 끝났다.

"준~비……."

여성 사회자가 입에 호각을 물고서 손을 서서히 들어올렸다.

그 몸짓에 맞춰서 나미닛사와 나레리나, 상대 백군 선수들이 뛸 자세를 취했다.

삐~! 하는 호각 신호와 함께 두 조가 뛰어나갔다.

한 바퀴만 돌면 승부가 나기에 결착이 나기까지 시간은 그리 걸리지 않는다.

초반에는 차이가 그다지 벌어지지 않았지만, 나미닛사와 나레리나 조가 점점 뒤쳐지기 시작했다.

역시나 초보자라서 여러모로 불리한 듯하다.

애당초 상대 백군 선수들 중에는 운동회를 경험한 사람도 있다. 그리고 연습도 거듭해왔겠지.

더욱이 부인들은 와즈에게서 제발 전력을 다하지 말라는 당부까지 들은 상태였다.

아무리 평상시에 와즈에게서 단련을 받았다고는 해도 고전할 만도 하다.

……그런데 백군과의 차이가 조금씩 좁혀졌다.

마치 경기를 치르면서 비결을 터득해나가고 있는 것처럼.

"오른발, 왼발, 오른발, 왼발……."

"왼발, 오른발, 왼발, 오른발……."

나미닛사와 나레리나는 자신이 내미는 발을 입으로 말하고 있었다.

이건 그다지 특별한 일이 아니다.

다만 그 속도가 심상치 않다.

아무리 전력을 다하지 않도록 조심하고 있다고는 해도 두 사람은 평소에 단련해왔기에 신체능력이 뛰어나다.

더욱이 두 사람 중에서 신체능력이 더 뛰어난 나레리나가 나미닛사의 움직임에 적절하게 맞춰주고 있는 점도 크다. 그것은 쌍둥이이기에 가능한 일인지도 모른다.

나미닛사와 나레리나의 호흡이 점점 맞아떨어지자 속도가 더욱 올라갔다.

백군도 두 사람이 쫓아오는 것을 알고 속도를 높였지만, 나미닛사와 나레리나의 속도가 더 빨랐다.

골인 지점까지 4분의 1쯤 남은 지점에서 나미닛사와 나레리나가 백군을 추월했다. 그러고는 그대로 테이프를 끊었다.

여성 사회자가 역전승을 선언하자 홍군은 크게 들끓었고, 나미닛사와 나레리나도 승리를 기뻐했다.

"해냈어요. 나레리나 언니!"

"초반에는 나소 고전했지만, 이겨서 다행이야."

서로 웃으며 손을 맞잡고서 기뻐하는 나미닛사와 나레리나.

그런 두 사람의 모습을 보고 와즈도 이겨서 다행이라고 안도하면서 기쁨의 웃음을 지었다.

나미닛사와 나레리나는 와즈를 보고 해냈다며 손을 흔든 뒤 다음 선수들을 위해 물러났다.

그리고 다음에 나온 사람은 백군 선수 2명과 하오스이와 파파루였다.

파파루가 등장하자 백군 선수들이 전전긍긍했다.

줄다리기 때의 기억이 머릿속을 스쳤겠지.

사람들이 웅성대기 시작했지만, 백군 선수들에게는 생각이 있었다.

힘이 강하다는 건 줄다리기 때 겪어봐서 안다. 그러나 2인3각은 빠른 팀이 이기는 경기다.

파파루의 속도는 과연 어떨는지…….

"자! 드디어 2인3각의 마지막 주자들이 나왔습니다! 지금까지 홍군과 백군은 똑같은 승수를 챙겼습니다. 다시 말해서 이번 마지막 레이스의 결과에 따라 2인3각 경기의 승부가 정해집니다! 홍군에서 이번에도 구세주님의 부인들이 나왔으니 백군은 방심할 수가 없겠네요~!"

여성 사회자가 말하자 백군 선수들의 얼굴에 긴장감이 흘렀다.

"……내 다리를 당기지 마."

“누가 할 소리! 애당초 임자가 힘 조절을 하라고만 하지 않았다면 내 능력을 더 살릴 수 있는 경기에 참가했을 텐데.”

“……줄다리기 때는 지나쳤어. 네가 나빠.”

“아니, 그건 카가네가 마음대로 해도 좋다고 했대도! 아니, 하오스이, 너야말로 내 다리를 당기지 마라! 임자 앞에서 꼴사나운 모습을 보일 수는 없으니까!”

“……괜찮아. 내가 활약할 테니까. 그저 내가 시키는 대로 다리나 놀리도록 해.”

“내가 할 소리다! 너야말로 내가 시키는 대로 움직여!”

하오스이와 파파루가 끄으응……, 하고 서로를 째려봤다.

그 광경을 보고 와즈는 괜찮을지 불안해졌다. 백군 선수들은 이길 수 있을지도 모른다고 희망을 품었다.

부인들과 세리아스 및 여성 일행은 그래도 이길 수 있겠지, 하고 생각했다.

그리고 2인3각 경기의 승부를 결정지을 마지막 레이스가 시작되었다.

여성 사회자가 호각을 불자마자 두 조가 출발했……지만, 하오스이와 파파루가 크게 넘어졌다.

[에에에에에에에에에엥~!]

아무도 그 사태를 예상하지 못했는지 이곳에 있는 모두가 놀랐다.

“……무슨 짓이야? 처음에는 오른발부터.”

“알고 있어. 그래서 처음에 오른발부터 내밀었잖아.”

“……파파루는 왼발. 내가 오른발.”

“그런 말은 못 들었다! 하오스이가 처음에 오른발이라고 해서 오른발을 내밀었던 말이야!”

아무래도 오해라고 해야 할까, 제대로 의사소통이 되지 않은 부분이 있는 듯하다.

그러나 그 동안에도 백군은 쭉쭉 나아가고 있었다.

지금은 말다툼을 벌일 때가 아님을 깨달은 하오스이와 파파루는 황급히 자세를 고친 뒤 이번에야말로 제대로 출발했다.

두 사람은 점점 속도를 높여나갔다. 그러나 파파루는 아까 전에 넘어진 일을 납득하지 못하는 눈치였다.

“역시, 아무리 생각해도 말을 똑바로 하지 않은 하오스이가 잘못했어. 난 잘못 없다고.”

“……그래도 우리가 넘어진 이유는 파파루가 처음에 발을 잘못 내밀었기 때문.”

“그러니까 애당초 발을 잘못 내민 원인이 하오스이한테 있다고. 네가 내게 처음에 왼발부터 내밀라고 했다면 아무 문제없었어. 애초에 일어나지 않을 사고였다고.”

“……알겠어. 내 잘못이야. 미안해.”

“…………”

“……왜 그래?”

“아, 아니, 그렇게 순순히 사과를 하니 오히려 당황스럽다고 해야 할까.”

“……그래? 똑바로 말하지 않은 건 사실이니 내가 잘못한 거

맞아.”

“으, 으음.”

“……그리고 내가 더 강한데도 넘어질 때 보호해주질 못했어. 미안해.”

“잠깐만! 그건 딱히 사과할 필요 없다! 아니, 너와 나의 실력 차는 아주 근소해! 그러니 날 보호해줄 필요는 없어!”

“……고마워. 내가 더 강하다는 걸 인정해줘서.”

“아니, 그건 지금뿐이다! 곧바로 넘어서주마!”

“……그건 무리. 앞으로도 내가 더 강할 테니까.”

하오스이와 파파루가 말다툼을 벌이며 달렸다.

그래서일까? 두 사람은 눈치채지 못했다.

어느새 심상치 않은 수준까지 속도를 높여서 순식간에 백군을 추월했다는 사실을.

그 광경을 지켜보고 있던 자들은 어리둥절해했다. 그러나 와즈는 말다툼을 하면서도 호흡을 맞춰 다리를 척척 내미는 두 사람을 보고는 역시 사이가 좋구나, 하고 고개를 끄덕였다.

하오스이와 파파루는 그대로 테이프를 끊었다. 그러나 의식하지 않았는지 그대로 홍군 진영으로 돌……아가지 않고 행사장 밖으로 나가버렸다.

아마도 그대로 행사장 밖에서 한바탕 하려는 것 같다고 와즈, 부인들, 세리아스 및 여성 일행은 생각했다.

“……으음, 일단 2인3각은 홍군의 승리입니다.”

여성 사회자가 쓴웃음을 지으며 말했다.

그 뒤에 행사장 밖에서 화약이 터진 것 같은 격렬한 소리가 울렸다. 그러나 아무도 그것을 추궁하지 않았다.

몇몇 경기가 끝나고 운동회도 어느덧 두 경기밖에 남지 않았다.

두 경기에 할당한 승점을 생각해본다면 홍군이 최종 우승을 거두려면 두 경기를 모두 이겨야만 한다. 힘든 조건이긴 하지만 반대로 말하자면 그 정도로 백군을 뒤쫓았다는 뜻이기도 하다.

우승할 가능성이 눈에 보이자 홍군 진영은 더욱 뜨겁게 응원을 보냈다. 백군 진영도 이에 질세라 분발했다.

그리고 다음에 시작된 경기는 기마전이다.

세 사람이 삼각형 형태로 서서 말 역할을 맡으면 그 위에 머리띠를 두른 기수가 앉는다. 그렇게 결성된 양 팀의 기마들이 맞붙어서 상대팀 기수의 머리띠를 벗겨내는 경기다.

경기 설명을 들으면서 와즈는 참가 선수들의 면면을 살펴봤다.

꽤 대규모 경기인지 운동장에는 각 팀에 소속된 인원의 절반이나 출장했다.

"오오……."

쭉 늘어서 있는 양 팀 선수들의 숫자를 보고 와즈는 감탄했다.

그대로 와즈는 시선을 돌렸다. 그런데 부인들과 세리아스 및 여성 일행이 홍군 진영에 있는 모습이 보였다.

어라? 이 경기에는 아무도 참가하지 않았네? 하고 와즈는 생각했다.

그렇게 생각하면서 한 사람, 한 사람씩 확인해나갔는데…….

"……어라? 아리아가 없어."

와즈는 그렇게 중얼거린 뒤 설마 싶어서 홍군 기마들 쪽으로 시선을 돌렸다.

아리아가 홍군 측 기마의 중심에서 기수로서 군림하고 있었다.

"열심히 할게요. 아리아 님!"

"잘 부탁합니다. 아리아 님!"

주변에 있는 기수들이 잇달아 아리아에게 말을 건넸다. 그녀는 힘내자며 고개를 끄덕이기도 하고, 말을 건네기도 했다.

그 모습은 아무리 봐도 홍군의 중심처럼 보였다.

대체 무슨 일이 있었던 걸까? 와즈가 당혹스러워하고 있으니 아리아가 와즈 쪽을 쳐다봤다.

시선을 느낀 와즈는 온화하게 웃어주었다.

"힘내~! 아리아~!"

와즈가 응원하자 아리아는 활짝 웃으며 주먹을 살짝 쥐어 보였다.

그리고 기마전을 시작하는 시간이 찾아왔다.

"자, 운동회도 이제 두 경기밖에 남지 않았습니다! 남은 경기는 이 기마전과 릴레이 경주뿐! 홍군이 승리하려면 두 경기를 모두 이겨야만 합니다! 기마전 준비도 이미 끝났으니 더 길게 말했다가는 사람들의 애간장이 다 타버릴 것 같으니 당장 시작하도록 하죠! 그럼!"

여성 사회자가 그렇게 말하고서 호각을 물었다.

삐이~! 하는 날카로운 소리가 주변에 울리자마자 홍군과 백군의 기마들이 일제히 앞으로 나갔다.

[야아아아아아아아아아아!]

[우오오오오오오오오오오!]

열기가 담긴 함성이 땅을 뒤흔드는 와중에 양 팀의 기마들이 충돌했다. 기수들이 서로의 머리띠를 빼앗는 쟁탈전이 펼쳐졌다.

"……응?"

와즈는 아리아의 몸에서 순간 빛이 새어나온 것처럼 보였다. 마치 마법이 발동된 것처럼. 그러나 특별히 변화가 없는 듯해서 그저 기분 탓이겠거니 싶었다.

와즈는 기마전을 관전하면서 아리아의 위치를 찾았다.

그녀가 탄 기마는 난전 중심지에 있었다.

백군 기마들이 포위하고 있는데도 아리아는 두려워하지 않고 상대방의 머리띠를 빼앗았다.

"숫자가 너무 많아! 하지만 내 머리띠를 그리 쉽게 뺐을 수 있을 줄 알아?"

아리아는 그렇게 말하며 자기 쪽으로 닥쳐오는 손들을 자세를 무너뜨리며 회피하고는 카운터를 하듯이 백군 기수들의 머리띠를 빼앗아나갔다.

그야말로 일기당천의 전사였다.

그 모습을 보고 와즈는 어라? 하고 의아해했다.

평소에 자신이 단련시키고 있으니 아리아의 활약은 그리 놀랍지 않다.

다만 아리아가 타고 있는 말을 보니 의문이 들었다.

백군 기마들이 몸으로 충돌해오니 다치거나 체력이 떨어져야 정상인데 지친 기색을 전혀 내보이지 않았다.

와즈는 기마전 전체 양상을 살펴봤다. 다른 말……, 홍군 전체가 마찬가지였다.

그때 와즈의 머릿속에서 벼락이 떨어졌다.

"……설마…………, 만약에 그렇다면 야비해."

와즈가 내린 결론은 아리아가 홍군에게 꾸준히 회복 마법을 걸어주고 있는 게 아니냐는 것이다.

만약에 그렇다면 홍군 기마들은 아무리 달리더라도, 아무리 다치더라도 아랑곳하지 않고 경기에 임할 수 있다.

늘 만반의 상태로 싸울 수가 있다는 뜻이다.

또한 상대에게 위해를 가하는 마법만 금지되어 있기에 회복 마법은 문제가 없다.

애당초 백군도 똑같은 전법을 구사하고 있다.

다만 그 규모와 회복량이 차원이 다를 뿐이다.

홍군 기마들이 마치 불사의 군단이 된 듯했다.

그렇기에 와즈는 야비하다고 말했던 것이다.

막대한 회복량 덕분에 홍군은 무모하게 움직일 수 있었고, 기동성을 살려서 싸움을 유리하게 이끌어 나갔다.

홍군이 유리해지자 살아남은 기마의 숫자에도 차이가 나기 시작했다. 그렇게 되니 이번에는 숫자로 압도하여 결국 홍군이 승리를 거두었다.

참고로 백군 마지막 기수의 머리띠는 아리아가 등 뒤에서 빼앗아 높이 쳐들고 있었다. 홍군 기마들이 기뻐하며 아리아의 곁으로 모여들었다.

그 광경은 마치 한 폭의 그림 같았다.

기마전을 치르느라 엉망이 된 운동장을 말끔하게 정돈한 뒤 마지막 경기인 '릴레이 경주'가 시작되었다.

홍군과 백군의 대표 선수들이 운동장을 한 바퀴씩 돌며 다음 주자에게 바턴을 넘겨주는 경기다.

단순히 다리가 빠른 것이 유리하기에 대표 선수도 다리가 빠른 순서대로 선발하는 것이 보통이다. 그런데 와즈는 그 안에서 카가네의 모습을 확인했다.

더욱이 순서를 보니 앵커(*마지막 주자)다.

"……어? 카가네가 출전한다고?"

와즈는 의아해할 수밖에 없었다.

카가네의 특기는 마법이다. 그녀는 신체 능력이 특별히 뛰어나지 않다.

카가네가 와즈의 시선을 느끼고서 느긋하게 손을 흔들었다.

와즈는 손을 흔들어주면서도 괜찮을까? 하고 생각했다.

"……저 경기로 우리의 미래가 결정되는 건가?"

"그렇지. 원래 왕으로서 한쪽에 가담해서는 안 되겠지만, 되도록 홍군이 이겼으면 좋겠군."

에르드 왕과 드우라 왕이 긴장한 표정을 내보였다.

릴레이 경주에서 이긴 팀이 그대로 종합 우승을 차지하게 되니 당연하겠지.

그리고 첫 번째 주자가 출발 지점에 섰다.

"자! 아무리 발버둥을 쳐도 이 경기로 모든 것이 결정됩니다! 이제 말은 필요 없습니다. 누가 더 빠르냐. 그뿐입니다! 과연 우승을 거두는 쪽은 홍군일지 백군일지……. 승리의 여신은 어느 쪽에 미소를 지을까요? 그건 이 경기가 끝났을 때 알 수 있습니다! 그럼 홍군과 백군 모두 준비가 다 됐나요?"

여성 사회자가 묻자 홍군과 백군 첫 번째 주자들이 고개를 끄덕였다.

여성 사회자가 호각을 물고서 힘차게 불었다.

첫 번째 주자들이 단숨에 뛰어나갔다.

준족을 자랑하는 선수들답게 그 속도가 대단히 빠르다.

두 번째 주자가 배턴을 받기 위해서 곧바로 출발 지점으로 가서 자세를 취했다.

운동장을 한 바퀴 돈 첫 번째 주자에게서 배턴을 무사히 넘겨받은 두 번째 주자들이 뛰어나갔다.

차이는 그다지 나지 않지만, 백군 선수가 앞서고 있다.

아무래도 종합적으로 백군 쪽이 더 빠른 듯하다.

주자가 바뀔 때마다 차이가 벌어져갔다.

홍군이 쫓아가려고 애를 쓰고는 있지만, 백군 역시 추월당할 수는 없다며 필사적으로 달렸다.

특히 백군은 홍군의 앵커인 카가네를 신경 쓰고 있었다.

카가네가 와즈의 부인들 중 한 사람이라는 걸 알고 있고, 또한 파파루……, 아니, 다른 부인들의 활약을 익히 봐왔기에 경계하는 것이다.

그녀가 배턴을 넘겨받기 전까지 최대한 거리를 벌려두고 싶었다.

그 바람이 통했는지 백군이 앵커에게 배턴을 넘겼을 때 홍군과의 차이가 크게 벌어져 있었다. 상식적으로 이제 역전은 불가능하다고 여길 정도로.

……아니, 그렇기에 카가네는 불타올랐다.

"좋았어! 어서 와라~!"

의욕을 내보이는 카가네가 배턴을 받자마자 단숨에 달려나갔다.

앵커는 두 바퀴를 돈다.

홍군이 승리하기 위해서는 그 안에 앞서 달리는 백군을 추월해야만 한다.

그러나 백군 선수도 역시 마지막 주자답다고 해야 할까, 가장 빠르다며 선발된 사람답게 속도가 꽤 빠르다.

카가네는 백군 앵커의 등을 보면서 외쳤다.

"제법이야, 백군! 빨라, 빨라! 하지만~! 내게는 이게 있어! 간다! '퍼스트 엑셀'!"

신체 강화 마법이다.

카가네의 몸이 마법의 빛에 휩싸이더니 속도가 쭉쭉 올라가기 시작했다.

그러나 그 장면을 본 백군 앵커도 마찬가지로 신체 강화 마법을 사용하여 속도를 높였다. 잠깐 좁혀졌던 차이는 더는 좁혀지지 않았다.

그렇게 첫 번째 바퀴가 끝났다.

백군은 승리를 확신했다.

그러나 그렇게 생각하기에는 아직 일렀다.

"와하하하! 멀었어, 아직 멀었어! 나는 3단계로 가속한다고! 간다, 제2단 가속 '세컨드 엑셀'!"

마력을 더욱 주입한, 강력한 신체 강화 마법이다.

아까 전보다 더 눈부신 빛이 카가네의 몸을 감쌌다. 그녀는 단숨에 속도를 높여 백군 앵커의 바로 뒤까지 뒤쫓았다. 그러나 골인 지점까지 남은 거리는 얼마 되지 않았다.

이대로 백군이 추격을 따돌릴 거라고 생각한 순간, 카가네가 웃음을 지었다.

"보여주마! 이게 내 전력이야! 제3단 가속 '라스트 엑셀'!"

카가네는 자신이 보유한 방대한 마력 전부를 신체 강화 마법에 투입했다.

그 마력량이 워낙 방대해서인지 카가네의 몸을 감싼 빛이 그녀의 등 뒤로 넘쳐흘렀다.

그 모습은 마치 천사 같았다.

골인 지점까지 조금밖에 남지 않은 지점에서 순간적으로 초가속한 카가네는 백군 앵커를 앞지르고서 그대로 테이프를 먼저 끊었다.

……그러나 초가속에 익숙하지 않았던 카가네는 테이프를 끊자마자 다리가 엉켜 데굴데굴 구르고 말았다.

"아아아아아아아아아~………… 눈이 빙글빙글~."

카가네는 마치 스스로 바란 것처럼 와즈 쪽으로 굴러갔다.

"……어? 잠깐!"

와즈는 당혹스러워하면서 카가네를 부드럽게 안았다.

그대로 카가네의 얼굴을 들여다보며 와즈가 물었다.

"카가네, 괜찮아?"

"아~우~, 세계가 돈다~……. 하지만 괜찮아~."

흙이 묻어 있기는 하지만 일단 괜찮은 듯해서 와즈는 안도했다.

그리고 여성 사회자가 크게 선언했다.

"홍군 승리~! 그리고 이 승리로 홍군이 종합 우승을 거두었습니다~!"

[와아아아아아아아아아아아!]

그 선언에 홍군 선수들이 크게 기뻐했다.

근처에 있는 사람들끼리 서로 부둥켜안기도 하고, 손을 맞부딪치면서 각자 기쁨을 드러냈다.

한편 백군은 분한 표정을 지었다. 그러나 하나둘씩 웃음을 지으며 홍군의 승리를 축하하듯 박수를 보냈다.

그리하여 이번 운동회는 홍군의 승리로 끝났다.

참고로 메아르는 사람으로 변하지 않고 용 상태를 유지했기에 운동회에는 참가하지 않았다.

그러나 그 사랑스러운 모습은 홍군과 백군을 가리지 않고 모든 사람들의 마음을 사로잡았다.

그 결과, 다음에 열린 운동회에서는 마스코트로 작은 용이 나왔다고 한다. 그러나 그 사실을 메아르가 알게 되는 건 다음에 이 곳을 방문했을 때였다.

# 제3장 무투도시 에스레아데로

–1–

…………

눈앞에 있는 두 사람이 가볍게 입술을 맞대자 나는 지긋지긋한 마음으로 이곳에 있는 사람들에게 선언했다.

이거 내가 할 필요가 있나?

……아니, 있겠지……. 아마도.

"결혼이 성립되었다! 이 결혼은 이룸슈타드를 대마왕의 손아귀에서 구해낸 구세주인 나, 와즈와 그 부인들이 인정했다! 만약에 앞으로 이 결혼에 이의를 제기하는 자가 있다면 우리한테 이의를 제기하는 것으로 간주하겠다! 이 말을 무겁게 받아들이기를! ……그럼 에르드 씨, 드우라 씨……. 결혼 축하합니다!"

[우와아아아아아아아아아아!]

내가 선언을 마치자마자 운동장에 있는 모든 사람들이 기쁨의 환호성을 질렀다.

에르드 씨와 드우라 씨는 기쁜 나머지 바로 부둥켜안고서 아까와는 달리 농후하고 뜨거운 입맞춤을 나누었다.

일단 눈뜨고 볼 수가 없어서 눈을 감았다.

시야가 거메지자 농밀하게 입을 맞추는 소리만이 들렸다.

견딜 수 없어서 눈을 뜨고서 하늘을 올려다봤다.

…………아아, 어째서 하늘은 이토록 화창한 걸까?

마치 에르드 씨와 드우라 씨의 결혼을 축복하는 것 같다.

뭐, 드디어 염원을 이뤘고, 또 행복해보이니 나도 축복하도록 하자.

박수를 짝짝 보냈다.

부인들과 세리아스 씨 및 여성 일행도 이미 홍군과 백군의 구분이 사라져버린 사람들 속에서 축복의 박수를 보내고 있었다. 그러나 카가네만은 눈빛을 반짝이며 과도하게 흥분한 상태였다.

왜 내가 선언하게 되었느냐면 특별한 이유가 있어서가 아니다. 그저 주변 사람들의 기대를 저버리지 못했을 뿐이다.

운동회가 끝나자마자 분위기를 타고 그대로 두 왕은 결혼식을 올리기로 했다. 그런데 결혼식 주례를 누가 보느냐는 문제가 나오자마자 모두가 나를 쳐다봤다.

구세주가 나설 차례라는 건가요?

……그래서 주례를 떠맡게 된 것이다.

역시나 모두가 축하하는 상황 속에서 싫다며 거절할 용기는 없었다.

그런데 느닷없이 부탁을 받긴 했지만 말이 술술 나올 리가 없다. 내가 곤혹스러워하고 있으니 누군가가 슬며시 원고를 넘겨줬다.

천천히 뒤를 돌아보니 수상쩍게 히죽거리는 이룸이 있었다.

아아, 저 웃음……. 드디어 오빠(플로이드) 수준까지 타락하고 말았나?

"왜 그러시나요? 와즈 님."

"…………아니, 별로."

"제 주인으로서 걸맞는 장소라고 생각합니다."

이룸이 공손하게 고개를 숙였다.

내가 하고 싶었던 말을 먼저 넘겨짚다니 진짜 남매가 맞구나.

더욱이 여성이기에 플로이드와 달리 가볍게 대할 수가 없어서 강하게 말할 수도 없다.

큭……, 앞에 있는 사람이 플로이드라면 네가 주례를 하라는 말이 쉽게 나왔을 텐데.

뭐, 억지로 떠밀어봤자 결국에는 나에게로 되돌아올 테지만.

"아니, 이런 일에 걸맞는 사람은 이룸밖에 없다고 생각하거든. 어차피 플로이드가 일러준 꾀지?"

"남이 일러준 꾀가 아닙니다. 이렇듯 함께하고 있으니 조금이라도 와즈 님에 관해 알고 싶을 뿐이에요. 그래서 와즈 님이 기뻐할 만한 것들이 적힌 '와즈 수첩' 속 내용이 사실인지 시험했을 뿐입니다. 와즈 님의 취향을 이해해두는 것도 메이드로서의 소양이니까요."

…………그전에 먼저 물어봐줬으면 좋겠다.

내 취향을 이해하고 싶다면 우선은 대화를 나누는 게 중요하다는 걸 알아줬으면 좋겠다.

……아니, 잠깐만.

뭔가 흘려들을 수 없는 말이 있었던 것 같은데?

"……이룸……, '와즈 수첩'이라니?"

“예. 오빠가 와즈 님과 만난 뒤에 행동이나 사고 등을 적어둔 수첩입니다. 와즈 님이 신혼여행으로 이룸슈타드에 오기 전에 이 수첩으로 공부하라며 넘겨줬습니다. 이 수첩에는 오빠가 즐거워할 만……, 어떻게 해야 와즈 님을 기쁘게 해드릴 수 있을지 오빠 나름대로 즐길 수……, 경향과 대책이 적혀 있습니다.”

이룸은 그렇게 말하며 수첩을 꺼냈다.

이 자식, 플로이드. 대체 언제…….

아니, 그거 좀 넘겨줘봐!

내용을 확인하고 싶어서 수첩을 향해 손을 뻗었지만, 이룸이 홱 피했다.

아니, 아니, 왜 피하는 건데?

그렇게 생각하고서 다시금 손을 뻗었지만, 또 피했다.

……끄으응.

“그 수첩에는 나에 관한 내용이 적혀 있잖아? 그럼 내게도 볼 권리가 있다고 생각하는데?”

“와즈 님. 역시 그럴 수는 없습니다. 애당초 오빠가 수첩의 존재를 절대로 드러내지 말라고 신신당부를 했거든요.”

“…………..”

“…………..”

“…………말하면 안 되는 거지, 그거?”

“헉! 깜빡했습니다!”

이룸이 놀란 표정을 지었다.

노골적으로 만들어낸 표정 같았다.

"자자자자, 누구든 깜빡하는 때가 있기 마련이야. 그러니 마음에 담아누지 마. 나도 플로이드한테 말하지 않을 테니까."

나는 방긋 웃으며 수첩을 향해 손을 뻗었다.

……뺏을 수 있어! 휘익!

회피당했다.

"왜 안 되는 거야! 괜찮으니까 보여줘!"

"와즈 님은 주인이니 저와 오빠가 하는 일을 그냥 받아들이시기만 하면 되요."

이룸의 등 뒤에서 파아아아! 하고 빛이 샘솟았다.

아니, 난 속지 않아!

"그럼 어째서 안 되는지 알려줘."

"이 수첩에는 이른바 오빠의 개인 정보가 담겨 있어서 안 됩니다."

"…………."

그렇구나. 하기야 개인정보는 중요하지.

그런 소리를 듣고 나니 손을 내밀기가 조금 곤혹스럽다.

일기를 훔쳐보는 것이나 마찬가지다.

……어쩔 수 없지. 포기할까.

그러는 척 굴다가 훔친다! 휘익!

실패했다.

다음에 플로이드와 만나면 그 수첩을 태우는 쪽으로 이야기를 진행시키도록 하자.

"……알겠어. 이제 손대지 않을게."

내뱉은 말을 증명하듯이 나는 뻗었던 손을 내렸다.

그 모습에 안도했는지 이룸은 고개를 끄덕이며 수첩을 슬며시 집어넣었다.

“하지만 오빠가 말하지 말라고 신신당부를 했는데 전 그 약속을 깨고 말았습니다. 부디 제게 적절한 처벌을 내려주세요.”

“…………….”

……요즘에 그런 경향을 보이지 않길래 메이드로서의 소양을 갖췄나 싶었는데, 역시 이룸은 이룸이었다.

나는 휴우……, 하고 한숨을 내뱉고서 체념한 듯한 표정을 지었다.

그 표정을 보고 이룸이 눈빛을 반짝였다.

“아아! 드디어 체벌의 시간이…….”

눈빛을 반짝이는 시점에 이미 체벌이 아니라고 생각하는데.

그래서 나는 채찍을 들고 있는 이룸의 손을 살며시 밀쳐내고서 활짝 웃었다.

“……분명 체벌을 받을 만한 행동을 하긴 했어. 하지만 이룸은 열심히 운동회에 참가했잖아? 그러니 그 노력에 보답하고자 이번에는 불문에 부치도록 할게.”

내가 그렇게 말하자 이룸의 표정에 절망이 번졌다.

“……크! 당치도 않아요! 전 오빠의 말을 지키지 않은 나쁜 여동생이라고요!”

“아니, 플로이드라면 개의치 않을 걸?”

“…………알겠습니다. 포기하겠습니다.”

이룸이 낙담하며 채찍을 거두었다.

그 뒤에 나는 이룸을 데리고서 부인과 세리아스 씨 일행이 있는 곳으로 합류했다. 모두 멋있었고, 더욱이 즐거워해서 무척 기뻤다고 솔직하게 말했다.

다음에 이곳으로 돌아오면 제안해볼까?

언젠가 이세계 간 대항 운동회를 개최해보고 싶다고 생각했다.

라그닐 등 몇몇 인물들이 굉장히 흥분할 것 같다.

……뭐, 메아르에게 멋진 모습을 보여주려다가 실패할 것 같지만.

그 뒤에 나는 부인들과 세리아스 씨 일행을 대동하고서 다시금 축하 인사를 하고자 에르드 씨와 드우라 씨에게 갔다. 그랬더니 피로연에 참석해주지 않겠냐는 권유를 받았다. 나는 지금은 무투도시 에스레아데에 가야 한다며 정중히 사양했다.

나는 다음에 방문할 것을 약속했다. 에르드 씨와 드우라 씨, 그리고 두 나라의 국민들에게 배웅을 받으면서 비공정은 하늘로 날아올랐다.

–2–

며칠 뒤 무투도시 에스레아데에 도착했다. 도시 밖에 있는 비공정 발착장에 착륙한 뒤 가볍게 준비를 끝마치고서 나, 부인들, 세리아스 씨 일행은 도시의 문으로 향했다.

승조원들은 비공정을 정비하겠단다. 경비 업무와 정비 업무를 교대로 하면서 휴식을 취하겠다고 했다.

나는 잘 부탁한다며 맡기기로 했다.

무슨 일이 생기면 바로 연락할 테니 괜찮겠지.

소중한 비공정이니 무슨 일이 생기면 전력으로 대처하겠습니다.

도시의 문으로 향하던 도중에 휘청거리며 걷던 사람이 우리 앞에서 쓰러졌다.

조금 수상쩍게 여기면서도 가까이 다가가 괜찮으냐고 말을 걸었다.

"죄송합니다. 갑자기 쓰러지시던데 괜찮습니까? 으아, 의식이 있어!"

의식이 있는지 확인하려고 쓰러진 사람의 몸에 손댄 순간, 느닷없이 때리려고 해서 회피했다.

……위험했다아.

위험을 감지하고서 뒤로 폴짝 물러났다. 그러고는 부인들과 세리아스 씨 일행을 내 뒤쪽으로 유도했다.

부인들이 괜찮으냐고 묻자 문제없다며 고개를 끄덕여주었다.

나는 다짜고짜 때리려고 했던 사람 쪽으로 시선을 돌렸다. 서서히 일어서려고 하고 있지만 역시나 비틀거렸다.

마치 술에 취한 것처럼.

"……설마 기습적으로 날린 내 주먹을 피할 줄이야. ……이러니 톳도 녀석이 당했지."

그 사람은 나를 보고는 대담하게 웃어보였다.

그 인물은 활동하기 편한 옷을 입고 있었다. 척 봐도 몸이 유연해 보였다.

얼굴 생김새도 씩씩해 보이지만 다박나룻 때문에 인상이 조금 거칠었다.

또한 허리에는 출렁출렁, 하는 소리가 나는 동그란 물건이 매달려 있다.

술에 취한 것처럼 보이니 틀림없이 술이 담겨 있겠지.

그러나 문제는 겉모습이 아니라 그 인물이 내뱉은 말이었다.

……톳도라는 이름을 들은 적이 있다.

나는 그 인물을 노려봤다.

"……즉 '영원의 영광'이 보낸 자객?"

"맞아. 이미 너희들의 정보는 나돌고 있어. 우린 전 세계에 있으니까. 도망칠 곳은 아무 데도 없다 이 말이야."

"……미안. 도중에 말을 끊어서 미안한데 잠깐만."

일단 양해를 구했다.

그 인물이 입을 헤 벌렸지만 무시하고서 나는 뒤를 돌아 하오스이와 파파루를 쳐다봤다.

"그래서 또 자객이 왔거든…………. 이제 기억나지?"

"……문제없어."

"아, 아아, 그거구만!"

하오스이는 시선을 돌렸고, 파파루는 수상쩍다.

……새카맣게 모르는 눈치네.

하오스이와 파파루는 도적단 '영원의 영광'에 흥미가 없는 듯하니 역시 내가 상대할 수밖에 없는 듯하다.

부인들, 세리아스 씨 일행에게 잠시 기다려달라고 양해를 구한 뒤 나는 그 인물과 대치했다.

"죄송합니다. 오래 기다리게 해서."

"……뭐지……, 방금 그건……, 뭐지……."

"신경 쓰면 지는 거라고 생각하는데요?"

"……응. 그건 알지만……, 어쩐지 납득이 안 되는데……."

그 인물이 으~음……, 하고 신음했다.

그러나 이내 무언가를 삼키듯이 목울대를 꿀렁거리고는 주먹을 쥐고서 전투태세를 취했다.

"……뭐, 상관없지. 어차피 여기서 모조리 죽일 거니까."

"그건 불가능하지 않을까?"

"고작 톳도를 해치운 것 정도로 우쭐거리자 마!"

그 인물이 그렇게 외치고서 달려들었다.

그는 물 흐르듯이 주먹과 발차기로 연속 공격을 가했다.

아무래도 무투가인 듯하다.

그럼 일단 무투가 씨라고 부르도록 할까.

몸놀림을 보니 나름 강자인 것 같긴 하다. 취했다고는 생각할 수 없는 움직임이라서 보통 사람은 대처하기가 어려울지도 모른다.

그러나 상대를 잘 못 골랐다.

나에게는 공격이 전혀 통하지 않는다는 걸 안 무투가 씨가 일단 거리를 벌렸다.

"……제법 하는 것 같군. 아무래도 나도 전력을 다해야할 것 같아."

……어째서 꼭 이런 사람들은 처음부터 전력을 다하지 않는

걸까?

여유로운 척 굴면서 멋을 부리려는 건가?

그러나 여유를 보이다가 당하기라도 한다면 아무 의미가 없다고 생각하는데.

…………….

뭐, 기다려주긴 하겠지만.

무투가 씨가 허리에 차고 있는 둥근 물건을 집었다.

"……뭘 하려고?"

"당연하지. 이 안에 담겨 있는 건 술이야!"

……역시.

"난 몇 년 동안 수행을 하여 취권을 습득했다!"

"취권?"

"취하면 취할수록 강해지지……. 그 권법을 지금 보여주마!"

무투가 씨가 둥근 물체에 입을 대고서 그 안에 담겨 있다는 술을 마시기 시작했다.

꿀꺽꿀꺽꿀꺽……. 단숨에 비워버릴 기세였다.

술은 마시지 않아서 잘 모르겠는데, 그렇게 단숨에 마셔도 괜찮은가?

내가 몸을 걱정하고 있으니 무투가 씨가 둥근 물체에서 입을 떼고는 입가를 난폭하게 훔쳤다.

"우이~……, 힉……."

눈을 부라리면서 몸을 더욱 휘청대기 시작했다.

저런 상태로 싸울 수나 있으려나? 하고 생각한 순간 무투가 씨가 달려들었다.

아까 전보다 더 예리해진 공격이 날아들었다.

술에 취해서인지 공격을 예측할 수가 없었다. 나는 공격이 날아오면 반사 신경만으로 대응해나갔다.

그대로 공격을 처리해나가고 있으니 무투가 씨가 느닷없이 멈춰버렸다. 그러고는 몸을 부들부들 떨더니 얼굴이 새파래졌다.

………….

"……으음, 괜찮습니까?"

"…………우오오오오오……."

무투가 씨가 갑자기 땅바닥에 엎드려 토악질을 하자 나는 곧바로 회피했다.

그러나 아주 불편해보여서 등을 부드럽게 문질러주었다.

"……정말 괜찮습니까?"

"……미안……, 고마……, 좀, 안 좋아……, 우오오오오……"

예전에 이런 일이 있었던 것 같은…… 기억이.

무투가 씨의 등을 문질러주면서 대화를 이어나갔다.

"으음……, 취권이라고 했던가요? 취하면 취할수록 강해진다고 했죠?"

"……응, 그래."

"……그런데 강해지기도 전에 토악질?"

"……응, 그래. ……우윽……, 역시 빈속에 술을 마시지 말 걸 그랬다."

"…………하아."

죄송합니다. 술을 마시지 않아서 잘 모르겠습니다

"……으으……, 그 반응은……. 너, 술 안 마셔?"

"예, 뭐. 몸에 맞질 않아서."

"……그래? 그럼 먼저 말해두지……, 술을 먹더라도 먹히지는 말라."

당신은 이미 먹혀든 것 같은데요?

"……나 같은 인간은 되지 마라, 청년……. 웁."

이 녀석, 이제 글렀네.

아무리 생각해도 도적단 '영원의 영광'은 보낼 사람을 잘 못 인선한 것 같다.

더 이상 상대해봤자 소용없기에 일단은 손날로 무투가 씨의 의식을 끊어버렸다. 그대로 쓰러지면 오물이 묻을 테니 그전에 몸을 받쳐주었다.

"…………지난번처럼 하면 되겠지."

그렇게 판단한 나는 '완전 신격화' 상태로 전환한 뒤 설명문을 몸에 붙여두고서 무투가 씨를 대국 가리스로 포잇! 하고 '전송'시켰다.

옴로렐 씨와 루마루프가 알아서 처리해주겠지.

무투가 씨가 토해낸 오물은 역시나 그대로 방치해둘 수가 없어서 흙을 끼얹어두었다.

이제 다 끝났다고 판단한 나는 부인들, 세리아스 씨 일행과 함께 무투도시 에스레아데의 문으로 향했다.

-3-

무투도시 에스레아데의 문 근처로 가자 사람들이 들어가기 위해서 줄을 서고 있었다. 줄 맨 뒤에 서자 정겨운 풍경이 눈에 들어왔다.

골렘과 싸워서 도시 내 어떤 구역까지 들어갈 수 있는지를 정하는 랭크전이 치러지고 있었다.

예전에 왔을 때는 시로가 최고 등급인 'S'랭크를 획득했었지.

……그러고 보니 그때는 시로만 랭크전에 참가했고, 나와 플로이드는 참가하지 않았다.

다시 말해서 또 랭크전을 치러야만 한다는 뜻?

뒤를 힐끔 돌아보니 부인들과 세리아스 씨 일행이 랭크전에 관심이 있는지 흥미진진해하는 눈치였다.

……으~음, 어느 한 사람에게 맡기도록 할까.

그렇게 생각했을 때 떠올랐다.

이 도시의 간판이기도 한 오드 씨가 보증인이 되어준 신원 보증 카드를 받았으니 그걸 쓰면 되잖아?

으음……, 어디에 놔뒀더라…….

옷을 팡팡 때리며 확인해봤더니 품 속에 있었다.

예전 세계로 돌아간 뒤에는 쓸 일이 없었으니…… 어쩔 수 없지, 어쩔 수 없어.

…………쓸 수 있으려나? 이거?

뭐, 안 된다면 오드 씨를 불러달라고 하거나, 나나 부인들 중 한 사람이 'S'랭크 골렘을 무찌르면 될 일이다.

그런 생각을 하는 사이에 우리 차례가 돌아왔다.
문지기병이 내 곁으로 달려오기에 먼저 카드를 보여…….
"고생 많으셨습니다! 와즈 님! 시로 님과 플로이드 님은 함께 오시지 않았습니까?"
주려다가 품 속에 도로 넣었다.
나를 아는 듯하는 문지기병의 얼굴을 자세히 들여다보니 아마도 지난번에 왔을 때 봤던 사람인 듯했다.
……뭐, 똑같은 사람이 아니라면 이곳에 없는 시로와 플로이드의 이름이 나올 리가 없겠지.
문지기병은 내 뒤를 들여다보고는 그대로 굳어버렸다.
부인들에게 시선을 빼앗긴 듯했다.
이~봐! 이쪽, 이쪽! 난 이쪽에 있어~!
문지기병의 눈앞에서 손을 흔들자 헉! 하고 제정신을 차리고서 달려왔다.
"지금 당장 돌아가십시오, 와즈 님! 현재 무투도시 에스레아데는 남자한테 위험한 장소가 되었습니다!"
문지기병이 무시무시한 표정으로 말하자 나는 의아해했다.
"……무슨 일이 있어요? 오드 씨는 괜찮나?"
"오드 님과 부인은 괜찮습니다. ……하지만 이 도시에 사는 대부분의 여성들은 이미 늦어버려서."
"이미 늦어버렸다니? 무슨 일이 있었어요?"
"……모든 건, 그 새로운 마왕이…………, 제 소꿉친구도."
문지기병이 원통해했다.

그러나 나는 놀라서 눈이 휘둥그레졌다.

새로운…… 마왕?

대마왕을 무찌른 지 세월이 그리 지나지도 않았는데 벌써 새로운 마왕이 나타났다고…….

전 마왕이었던 네 사람 중 루마루프는 대국 가리스에서 기사단장으로 근무하고 있고, 티안은 플로이드와 함께 우리의 세계에 있고, 파파루는 나와 함께 있고, 즈도는 우리 세계를 만끽하고 있던가?

…………응. 나타나더라도 이상할 게 없구나.

그나저나 새로운 마왕이 나타났다고 치고. 대체 이 도시의 여성들에게 무슨 일이 벌어진 거지?

……더욱이 도시가 황폐해진 흔적이 보이지 않는 것도 마음에 걸린다.

오드 씨에게 물어보는 편이 빠르겠다고 판단한 우리는 그대로 도시 안으로 돌아가 오드 씨의 집으로 향했다.

그러나 위치가 잘 기억나지 않아서 누군가에게 길을 물으면서 가야하나 싶었는데 기우였다.

"임자, 그쪽이 아냐. 오드의 집은 저쪽 길이야."

파파루가 기억하고 있었다.

그러고 보니 내가 여기에 오기 전에 파파루는 오드 씨의 집에서 기숙했었지.

나는 길안내를 부탁하고서 파파루를 따라 오드 씨의 집으로 향했다.

# 제4장 새로운 마왕…… '이리슈로'

-1-

"오드, 나 왔다~! 이~봐! 오드~!"

파파루가 오드 씨를 부르면서 현관문을 쿵쿵 두드렸다.

이봐요. 힘을 너무 주면 문이 부서지니까 힘 조절을 하세요.

부서지면 누가 변상하는 줄 알아?

이대로 놔뒀다가는 정말로 문을 부술 것 같아서 파파루를 뒤에서 끌어안아 제지했더니 때마침 문이 열렸다.

"아까부터 대체 누구? 조용히 좀……. 어? 파파루? 그리고 와즈까지."

오드 씨가 놀란 얼굴로 나와 파파루를 쳐다봤다.

나는 손을 흔들며 대답했다.

"안녕하세요. 오랜만입니다. 오드 씨."

"오랜만이네. 오드."

파파루도 인사를 하자 오드 씨가 웃었다.

"그래, 오랜만이야. 와즈, 파파루. 잘 와줬다!"

그리고 오드 씨가 권하는 대로 집 안으로 들어가 객실까지 안내를 받았다. 그곳에는 오드 씨의 부인인 유리나 씨도 있었다. 그녀는 파파루와의 재회를 기뻐했다.

우선 부인들과 세리아스 씨 일행에게 오드 씨와 유리나 씨를 소개했다. 그 다음에는 오드 씨와 유리나 씨에게 내 부인들과 세리아스 씨 일행을 소개했다.

상세한 내용은 조금 생략하면서 '화' 크리스털 근처에 가야하는 이유를 말하다가 도저히 넘어갈 수 없는 궁금증이 생겼다.

"오드 씨……, 아니, 유리나 씨, 하나 물어봐도 될까요?"

"어머? 뭔가요?"

파파루의 머리를 쓰다듬으며 즐기고 있는 유리나 씨가 나를 쳐다봤다.

"잠시 확인하고 싶은데……, 혹시……."

나는 그렇게 말하면서 유리나 씨의 배를 가리켰다.

기분 탓이라고는 할 수 없을 만큼 배가 불룩했다.

부인들도 내 질문이 흥미진진한지 눈빛을 반짝이며 유리나 씨를 보고 있었다.

그러자 유리나 씨가 활짝 웃었다.

"후후후, 역시 알아차렸나. 맞아, 나, 임신했어."

"허니와 나의 자식이다. 틀림없이 남자애라면 늠름할 거고, 여자애라면 귀여울 거다."

오드 씨가 자랑하면서 가슴을 활짝 폈다.

너무 일러요……. 오드 씨.

그래도 그만큼 기쁘다는 뜻이겠지.

"축하합니다. 오드 씨, 유리나 씨."

[축하드려요.]

내가 축하 인사를 하자 부인들과 세리아스 씨 일행도 잇달아 축하 인사를 건넸다. 그러고는 유리나 씨 주변으로 모여들었다.

유리나 씨의 배를 만지며 아기의 존재를 느끼고 싶은 듯했다.

“유리나, 엄마가 되는 건가?”

“맞아, 파파루.”

“그래? 그럼 이곳에서 신세를 졌던 난 언니나 누나가 되는 셈이로군.”

“후후후, 그러네. 그럼 파파루는 언니나 누나가 되겠어.”

“그럼 곤란한 일이 생기거든 언제든지 부탁해!”

파파루가 동생이 생긴 아이처럼 굴자 유리나 씨를 그런 파파루를 상냥한 눈으로 지켜봤다.

그 광경에 흐뭇하고 있으니 오드 씨가 나에게 손짓을 하고 있었다.

응? 나? 내가 스스로를 가리키자 오드 씨가 맞다며 고개를 끄덕였다.

오드 씨가 그대로 객실을 나가자 나는 부인들과 세리아스 씨 일행에게 양해를 구하고서 뒤를 쫓았다. 객실 바로 밖에서 우드 씨가 기다리고 있었다.

“미안하군. 불러내서.”

“그건 상관없지만……. 앗, 그전에 축하드리고, 고맙습니다.”

“응? 아이가 생겼으니 축하받을 일이긴 하다만, 고맙다니?”

“이룸슈타드에서 제 신분을 증명해줬잖습니까? 그때 감사 인사를 하지 못해서 지금 하는 겁니다.”

"아아, 플로이드한테 넘겨줬던 그거 말인가? 새삼스럽긴 하지만, 개의치 마. 할 수 있을 일을 했을 뿐이야."

오드 씨가 겸연쩍은 표정을 지었다.

본인답지 않은 행동을 했다고 여기는 건가?

그러나 오드 씨는 이내 진지한 표정으로 바뀌었다.

"그래서 말인데, 실은 와즈한테 전해둬야만 하는 얘기가 있어. 실은 지금 이 도시에 새로운 마왕이 나타났어."

"문지기병한테서 들었습니다. 무투도시 에스레아데에 사는 여성들 대부분한테 무슨 일이 벌어졌다고…… 대체 무슨 일이 있었던 겁니까?"

"……그렇지. 우선은 이름부터 알려줘야 하나? 새로운 마왕……, 그 이름은 '이리슈로'."

"……이리슈로?"

"그게 새롭게 나타난 마왕의 이름이야. 마왕 이리슈로는 약 2개월 전에 이곳에 느닷없이 나타났지."

"느닷없이요? ……상당히 대담하네요. 그만큼 강하다는 건가요?"

"겉모습만 봤을 때는 강하기는 강한 것 같더라. 다만 난 직접 붙어본 적이 없으니 어디까지나 추측에 불과하지만."

……어? 붙어본 적이 없다?

오드 씨의 성격이라면 이 도시를 지키기 위해서 곧바로 싸웠을 것 같은데.

이룸슈타드에서 만났던 인족 중에서 가장 강한 오드 씨라면 마왕을 상대하더라도 밀리지는 않을 것 같은데, 그 오드 씨가 싸우지 않았다니…….

"무슨 일이 있었습니까?"

"그 무렵에 때마침 허니가 임신했다는 걸 알았거든. 아내 수발을 들어줘야지."

…………그럼 어쩔 수 없다.

내가 고개를 끄덕이고 있으니 오드 씨가 의미심장하게 쳐다봤다.

마치 너도 힘내라고 말하는 것 같아서 힘을 내겠다며 주먹을 쥐어보였다.

"그런데 맞붙어보지도 않았는데 어째서 그 이리슈로가 마왕이라는 걸 안 거죠? 힘을 확인해본 적이 없죠?"

"……스스로를 그렇게 칭하는 걸 들었다. 분명…… '여러분, 안녕! 새로운 마왕 이리슈로입니다!'라고 했던가?"

"…………."

"…………."

…………바본가?

애당초 전 마왕들의 모습을 떠올려본다면 겉모습만으로는 그들이 마왕인지 아닌지 판별하기가 어렵다.

…………아니, 뿔이 있었나?

뭐, 그건 제쳐두고.

그건 분명 새로운 마왕이라고 자칭한 이리슈로도 마찬가지겠지.

그런데 마왕이라고 자칭하다니……. 어서 날 토벌해주세요, 하고 말하는 거나 마찬가지잖아?

오드 씨도 똑같은 생각을 했겠지.

그건 묻지 말아달라며 손을 앞으로 내밀었다.

나는 알겠다며 고개를 끄덕였다.

"……그래서 그 뒤에 무슨 일이 있었나요? 도시 내 여성들한테 이변이 벌어졌다는 건 알지만, 특별히 바뀐 부분이라고 해야 할까, 어딘가 파손된 부분도 보이질 않고……."

"그건 마왕 이리슈로의 목적이 싸움이 아니라 투기장이었기 때문이야. 그러니 전투는 벌어지지 않았어."

"……투기장? 왜 또 그런 곳을? ……아아, '화' 크리스털 말입니까?"

"아니, '화' 크리스털과는 관계없어."

…………어? 관계없다?

더욱이 마왕이 나타났다면서 전투가 벌어지지 않았다니 무슨 영문인지 전혀 모르겠다.

"말을 해봤자 무슨 뜻인지 전해지지 않겠지. 투기장에 있을 테니 실제로 보는 편이 빠를 거야."

"……하아."

잘 모르겠지만 일단은 고개를 끄덕였다. 그 마왕 이리슈로가 있다는 투기장으로 가기로 했다.

객실로 돌아가 부인들과 세리아스 씨 일행에게 새로운 마왕이 있는 곳에 갈 거라고 했다. 그러자 몇 명이 함께 가고 싶다고 하

서 동행하기로 했다

나와 동행하기로 한 사람은 나레리나, 하오스이, 마오, 카가네, 파파루와 세리아스 씨, 이룸이다.

메아르, 사로나, 타타, 나미닛사, 캐시, 아리아와 야토파 씨, 라비, 루시엘 씨는 유리나 씨의 몸이 걱정되는지 집에 남았다.

뭐, 오드 씨를 빌려가는 셈이니 그 정도 인원을 남겨두면 걱정할 필요가 없겠지.

오드 씨도 안심한 것처럼 안도의 한숨을 내쉬며 우리를 투기장으로 안내했다.

투기장이 가까워지자 침울해하는 남성이나 분한 표정을 지은 남성들의 모습이 눈에 띄었다. 개중에는 평범하게 지내는 사람도 있는가하면, 침울해하는 남성을 위로하는 남성도 있었다.

다만 아예 없는 건 아니지만, 여성의 모습이 거의 보이지 않는 것도 사실이었다.

정말로 이곳에 대체 무슨 일이 벌어졌던 걸까?

함께 따라온 부인들과 세리아스 씨, 이룸도 어딘지 의아해하는 표정을 짓고 있었다.

우리는 도시 안을 둘러보면서 투기장에 도착했다.

그러나 마왕이 있다는 곳답지 않게 아주 조용했다.

"……으음, 여기에 마왕이 있는 거죠?"

오드 씨에게 확인 차 물었더니 고개를 끄덕였다.

"그런데 조용하네요."

"여러 소음 문제들이 있었거든. ……이 도시에 사는 여성들이 힘을 써서 이 투기장에 방음 결계를 쳤지."

……소음? 방음? …………대체 안에서 무슨 일이 벌어지고 있는 거야?

설마 저속한 일?

그런 건 보고 싶지 않고, 부인들에게도 보여주고 싶지 않다.

그러나 만약에 그렇다면 오드 씨가 사전에 알려줬을 테니 역시 그런 건 아니겠지.

생각해본들 답이 나오는 것도 아니므로 투기장 안으로 들어갔다.

경비병으로 추정되는 사람이 있었지만, 우리에게는 오드 씨가 있으니 문제없다.

좁은 통로를 지나가자 무슨 소리라고 해야 할지 모르겠지만, 여하튼 음악이 들려왔다.

그리고 좁은 통로를 다 지나가자 시야가 확 트였다. 무대 위에서 음악에 맞춰 노래를 부르고 춤을 추는 다섯 남성이 있었다.

제각기 빨간, 파란, 노란, 초록, 보라색 머리를 하고 있었다. 하나 같이 잘 생겼고, 모양이 제각기 다른 뿔이 달려 있었다. 그리고 화려한 옷을 입고 있었다.

그 다섯 사람은 노래하고 춤을 추면서도 관객석을 보며 활짝 웃고 있었다.

관객석 쪽으로 시선을 돌렸다. 남성의 모습이 드문드문 보이긴 했지만, 여성들이 대부분의 자리를 채우고 있었다.

더욱이 여성들은 나이를 가리지 않고 무대 위에 있는 다섯 사람에게 뜨거운 시선을 보내고 있었다.

…………….

……………이게 뭐야?

부인들, 세리아스 씨와 이룸도 어딘지 당혹스러워하는 듯 보였다.

상황을 전혀 알 수가 없어서 오드 씨에게 확인했다.

"으음……, 오드 씨……, 이건?"

"저 무대 위에 있는 게 '마왕 이리슈로'다."

"……누가 말이죠?"

"모두 다. 모두가 '마왕 이리슈로'야. ……그런 그룹명이래."

…………….

……………어? 모두? 다섯 명 전원이?

아니, 분명 처음에 오드 씨에게서 이름만 들었다. 그러니 꼭 한 사람이라고 단정 지어서는 안 되지만, 그렇다고 다섯 사람이라니?

놀란 나머지 눈이 휘둥그레지자 오드 씨가 무대 위를 쳐다보면서 말을 이었다.

"빨간 머리가 '이루가', 파란 머리가 '리바트', 노란 머리가 '시리스', 초록 머리가 '유암', 보라 머리가 '로로노'야. 다섯 사람의 머리글자를 합쳐서 '이리슈로'라더군."

"……하아."

기껏 알려준 오드 씨에게는 미안한 말이지만, 못 외웠다.

일단 그룹명이 이리슈로라는 것만 기억하고서 머리색으로 구별하기로 할까.

"그럼 갈까?"

"어디로?"

"대기실. 이 라이브를 방해하면 이곳에 있는 사람들을 적으로 돌릴 테니 말이야."

"……그건 즉……, 이 도시 여성들한테 벌어진 일이라는 게……."

"맞아. 저 '마왕 이리슈로'한테 모두 마음을 빼앗겨 정신을 못 차리고 있지."

…………그냥 돌아갈까?

그렇게 생각했지만, 이대로 마왕 이리슈로가 투기장에 계속 머문다면 '화' 크리스털에 접근하는 데 방해가 될 것이다.

일단 대화를 나눠볼 필요가 있을 것 같아서 우리는 오드 씨의 안내를 받아 대기실에서 기다리기로 했다.

–2–

투기장 안에 설치된 대기실에서 오드 씨와 담소를 나누며 라이브가 끝나기를 기다렸다.

대기실 안에는 색색깔로 반짝이는 여러 의상이 걸려 있었다.

바로 그때 시끄러운 소리와 함께 대기실 문이 열리더니 아까 봤던 얼굴들이 들어왔다.

그 모습을 다시금 확인했다.

빨간 머리 마왕은 빨간 머리와 커다란 뿔이 특징이었다. 얼굴을 보니 어쩐지 지기 싫어하는 성격인 듯했다.

파란 머리 마왕은 파랗고 긴 머리와 작은 뿔이 특징이었다. 눈매가 길고 가늘다.

노란 머리 마왕은 노란 단발과 깨진 뿔이 특징이었다. 명랑하게 웃고 있었다.

초록 머리 마왕은 초록 머리와 뒤틀린 뿔이 특징이었다. 앞머리가 눈언저리까지 내려와 눈을 가리고 있었다.

보라 머리 마왕은 돌돌 말린 보라 머리와 마찬가지로 돌돌 말려 있는 뿔이 특징이었다. 이 중에서 가장 어리게 생겼다.

……음~……, 저게 새로운 마왕들이야?

생각했던 것보다 패기가 없다고 해야 하나? 사악하게 보이지 않는다.

오히려 뿔이 있다는 것을 제외하고는 주변에서 흔하게 볼 수 있는 산뜻한 청년들 같다.

의아해하고 있으니 상대도 우리가 있을 줄 예상하지 못했는지 어리둥절해하고 있었다. 그러나 오드 씨의 모습을 확인하고는 어쩐지 납득한 표정을 지었다.

"어라? 오드잖아? 왜 여길?"

"부인 옆에 없어도 돼?"

"아핫핫핫! 오드가 있다! 오늘은 참 특이한 날이군!"

"……평소에는 오지 않는 사람이 여기에 있다……. 불길한 예감밖에 들지 않아."

"엥~, 섭섭한 소리 말고 환영해주자. 유암."

아무래도 서로 아는 사이인지 습격해오지는 않을 듯하다.

습격해주는 편이 일이 더 쉬워질 것도 같은데…….

…………안 되지, 안 돼.

마왕이라는 소리를 들어서인지 머리가 전투만 생각하고 있었다.

평화가 제일……, 평화가 제일…….

"아아, 라이브하느라 수고했어. 이리슈로. 오늘 여기에 온 이유는."

오드 씨가 위로하는 말을 건네고서 우리 이야기를 하려는 순간, 마왕들의 시선이 부인들에게 꽂히더니 바로 달려갔다.

……난 안중에도 없는 듯하다.

"오오! 너희들도 우리 팬이니? 여기까지 와줘서 기뻐! 게다가 나처럼 빨간 머리를 지닌 사람까지 있다니. 내 팬이니?"

"이 만남은 운명이야. 아름다운 여성들, 이름을 물어봐도 될까? 마음속에 새겨두겠어."

"여기에 있다는 건 오드의 관계자? 이렇게 아름다운 여성들을 숨겨두다니 오드도 참 짓궂네."

"……응원……, 고맙다."

"우와~! 나처럼 작은 아이도 있어! 기쁘다아~!"

마왕들은 싱글벙글 웃으며 부인들, 세리아스 씨, 이룸에게 말을 걸고 있었다. 그러나 다들 불쾌한 표정을 짓고 있었다.

한편 나는 오드 씨에게 시선을 돌렸다.

………….

………….

…………죽여도 될까요?

마왕들의 면면을 가리키고서 목을 긋는 시늉을 보였다.

오드 씨는 그만두라며 고개를 크게 가로저었다.

아니, 아니, 저 녀석들 나에게 싸움을 걸고 있는데?

"미안하지만, 우리한테 말을 걸지 말아줘. 불쾌해."

"……딱히 팬 아냐."

"저게 마왕인가? 별 거 아닌 것 같은데."

"으~음……. 제 취향은 좀 아니네요."

"이게 새로운 마왕이라니……. 이제 글렀네."

"……기사단장과는 너무 다르네."

"무해하다고 판단하도 될까요?"

…………부인들, 세리아스 씨, 이룸이 악평을 하자 체증이 조금 내려갔다.

하는 수 없이 이곳에서는 살의를 거둬야만 할 것 같다.

마왕들, 목숨을 건졌구나.

내가 냉정을 되찾자 오드 씨는 안도의 한숨을 내뱉고서 마왕들에게 부인들 곁에서 떨어지라고 말했다.

그리고 대기실 안에 있는 커다란 탁자를 사이에 두고 마왕들과 우리는 대치했다.

"……그럼 다시 한 번……, 어험! 와즈, 이 녀석들이 이곳에 나타난 새로운 마왕인 이리슈로다. 그리고 이쪽은 내 친구인 와즈와 그 부인들과 메이드다."

오드 씨가 서로를 서로에게 소개했다.

그런데 그밖에도 다른 부인들이 있다는 사실을 빼먹었고, 또 세리아스 씨까지도 내 부인으로 소개해버렸다.

"………….”

세리아스 씨의 모습을 확인하니 얼굴이 새빨개졌다.

아무래도 불쾌해하는 눈치는 아닌 듯해서 안심했다.

일단 세리아스 씨에게 딴죽을 거는 건 나도 어쩐지 싫으니 굳이 부정하지는 말자.

……나중에 본의 아니게 부인들 중 한 사람으로 소개한 것을 사과하도록 하자.

"하아? 그게 뭐야! 아니, 아니, 이상하지 않아?"

"어째서 이렇게 별 볼일 없는 남자가 이토록 예쁘고 귀여운 여성들과 함께 하는 거지?"

"자자, 다들 진정해."

"……이 세계는 부조리해."

"푸우~, 납득 못 해~!"

노란 머리 마왕은 태연하지만, 다른 마왕들은 납득하지 못한 듯하다.

그러나 그런 발언은 하지 않는 편이 낫다고 생각한다.

부인들의 분노한 얼굴을 보니 당장에라도 폭발할 것 같다.

……상황을 보니 굳이 내가 손쓸 필요도 없을 것 같네.

나는 모두를 진정시킨 뒤 마왕들 쪽으로 시선을 돌렸다.

"뭐, 우리 얘기는 그쯤 해두고. 어째서 이곳에 마왕……들이 있지? 그걸 물어보려고 왔는데."

"어째서 너 같은 녀석한테 그런 질문을 받아야만 하는지 의문이지만, 그야 당연히 인기를 끌기 위해서지.”

“오히려 이유는 그뿐. 그렇기에 우리는 노래하고 춤추는 아이돌이 된 거니까.”

“뭐, 난 이 녀석들이 하도 권유해서.”

“……마왕 따윈 이제 고루해.”

“뭐, 편의상 마왕이라고 자칭하고 있기는 하지만, 그건 우리가 진짜 마왕이기 때문이기도 하지만, 마왕처럼 인기를 끌고 있다는 뜻을 내포하고 있기도 해~! 실제로 여기 사람들한테 인기를 얻고 있으니 틀린 말은 아니지~.”

너무나도 마왕답지 않은 발언이라 우리는 어이가 없었다. 오드씨는 어떻게 하지? 하고 내 눈치를 살폈다.

……아니, 진짜 어쩌라고?

…………무해한 것 같으니 그냥 방치하면 되지 않나?

그렇게 생각하고 있으니 마왕들이 잇달아 말을 이었다.

“게다가 이곳에는 라이브를 하러 왔을 뿐이니 민폐는 끼칠 생각이 없어.”

“훗! 이루가의 말이 맞아. 게다가 마왕이라서 해서 언제까지 세계를 지배한답시고 싸울 수는 없잖아. 그건 낡은 사고방식이야.”

“뭐, 만약에 이 사실을 전 마왕들이 알게 된다면 한심하다고 할지도 모르겠지만, 그건 개인의 자유라고 받아들여줬으면 좋겠군. 뭐, 어디까지나 살아 있다는 전제로 하는 얘기지만.”

“……설령 살아 있더라도 문제없어. 우린 전 마왕들보다 강해. 반격할 수 있어.”

"맞아~! 왜냐면 대마왕이 없어졌으니 우린 이룸슈타드에서 제일 세거든! 애당초 패배한 마왕의 말 따윌 들을 필요는 없고~."

보라 머리 마왕이 말하자 다른 마왕들도 그렇다며 동의했다.

어이쿠, 너희들. 방금 해서는 안 되는 말을 해버렸거든?

파파루를 힐끔 쳐다보니 사납게 웃고 있었다.

…………이리슈로, 이제 죽었네.

"맞아! 뭣하면 실제로 한판 붙어볼까? 단 그냥 맞붙으면 시시하니 뭔가 내기를 걸고서. 물론 만약에 우리가 진다면 그쪽이 바라는 대로 순순히 따라주지."

"하지만 우리가 이긴다면……, 그렇지. 네 여자들을 받도록 할게. 그래도 괜찮다면 마왕답게 싸우지 않겠나. 불리할 것 같으면 전 마왕들을 데리고 와도 좋다고? ……살아 있으면 말이지만."

하하하하핫! 마왕들이 웃었다.

…………오오, 그렇게까지 말할 줄은 몰랐다.

아무래도 죽고 싶은 모양이다.

무지한 자는 죽음을 재촉하기 마련이지.

"…………임자. 모으고 싶은 자들이 있는데."

파파루가 분노하며 부탁했다.

무슨 말을 하고 싶은지 잘 알기에 나도 고개를 끄덕였다.

무엇보다 지금은 우호 관계를 맺고 있는 전 마왕들을 얼간이처럼 취급해서 나도 불쾌하다.

부인들도 파파루가 웃음거리가 되자 똑같은 감정을 느꼈는지 본때를 보여주자며 나를 쳐다봤다.

나는 고개를 끄덕인 뒤 마왕들에게 활짝 웃어보였다.

그럼 전 마왕들을 만나고 와볼까.

-3-

라이브가 끝난 무대 위에는 새로운 마왕인 이리슈로 구성원들이 나란히 꼿꼿이 서 있었다.

이리슈로 마왕들은 긴장했다고 해야 할까? 땀을 삐질삐질 흘리고 있었다.

나와 부인들, 세리아스 씨, 이룸, 오드 씨는 관객석에서 그 광경을 웃으며 보고 있었다.

그리고 이리슈로의 주변을 돌면서 그들을 물끄러미 쳐다보는 자들이 있었다.

전 마왕들……, 루마루프, 티안, 파파루, 즈도였다.

나는 '완전 신격화' 상태로 '전이'와 '세계간 전이'를 사용하여 자초지종을 간단하게 설명한 뒤 그들을 이곳에 모이게 했다. 그러나 한 가지 잊은 것이 있었다.

"후후후……. 역시 전 와즈 님 옆이 가장 편하군요. 와즈 님도 그렇게 생각하시지요? 제가 옆에 있는 게 가장 안심이 되지요? 참고로 전 마음이 편안해지는 듯한 기분입니다. 뭘까요……. 와즈 님 옆에 서 있으면 아아……, 여기가 제가 돌아올 곳이라는 걸 느낄 수 있습니다."

…………….

우선 파파루는 이미 이곳에 있으니 문제없다.

애당초 파파루는 나에게도 중요한 여성 중 하나이므로 그녀를 적으로 돌린 시점에 나 역시 적이 된 것이니 할 수 있는 일을 할 뿐이다.

"아니? 어깨에 먼지가……. 털어드리지요. 역시 제가 없으면 와즈 님은 안 되는군요. 그쪽 옷에 묻은 얼룩은 뭔가요? 음식을 먹다가 흘린 흔적입니까? 퐁퐁해드리지요? 안심하세요. 얼룩을 말끔히 제거할 수 있으니 또 입을 수 있습니다. 괜찮습니다. 부끄러울 거 하나 없습니다."

옷이 벗겨졌다.

나는 파파루를 제외한 다른 마왕들을 부르러갔다. 우선 루마루프는 간단했다.

대국 가리스로 '전이'하여 이리슈로에 관해 설명했더니 마왕이란 강한 것이 전부가 아니다. 마물들을 통솔하는 자라는 의미도 있다고 차분한 얼굴로 이야기했다. 그러면서 그 의무를 방기하는 것을 용납할 수 없다고 차분히 분노하면서 꼭 그자들을 만나보고 싶다고 대답했다.

그때 티피 씨와의 관계가 어떻게 되었는지 물어보니 조금씩 진전되고 있다고 한다.

데이트도 여러 번 했다고 한다.

루마루프가 싱글싱글 웃었다.

"자자, 와즈 님. 제가 끓인 홍차입니다. 그리운 향기지요? 마음이 차분해지죠? 부디 제가 끓인 홍차를 마음껏 음미해주십시오. 부족하다면 다른 찻잎도 준비할까요? 홍차뿐만이 아니라 우유,

사과, 레몬 등등 각종 첨가물들이 갖춰져 있으니 원하는 홍차를 제공해드릴 수 있습니다. 앗, 다과도 필요하겠군요. 당장 내오도록 하겠습니다."

한 모금 마셨다……. 여전히 맛있다.

즈도는 '세계간 전이'로 원래 세계로 돌아가서 불렀다.

즈도는 황룡 다엘과 함께 근육 수행이라는 핑계로 여행을 다니고 있었다. 원래 세계로 돌아가 보니 흡혈귀국에서 근육을 더욱 키우고 있는 중이었다.

흡혈귀의 왕……, 베네도와 함께 서로의 근육을 칭찬해주기도 하고, 라이벌로 인정하며 경쟁하고 있는 듯했다.

………………일단 무지~ 행복해보였다.

그냥 방치할까? 하고 생각했지만 따돌리면 안 될 것 같아서 사정을 설명해줬더니 사고방식이 연약하기 짝이 없는 녀석들! 근육이 부족하구만! 하고 분개하며 지금 당장 만나게 해달라며 나에게 다가왔다.

가까워, 가깝다고! 더워!

……아니, 정말로 근육에서 열기가 흘러넘치고 있으니 다가오지 마세요.

베네도도 같은 의견인지 근육이 연약한 놈들 같으니! 하고 분개했다.

황룡 다엘도 함께 할 줄 알았는데, 근육을 사랑하는 흡혈귀 여자 친구가 생겨서 지금은 그녀를 위해 근육을 더욱 키우고 싶다며 거절했다.

"세탁물은 쌓이지 않았습니까? 제가 직접 손빨래하지요. 영양가가 있는 음식을 잘 챙겨 드시고 있습니까? 뭣하면 하루에 필요한 비타민의 3분의 1을 섭취할 수 있는 음식을 만들까요? 이 음식은 아주 만능이지요. 맛있을 뿐만 아니라 하루에 세 번만 먹으면 필요한 비타민을 모두 섭취할 수 있으니까요."

그 요리 레시피를 부인들에게 알려줬으면 좋겠다.

그리고 마지막으로 티안을 데리러 갔는데, 그때 비로소 깜빡했던 존재가 떠올랐다.

그동안 플로이드를 까맣게 잊고 있었다.

전이한 곳이 온천가였는데 플로이드가 기다리고 있었다며 대기하고 있었다.

……대체 어떻게 눈치챈 걸까?

의문이 들었지만 지금은 사정 설명이 우선이다.

티안을 부른 뒤 새로운 마왕 이리슈로에 관해 말해주자 마왕의 질이 떨어졌네요……, 하고 한숨을 내쉬었다. 그러고는 우리를 얕잡아보다니 배짱 한 번 두둑하네요, 하고 메이드가 아닌 마왕으로서 웃었다.

그렇게 티안도 이룸슈타드로 데리고 돌아왔고, 전 마왕들이 한자리에 모이게 되었다.

……그건 좋다. 바라던 일이니.

단 문제는 오랜만에 만난 플로이드가 브레이크가 망가진 사람처럼 나를 대하기 시작했다는 것이다.

내 곁에 늘 달라붙어서는 자꾸 무언가 챙겨주려고 한다.

……금단 증상입니까?

“어떻습니까? 이룸. 집사로서 근무하는 게 [illegible]”

“공부가 되고 있습니다. 오라버니는 와즈 님을 아주 잘 알고 있네요.”

“집사라서……. 아니, 와즈 님은 티안과 이룸을 메이드로 고용하고 있으니 수석 집사라고 해야 할지도 모르겠군요.”

“그러네요. 오라버니의 말이 맞을지도 모르겠어요.”

플로이드와 이룸 남매가 나를 사이에 두고서 멋대로 이야기를 진행시키고 있었다.

아니, 잠깐만.

난 누굴 고용한 기억이 없는데?

어라? 내 기억이 잘 못 되었나?

으~음……. 나는 기억을 더듬어봤다.

…………

…………

…………응. 말한 기억이 없는 듯한데…….

아니 뭐, 상황 때문에 아니라고 말한 적은 없지만, 스스로 고용하겠다고 말한 적은 없다.

…………아마도.

“일단, 가까우니 떨어져.”

나는 플로이드와 이룸에게 조금 떨어지라고 손을 저었다.

“드디어 목소리를 내시는군요. 마왕들을 한 자리에 모으면서 겪었던 일들을 다 회상하셨습니까?”

……왜 플로이드는 내 생각을 이렇게나 잘 꿰뚫어보는 걸까?

역시 창조신의 힘인가?

…………집사의 능력은 아니라고 생각하고 싶다.

"아무래도 끝난 모양이군요. 그럼 신혼여행은 어떠셨습니까? 역시 수석 집사인 제가 없어서 무언가 부족함을 느끼지는 않으셨습니까? 아아, 이런 때 플로이드가 있었으면, 하고 생각하신 적은 없으신지요? 주인님의 가려운 부분을 긁어주는 건 저만한 사람이 없으니까."

"……아니, 딱히 불편함을 느꼈던 적은 없는데."

"맞아요, 오라버니. 현재 와즈 님을 모시는 사람은 바로 저 메이드 이룸이니까요."

"그렇군요. 이룸한테 부탁하셨군요. 그럼 납득이 됩니다. 아직 더 정진해야만 하지만, 앞으로도 분명 도움이 될 테지요."

"노력하겠습니다. 이쪽 일은 제게 맡기고 오라버니는 티안 님과 소중한 시간을 보내도록 해요."

"그러도록 하지요. 이룸."

남매가 재회를 기뻐하는 건 알지만, 굳이 나를 사이에 둘 필요가 있나?

그때 나는 떠올랐다.

플로이드에게 해둬야만 하는 이야기가 있었다.

"……이봐, 플로……."

"와즈 님, 뭡니까?"

내가 말을 걸려고 하자 플로이드가 곧바로 반응했다.

……뭐, 이런 반응이 정겹게 느껴지는 걸 보니 어느덧 플로이드가 내 곁에 있는 게 당연한 일상이 되어버렸나 보나.

이 말을 입 밖으로는 꺼내지 못하겠지만.

그런데 말을 걸려다가 이룸이 했던 말이 떠올랐다.

원래는 '와즈 수첩'에 관해 플로이드와 의논을 하려고 했는데, 이룸이 플로이드에게 함구해달라고 부탁했었다.

이룸이 앞에 있는데 플로이드에게 '와즈 수첩'에 관해 이야기할 수는 없는 노릇이다.

"…………티안과의 여행은 어때?"

"예. 함께 즐거운 시간을 보내고 있습니다."

"그래? 그럼 다행이지만."

……이것도 물어보고 싶기는 했으니 입을 잘 못 열었다고는 할 수 없지.

내가 고개를 끄덕이고 있으니 루마루프, 티안, 파파루, 즈도가 나를 불렀다. 나는 무대로 위로 향하는데……, 물론 플로이드도 함께.

"와즈 님을 부르다니 대체 누구입니까……. 앗, 새로운 마왕들이었군요. 이따가 다음에는 용건이 있으면 와즈 님 앞으로 직접 오라고 타일러둘까요?"

"아니, 안 타일러도 돼."

"아아, 과연. 타이르는 것만으로는 부족하다는 뜻이군요."

"그런 말은 한 마디도 안 했거든!"

"알고 있습니다. 안심하십시오. 전 와즈 님이 마음속으로 생각하는 것을 실행하는, 직무에 충실한 수석 집사일 뿐이니."

"아니, 아니, 아니, 아니, 뭘 안고 있다는 거야. 애당초 난 그런 생각을 한 적이 없어! 멋대로 해석하지 마! 그나저나 드디어 내 마음을 읽을 수 있다는 걸 인정했구나! 방금 분명 그런 발언을 했지? 확실하게 토설했지?"

"제 주인님은 정말로 농담을 좋아하시는군요. 마음을 읽을 수 있는 사람이 있을 리가 없잖습니까?"

"아니, 플로이드는 창조신이니 인간의 상식으로 판단하면 안 되지."

"아뇨, 와즈 님. 신이기 이전에 전 '집사'……. 아니, 그것도 이미 과거이군요. 전 이제 진화하여 '수석 집사'가 되었습니다."

"……아까부터 자꾸 집착하는 느낌인데, 뭐가 달라?"

"이게 다 주인님과의 인연이 더욱 끈끈해진 덕분입니다. 참고로 수석 집사로 진화하려면 주인님이 절 제외한 집사, 혹은 메이드를 2명 이상을 고용해야 합니다. 또한 주인님에게서 일정 이상의 신뢰를 얻어야 하지요. 전 그 두 가지 조건을 멋지게 달성했습니다."

…………일정 이상의 신뢰라는 부분은 아슬아슬하다고 치더라도 2명 이상을 고용해야 한다……? 혹시 티안과 이륨을 말하는 건가?

뭐, 그 두 사람밖에 떠오르지 않는다. 그런데 대체 누가 그런 판단 기준을 세웠지?

대체 누가? 하고 생각하고 있으니 플로이드가 무언가 떠올랐는지 손뼉을 짝 쳤다.

"앗! 실은 한 단계 더 진화할 수 있는데, 그 중에 '집사 중의 집사'라는 것이 있습니다. 그쪽으로 진화하면 '세바스'라는 이름으로 불릴 수 있게 되는데……, 그 진화 조건 중에 하나가 대를 이어 주인을 모시는 겁니다."

…………응. 그 이야기를 왜 지금 하는 걸까?

다시 말해 대를 이어 집사로서 일할 마음이 충만하다 이건가?

그렇게 의문을 품은 사이에 전 마왕들 앞에 도착했다.

일단 플로이드 일은 제쳐두고, 지금은 새로운 마왕을 어떻게 할지 생각하자며 사고를 전환했더니 무슨 영문인지 분한 표정을 짓고 있는 티안의 얼굴이 시야에 들어왔다.

파파루가 티안에게 말을 걸었다.

"티안, 왜 그래?"

"……아뇨, 플로이드 님이 연인인 저보다도 주인인 와즈 님과 더욱 끈끈하게 이어져 있는 것 같아서……. 그게 분해요."

"……요즘에 티안이 무슨 말을 하는지 이해가 되질 않네."

어째서 나를 라이벌로 설정하는 거야?

……일단 내버려두자.

파파루는 티안을 위로하고 있고, 즈도는 근육을 부풀려 이리슈로에게 과시하고 있어서 루마루프에게 말을 걸었다.

"……그나저나 왜 날 불렀지?"

"아니, 저도 모릅니다. 저 녀석들이 와즈 님을 집요하게 불러서."

루마루프가 이리슈로를 가리켰다.

내가 온 것을 알아차린 이리슈로가 루마루프를 비롯한 전 마왕들에게 양해를 구한 뒤 거리를 벌렸다. 그러고는 나에게 손짓을 했다. 나는 혼자서 그쪽으로 걸어갔다.

플로이드에게는 티안을 위로하라고 부탁해뒀다.

이리슈로의 앞에 선 나는 물었다.

"……그래서 내게 용건이 있는 것 같은데 뭐지?"

"아니, 용건이고 뭐고 어째서 너처럼 평범할 것 같은 녀석이 마왕님들과 알고 지내는 거야!"

"맞아, 맞아! 이런 깜짝 쇼는 필요 없어! 사과해! 우리한테 사과해!"

"응? 다들 그렇게 생각했어? 난 동경하는 즈도 님과 만날 수 있어서 기쁜데. 그러니 저 자한테 감사 인사를 해야겠다고만 생각했어."

"……그런 말을 할 수 있을 리가 없잖아. 애당초 마왕님들이 우릴 적대시하고 있으니까."

"어? 여, 역시 그래? 어, 어어어어어……, 어쩌지? 저기, 어떡해? 울면서 사과하면 용서해줄까?"

이리슈로가 당황해하기 시작했다.

나는 어이없어하며 말했다.

"아니, 먼저 전 마왕들을 폄훼한 쪽은 그쪽이잖아? 난 너희들의 말을 똑바로 전했을 뿐이니 자업자득 아닌가? 이제 슬슬 각오를 굳히고서 한 번 붙어보는 게 어때?"

"루마루프 님, 티안 님, 파파루 님, 즈도 님을 상대로 우리 같은 마왕 나부랭이가 이길 수 있을 리가 없잖아!"

"저 '황금세대'를 이기는 건 무리야!"

"그러니 더욱 도전해보고 싶다는 생각은 안 들어? 지금 자신의 힘이 어디까지 통할지……. 같은 마왕이니 더더욱 실력 차를 확실하게 알아보는 것도 좋잖아!"

"……이 근육 두뇌 놈 같으니. 알기도 전에 죽을 게 뻔하다고."

"끝났어……. 우린 여기서 끝났구나……. 흥분에 겨워서 할 말과 안 할 말을 가리질 못하다니……."

노란 머리 마왕을 제외한 모두가 절망한 표정을 짓고 있었다.

뭐, 내가 노리던 바이니 상관없긴 하지만, 한 가지 마음에 걸리는 단어가 있었다.

"……'황금세대'라니?"

내가 묻자 이리슈로가 기가 막힌다는 표정으로 나를 쳐다봤다.

"하아? 그런 것도 모르면서 어떻게 마왕님들과 알고 지내는 거냐! 이봐, 잘 들으라고. 마왕님들은 네가 생각하는 것처럼 가볍게 대해도 되는 분들이 아냐! 루마루프 님, 티안 님, 파파루 님, 즈도 님, 4명의 마왕님들은 역사상 그 어떤 마왕과 비교하더라도 압도적으로 강하고 카리스마가 넘쳐흐른단 말이야! 우리 따윈 발톱의 때만도 못해. 그래서 우리 같은 마왕과는 차원이 달라서 루마루프 님을 비롯한 마왕님들을 '황금세대'라고 부르는 거야!"

빨간 머리 마왕이 열변을 토했다.

……과연.

다시 말해 루마루프, 티안, 파파루, 즈도는 다른 마왕에 비해

월등히 강하다는 건가?

……직접 맞붙어본 사람이 티안밖에 없어서 잘 와닿지는 않지만.

…………그나저나 카리스마?

전 마왕들을 힐끔 쳐다봤다.

………….

…………파파루는 알겠는데, 다른 세 사람에게 카리스마라는 게 있던가?

그때 파란 머리 마왕이 폼을 잡으며 말했다.

"난 역시 루마루프 님이지. 뭐니 뭐니 해도 그토록 남자다우면서도 여자에게 실실거리지 않는 강경한 모습이 좋아."

예전에 시로를 마음에 들어 했던 발언으로 보아 아마도 루마루프는 남성을 더 좋아해서 여성에게 실실거리지 않았던 게 아닐까?

뭐, 지금은 티피 씨 일편단심이지만.

그렇게 생각하고 있으니 초록 머리 마왕이 모르는 소리하지 말라며 고개를 가로저었다.

"……잘 모르는군. 최고는 티안 님이야. 저 아름다움에 매혹되어 추파를 던지며 다가오는 남성들을 모조리 차버린 뒤 무릎을 꿇렸으니까."

……추파를 던지며 다가오는 남성들?

어라? 뭐지……. 어쩐지 위화감이 느껴지는데…….

위화감의 정체를 알아내기 전에 보라 머리 마왕이 아니라며 이의를 제기했다.

“둘 다 뭘 몰라도 한참 모르네! 마왕한테 필요한 건 강력한 힘! 그 점에서 파파루 님은 4명 중에서 제일 강해! 수백의 마물들을 혼자서, 더욱이 생채기 하나 입지도 않고 해치웠잖아. 그분이야말로 최강이지!”

……파파루, 그런 짓을 벌였었니?

그래도 파파루라면 그런 일을 벌일 만도 하겠구나, 하고 여기고 있으니 이번에는 노란 머리 마왕이 맹렬하게 말했다.

“아니, 최강은 즈도 님이다! 저 철저히 단련된 근육으로 보디프레스를 가해서 산 하나를 무너뜨린 일화는 유명해!”

……아니, 아니, 아니, 아니, 그거…… 거짓말이지?

철저히 단련되어 근육은 두껍긴 하지만, 산 하나라니? 그건 역시 무리가 아닐까?

……그러나 부정할 수가 없다.

나는 루마루프 일행을 힐끔 쳐다봤다. 다들 싫어하는 표정은 아니었다.

……다 들리는 모양이네.

역시 카리스마가 있다는 말은 인정하기 어려운데.

뭐, 이리슈로가 거짓말을 하지 않았고, 루마루프를 비롯한 전 마왕들을 존경하다는 건 어쩐지 알겠다. 그렇다면 왜 그런 태도를 보였던 걸까? 아마도 초면인 나에게 자기들을 과시하고 싶었는지도 모른다.

…………으~음, 오드 씨는 그 내막을 알고 있었던 것 같다.

그러나 내가 이리슈로 이야기를 파파루에게 할 줄 알면서도 그렇게 행동했겠지. 그러나 당사자가 곁에 있는데도 이리슈로가 허튼 소리를 내뱉어서 내심 애간장이 탔는지도 모른다.

더욱 강해진 파파루는 도시 하나쯤은 여유롭게 쳐부술 테고.

그렇게 생각하며 오드 씨 쪽으로 시선을 돌렸다. 술과 안주를 마련하고서 이쪽을 즐겁게 구경하고 있었다.

……완전히 심심풀이네.

부인들, 세리아스 씨, 이룸도 오드 씨가 준비했는지 요깃거리를 먹으면서 상황이 어떻게 전개될지 궁금해하며 이쪽을 쳐다보고 있었다. 나에게 맡길 모양인가보다.

…………일단 전 마왕들에게 어떻게 할지 물어볼까?

"모처럼 모였는데 어쩔래?"

"아뇨, 뭐……. 개인적으로는 무언가 오해가 있었던 것 같으니 용서해주고 싶습니다. 뭐, 젊은 시절에 자신을 크게 과시하는 건 흔한 일이니."

"……그러네. 싸움은 해봤자 아무 소용도 없고."

"하지만 모처럼 찾아온 기회이니 후임 마왕들과 한 번 붙어보고는 싶은데……."

"으음. 전임자로서 안심하고 마왕을 맡겨도 되는지 확인하고 싶다."

……멋지게 회유되었다.

루마루프와 티안은 내버려둬도 상관없겠다는 뜻을 내비쳤다. 그러나 파파루와 즈도는 일단 주먹을 겨뤄보고 싶은가보다.

그렇다면 이제는 이리슈로를 어떻게 하느냐는 건데…….

시선을 돌리니 이리슈로는 동그랗게 모여 의논을 하고 있었다
조금 기다리니 의논을 끝마쳤는지 이리슈로가 나란히 섰다.

"의논을 하고서 결론을 냈습니다."

"괜찮으시다면 '황금세대'인 여러분들과 한 번 붙어보고 싶습니다."

"성장하기 위해서 이 싸움이 필요하다고 생각합니다."

"……다음 스텝을 오르기 위해."

"조금이라도 기대에 부응할 수 있도록 노력하겠습니다!"

아무래도 한 번 붙어보기로 뜻을 모은 듯하다.

루마루프와 티안도 정히 그렇다면 한 번 붙어보자며 동의했다.

그런데 전 마왕은 4명이고, 새로운 마왕은 5명이라서 머릿수가 맞지 않는다.

………….

…………전 마왕들이 무슨 영문인지 나를 쳐다보고 있다.

…………뒤를 확인해봤지만 아무도 없었다.

……어? 뭐? 날더러 싸움에 참가하라고?

내가 스스로를 가리키자 전 마왕들이 고개를 끄덕였다.

……뭐, 머릿수를 맞추는 편이 나을 테니 딱히 상관은 없지만.

그래도 모처럼 데려왔으니 그 사람이 더 적역이지 않을까?

그래서 물어봤다.

"기왕 이렇게 되었으니 플로이드가 해볼래?"

"아뇨, 거절합니다."

"아니, 아니, 모처럼 왔으니 가끔은 괜찮잖아?"

"아뇨, 거절합니다."

완고하다.

"……왜 싫은데?"

"와즈 님. 전 일개 집사입니다. 만만한 건달들이라면 모를까 마왕은 역시 좀……."

플로이드가 그렇게 말하고서 송구스럽다며 고개를 숙였다.

아니, 아니, 아니, 아니, 일개 집사가 아니잖아?

아마도……, 마왕도 여유롭게 상대할 수 있잖아? 아니, 확실히 농락할 수 있지?

그러나 나설 마음이 없는 듯해서 결국 내가 나가기로 했다.

그러자 이리슈로가 말했다.

"으음, 미안합니다. 아까 전부터 궁금했는데."

"'황금세대' 여러분과 저 평범하게 생긴 남자는 대체 어떤 관계입니까?"

"아아, 나도 궁금했어. 어쩐지 친구가 될 수 있을 것 같아~."

"……이상한 관계. 아무리 생각해도 접점이 떠오르질 않아."

"앗! 혹시 유명한 사람의 자식 아닐까?"

이제와 그걸 묻는 거야?

새로운 마왕들이 참 멍청하다고 생각하고 있으니 플로이드가 내 앞으로 나왔다.

"삼가해! 삼가해라! 여기 계시는 분이 누구인 줄 아느냐! 지난번 대마왕과의 전쟁에서……."

"체잇!"

그렇게 나올 줄 알고 있었기에 나는 플로이드에게 주먹을 날렸지만 간단히 피해버렸다.

그리고 나와 플로이드는 대치했다.

"어라? 왜 방해를 하시는 겁니까? 전 그저 와즈 님의 빼어난 공적을 말하려고 했을 뿐입니다만?"

"굳이 말할 필요 없어. 그리고 애당초 이런 때 네가 똑바로 진실을 말한 적이 있었던가?"

"흐음………………."

"아니, 없겠지! 솔직히 떠오르지 않는다고 말해!"

"아뇨, 아뇨, 과거를 돌이켜보고 있을 뿐입니다. 그만큼 와즈 님과 함께 했던 세월이 길다는 뜻이겠지요."

"……하지만 떠오르지는 않지?"

"수석 집사라서요."

"그건 답이 아냐!"

슬금……슬금……, 나와 플로이드는 서로를 견제하듯 움직였다.

"크……, 역시. 플로이드 님과 와즈 님의 인연이 저토록 끈끈했군요. ……보란 듯이 자랑하네요!"

티안이 분통을 터뜨리는 소리가 들린 것 같지만 지금은 플로이드에게 집중했다.

……으으, 빈틈이 없다.

플로이드와 대치하는 사이에 루마루프가 이리슈로와 이야기를 마쳤다.

내가 끼어 머릿수가 동일해지자 일대일로 맞붙기로 결정했다.

루마루프, 제법인데?

이리슈로가 원하는 대로 대전 상대가 결정되었다. 루마루프는 파란 머리 마왕과, 티안은 초록 머리 마왕과, 파파루는 보라 머리 마왕과, 즈도는 노란 머리 마왕과, 나는 빨간 머리 마왕과 싸우게 되었다.

나와 싸우게 된 빨간 머리 마왕은 어쩐지 기뻐하는 눈치였다. 승리가 확정되었다며 기뻐하고 있다.

루마루프를 비롯한 전 마왕들은 가엾은 눈으로 빨간 머리 마왕을 바라보고 있었다.

아니, 파파루만 부러워하는 눈으로 보고 있다.

……아마도 나중에 파파루와 대련을 하는 편이 나을 것 같네.

# 제5장 마왕 대 마왕

–1–

싸우는 사람들만 남고 나머지는 무대 아래로 내려갔다.

나는 플로이드와 전 마왕들을 데리고서 모두가 있는 곳으로 향했다.

이리슈로는 무대를 사이에 끼고 맞은편 관객석에 모여 있었다.

부인들이 둘러싸고 있는 자리에 앉은 나는 왜 이렇게 되었는지 자초지종을 설명했다.

"어쩐지 일이 묘하게 되었네. 귀찮으면 내가 나갈까?"

"……난 나가고 싶어."

"으~음……. 낭군님의 싸움을 보고 싶기는 하지만, 애당초 싸움이나 될지 불안하네. 그러니 내가 대신 나가도 되는데."

"역시 오빠는 이렇게 되는구나. 가끔은 여동생인 내게 부탁해 보지 그래?"

"임자! 이따가 나랑 한 번 붙자. 새로운 마왕하고 붙으면 무조건 소화불량을 느낄 테니 지금 약속해!"

"으음……, 힘내세요!"

부인들이 나를 대신하여 나가겠다고 했지만 역시나 거절했다. 그리고 파파루가 그렇게 부탁할 줄 알았기에 수락했다.

세리아스 씨가 조심스럽게 응원해주자 나는 맡겨달라며 웃음으로 화답했다.

그리고 이룸은…….

"……부디 시음해주세요."

"……그럼 마시도록 하지요……."

"어떤가요?"

"……실력이 늘었군요. 이룸."

"고맙습니다."

"하지만 와즈 님의 취향에 맞추려면 온도를 조금 더 올리는 편이 낫겠지요."

"공부가 되었습니다."

이룸은 직접 끓인 홍차가 어떤지 플로이드에게 맛을 평가해달라고 했다.

남매가 사이가 좋구나.

다만 온도를 올려달라는 말은 좋다.

뜨거운 걸 좋아해서.

"고생 많다. 와즈."

"……여러모로 하고 싶은 말은 많지만, 오드 씨가 신원 보증 카드를 발급해줬으니 넘어가도록 하죠. 하지만 이번 일로 이제 서로 빚진 건 없는 겁니다?"

"고맙다. 뭐, 파파루를 이긴 와즈라면 괜찮을 테니 애쓰도록 해."

오드 씨는 그렇게 말하고서 즐겁게 술을 마시기 시작했다.

과음하지 말라고 주의해야겠다.

티안과 즈도는 잠자코 무대 위를 보고 있었다.

아마도 전투를 앞두고 있어서 정신을 집중하고 있는 거겠지.

……그런 줄 알았는데 티안이 플로이드와 이룸 쪽을 힐끔힐끔 쳐다보고 있었다.

신경이 쓰이면 말을 걸면 될 텐데, 하고 생각했지만, 티안 나름대로 남매 사이를 방해해서는 안 된다고 배려하는지도 모르겠다.

…………집중 안 해도 되나?

뭐, 얼핏 봐서는 전 마왕들 중 그 누구도 고전은 하지 않을 것 같으니 괜찮겠지.

그리고 나는 무대 위로 시선을 옮겼다.

무대 위에는 루마루프와 파란 머리 마왕이 마주보고 있었다.

-2-

루마루프와 파란 머리 마왕이 제각기 자세를 취했다.

"……자, 현역 마왕의 힘을 보도록 하지요."

"기대에 부응할 수 있도록 전력을 다하겠습니다!"

양쪽 모두 단숨에 앞으로 달려들어 주먹을 날렸다.

그러나 루마루프는 아까 말한 대로 파란 머리 마왕의 힘을 볼 작정인지 방어에 치중하고 있었다.

파란 머리 마왕이 내지른 주먹과 발치기, 몸통박치기 등을 모조리 막아내거나 흘려버렸다.

두 사람 사이에는 명확한 실력 차이가 존재했다.

그러나 파란 머리 마왕도 이미 알고 있는지 놀라지 않고 진지한 표정을 짓고 있었다.

적어도 한 대라도 제대로 공격을 적중시키고 싶다고 말하는 것처럼.

"왜 그러나? 그렇게 단조로운 공격으로는 내 몸에 상처조차 입히지 못할 텐데?"

"알고 있습니다!"

파란 머리 마왕이 그렇게 말하며 발차기를 날렸다. 루마루프가 막아내자 이번에는 막아낸 부분을 발판 삼아 단숨에 도약하여 하늘로 날아올랐다.

"단발 공격이나 연속 공격이 통하지 않는다면 물량은 어떻습니까?"

파란 머리 마왕이 웃으면서 자신의 몸에 깃들어 있는 마력을 해방시켰다.

"'파란 마도(魔導)는 모든 적을 꿰뚫는 블루 레인.'"

파란 머리 마왕이 자신의 주위에 파란 침 여러 개를 생성하더니 루마루프를 꿰뚫어버릴 기세로 날렸다.

그러나 파란 침은 무대에 꽂히기만 했을 뿐 루마루프에 전혀 피해를 주지 못했다.

루마루프는 모든 공격을 회피하고서 여유롭게 웃었다.

"왜 그러나? 그 정도 숫자로는 영원히 날 맞출 수 없어."

"큭! 그렇다면!"

파란 머리 마왕이 파란 침을 또 만들어냈다.

이번에는 하늘 가득 메울 정도로.

무수히 많은 파란 침이 루마루프를 향해 단숨에 육박했다.

그러나 루마루프는 웃음을 거두지 않았다.

펄쩍 뛰어 위치를 옮기거나 몸을 비틀면서 모조리 회피했다. 루마루프는 파란 침을 튕겨내지도 않았기에 그의 몸에는 생채기조차 나지 않았다.

"소용없다, 소용없어! 그 정도 밀도로는 날 맞추지는 못해."

"마, 말도 안 돼!"

루마루프가 입으로 말하면서 침을 피해나갔다.

조금 더 집중하는 편이 좋을 것도 같지만 정말로 여유로운가보다.

분명 처음 만났을 때보다 강해졌다는 걸 알겠다.

뭐, 나는 루마루프와 직접 맞붙어보지는 않았으니 순전히 내 두 눈으로만 보고 내린 판단이다. 그러나 티안, 파파루, 즈도가 루마루프의 몸놀림에 감탄하고 있는 것으로 보아 강해진 건 틀림없겠지.

그리고 루마루프가 무수히 날아드는 침을, 생채기 하나 입지 않고 모조리 피해내자 파란 머리 마왕이 경악했다.

"……제, 제 마법이 통하지 않는다는 말입니까?"

"당연하다. 내 몸에 맞추고 싶다면 밀도를 더욱 높여라."

"더욱……. 대, 대체 어떻게 해야 그렇게 움직일 수 있는지……."

"……훗."

파란 머리 마왕이 말하자 루마루프는 대담하다고 해야 할까, 어딘지 애수에 찬 웃음을 지었다. 그는 자세를 취한 뒤 파란 머리를 향해 단숨에 달려갔다.

파란 머리 마왕은 육박해오는 루마루프에게 파란 침을 쉴 새 없이 날렸지만, 전부 스치지도 못했다.

"안 맞아! 그 정도로는 날 맞출 수 없어!"

"크으~!"

"여하튼…… 특별 세일 때 아줌마들을 상대하다보면 자연스레 회피 능력을 올릴 수가 있지. 회피 능력이 높지 않으면 특별 세일 전쟁에서 전리품을 얻을 수 없다! 게다가 만약에 불필요하게 몸을 접촉했다가는 성희롱으로 고발을 당하게 돼……. 넌 아는가! 인간 세계에서 살아간다는 것이 얼마나 가혹한지를!"

[………….]

루마루프의 진심 어린 외침을 듣고서 파란 머리 마왕뿐만 아니라 나, 부인들, 세리아스 씨, 오드 씨, 즈도는 멍한 표정을 지었다.

그런데 플로이드, 티안, 이룸만은 무슨 영문인지 고개를 연신 끄덕여대고 있다.

…………설마 경험자인가?

우리가 멍하니 있는 동안에 루마루프는 파란 머리 마왕에게 단숨에 달려들어 그대로 마력을 실은 주먹을 배에 꽂아 넣었다.

"크헉!"

파란 머리 마왕이 공기를 내뱉고서 그대로 무너지더니 무대 위로 떨어졌다.

"……훗, 인생 경험을 조금 더 쌓고 와라."

루마루프가 폼을 재며 말했다. 그러나 나는 조금 슬퍼졌다.

"……현 마왕은 마력이 어설프네~."

카가네의 중얼거림이 귀에 들렸다. 루마루프와 파란 머리 마왕의 싸움은 루마루프의 승리로 끝났다. 그리고 다음 전투로 넘어가게 되었다.

-3-

무대 위에는 티안과 초록 머리 마왕이 있었다.

"그럼 후다닥 끝내도록 하죠."

"……아무리 '황금세대'라고 해도 그렇게 쉽게 당하지는 않을 겁니다."

티안과 초록 머리 마왕 사이에서 불꽃이 빠직빠직 튀었다.

이제와 할 이야기가 아니긴 한데, 현재 티안은 메이드복을 입고 있다. 그러나 마왕 자격으로 상대하고 있는데 저 옷을 입어도 괜찮나?

아니, 우리는 이미 익숙해져서 딱히 신경 쓰이지는 않지만, 이리슈로 마왕들은 틀림없이 왜 뜬금없이 메이드복? 하고 의아해할 것이다.

……왜냐면 초록 머리 마왕이 티안의 옷차림을 보고서 어리둥절해하고 있거든.

뭐, 티안이 괜찮다고 한다면야 딱히 상관은 없지만.

"자, 이 싸움에 시간을 너무 허비하고 싶지는 않으니 바로 끝내도록 할까요."

"……저야말로 현역 마왕으로서의 긍지가 있으니……. 진심을 다하도록 하겠습니다."

초록 머리 마왕이 그렇게 말하고서 무기를 꺼냈다.

사위스러운 분위기가 풍기는 두 자루의 단검을 양손으로 쥐고서 자세를 취했다.

아무래도 초록 마왕은 쌍검을 쓰는 모양이다.

마찬가지로 쌍검을 사용하는 마오가 흠칫 반응했다.

"……무기를 쓴다고 해서 비겁하다고는 하지 않겠죠?"

"물론. 마음대로 하도록 해요. ……그럼 당신한테 맞춰서 나도 무기를 쓰도록 하죠."

티안이 꺼낸 것은………… 무슨 영문인지 바늘이었다.

그것도 바느질을 할 때 쓸 법한 작은 바늘.

그런 바늘 두 개를 꺼내고서 양손에 하나씩 들었다.

…………무기?

그나저나 어디선가 본 적이 있는 듯한…….

"……지금 절 놀리는 겁니까?"

티안이 재봉 바늘을 들자 초록 머리 마왕이 분노를 드러냈다.

그러나 티안은 장난치는 것처럼 보이지 않았다.

티안은 분노를 보여주듯이 말을 하면서 위압했다.

"메이드는 여러 일들을 능숙하게 처리할 줄 알아야만 합니다. 바느질도 그 중 하나. 이 재봉 바늘은 메이드한테는 그야말로 무기 중 하나라고 할 수 있죠. 재봉 바늘을 꺼내든 내가 장난치는 것처럼 보인다면 그건 메이드를 우습게 여기고 있다는 뜻이에요."

"……큭!"

티안이 뿜어낸 박력에 초록 머리 마왕이 압도되었다.

그러나 기합을 다시 불어넣은 뒤 티안을 노려보고서 단숨에 앞으로 뛰어나갔다.

"……이 쌍검은 광기에 홀린 천재 드워프 대장장이가 죽기 전에 남긴 최흉 걸작! 어디서 그런 바늘 따위가!"

"맞다, 맞아. 말하는 걸 깜빡했어요."

초록 머리 마왕이 티안을 향해 쌍검을 휘둘렀다.

그러나 티안은 웃으면서 재봉 바늘로 맞받아쳤다.

차앙! 하는 날카로운 두 소리가 울리더니 티안의 재봉 바늘이 초록 머리 마왕의 쌍검을 막아냈다.

"……말도 안 돼!"

"이 재봉 바늘은 플로이드 님께서 주신 특별 주문품입니다."

티안이 말하자 우리 모두 플로이드를 쳐다봤다.

저 사위스러운 쌍검을 막아내는 바늘은…… 대체 뭐야! 하고.

그러자 플로이드가 수상쩍게 씨익 웃으며 나를 쳐다봤다.

"아니, 아니, 저 재봉 바늘을 티안한테 넘겨준 사람은 분명 접니다. 하지만 저 재봉 바늘을 만든 사람은 다름 아닌 와즈 님이지요."

플로이드가 말하자 나는 기억이 떠올라 아아! 하고 손뼉을 쳤다.

……이해가 안 된다고?

아니, 아니, 어쩔 수 없었대도!

왜냐면 지금 내가 입고 있는 옷은 스스로 지은 것이다. 최고 랭크인 S급 마물의 소재가 원재료라서 그걸 옷을 만드는 데 쓰려면 사용하는 도구 역시 그에 걸맞는 고랭크여야만 한다.

……분명 저 재봉 바늘은 오리하르콘이라는 금속으로 되어 있

다. DEX를 최대한 발휘하여 튼튼하게 만든 기억이 있다.

내가 땀을 삐질삐질 흘리면서 어쩔 수 없다며 고개를 끄덕이고 있는 동안에 티안과 초록 머리 마왕의 승부는 벌써 끝으로 치닫고 있었다.

초록 머리 마왕이 숨 쉴 시간도 없이 쌍검으로 연격을 날렸지만, 티안은 들고 있는 재봉 바늘로 모조리 튕겨내버렸다.

오히려 티안의 그 뛰어난 기량에 놀랐다.

그 광경을 보고 있던 플로이드가 중얼거렸다.

"……메이드 수업을 받아서 능숙해졌겠지요."

……그건 아니라고 생각하고 싶다.

그리고 초록 머리 마왕의 연격이 한순간 멈춘 틈을 놓치지 않고 티안은 재봉 바늘로 그의 목과 눈을 동시에 찌르려다가 그 직전에 멈췄다.

"자, 아직도 계속할 셈인가요?"

"……아뇨, 제가 졌습니다."

초록 머리 마왕이 패배를 인정하자 티안은 재봉 바늘을 천천히 거두고서 미소를 지으며 우아하게 인사했다.

"그럼 안녕히."

그 말을 남기고서 티안은 무대에서 내려와 이쪽으로 왔다.

티안이 승리했지만, 무대 위에 남은 초록 머리 마왕이 몸을 부들부들 떨고 있었다.

뭐, 문자 그대로 하마터면 바늘이 눈을 찌를 뻔 했으니 무서울 만도 하겠지.

"……쌍검을 제대로 다룰 줄 모르네."

마오의 혹독한 비판이 내 귀에 들렸다.

—4—

루마루프와 티안이 연달아 승리를 거두었다.

뭐, 예상했던 바이지만 다음 차례는 파파루다. 그녀 역시 패배할 리가 없다.

무대 위에는 벌써부터 활짝 웃고 있는 파파루와 보라 머리 마왕이 대치하고 있었다.

"자, 드디어 내 차례다! 각오는 되어 있나?"

"부드럽게 부탁해요! 그런데~, 파파루 님도 되어 있습니까? ……패배할 각오가."

싹싹하게 웃던 보라 머리 마왕이 표정을 확 바꿔 교활한 웃음을 지었다.

"……오호."

파파루는 그런 보라 머리 마왕을 즐겁게 보고 있었다.

보라 머리 마왕은 상당히 자신만만한 듯하다. 나름 승산이 있다는 건가?

관객석에 있는 다른 이리슈로 마왕들이 기대 어린 시선으로 보라 머리 마왕을 보고 있다.

그쪽을 보고 있는 사이에 파파루가 보라 머리 마왕을 향해 단숨에 달려나갔다. 그러고는 불끈 쥔 주먹을 휘둘렀다.

주먹이 보라 머리 마왕의 몸통을 관통했다.

그러나 보라 머리 마왕은 아무 일도 없었다는 듯이 태연하다.

"뭐 했습니까?"

"……과연."

관통당한 보라 머리 마왕의 몸통을 보고 파파루는 납득했다.

그대로 팔을 뽑고서 거리를 조금 띄운 파파루는 추격하지 않는 보라 머리 마왕을 가리켰다.

"너, 몸을 액화시킬 수 있구나?"

"맞습니다! 그래서 제게는 물리 공격이 통하지 않아요! 게다가 이 보라색을 보면 알 수 있듯이 전 독극물로 액화할 수 있습니다. 그러니 맨손으로 만지지 않기를 권합니다! ……하지만 이미 늦었지만요."

"그렇구만. 그래서 아까부터 내 팔이 찌릿찌릿 저리는 거였어."

"원래는 뼈조차도 녹이는 맹독입니다만, 증상이 그뿐이라니……. 역시 파파루 님이군요."

보라 머리 마왕이 믿기지 않는지 뺨을 어색하게 일그러뜨렸다.

오호호……. 그런 독을 파파루에게 썼어?

좋아, 저 녀석 없애버리자. 그러도록 하자.

내 생각을 눈치 챈 부인들이 다독여서 일단은 참기로 했다.

목숨을 건졌구나. 보라 머리 마왕!

심호흡을 하며 시선을 무대 위로 되돌리자 보라 머리 마왕이 의기양양해하며 웃었다. 그러나 파파루도 아무 문제없다며 웃고 있었다.

"고작 그 정도로 날 이길 수 있다?"

"'황금세대'가 허세를 부리다니 꼴불견이네요. 애초부터 전 승리를 거두기 위해서 파파루 님과 맞붙기로 결정했거든요. 어쨌든 파파루 님은 육탄전을 선호해서 무기는 쓰지 않고, 더욱이 마법도 '황금세대' 중에서 가장 서투르죠. 유용한 공격 마법을 쓸 줄 모른다는 게 널리 알려져 있습니다. 게다가 파파루 님의 비장의 패인 암속성 이외의 속성을 사멸시키는 능력도 제게는 통하지 않습니다. 파파루 님이 절 이길 수 있는 요소가 전혀 없다는 말입니다! 다시 말해 전 파파루 님의 천적이라고 할 수 있는 존재예요!"

보라 머리 마왕이 승리에 도취된 것처럼 혀를 놀려댔다.

아니, 너무 길어!

아까부터 멋대로 떠들어대고 있는데 말이야. 그 정도로 파파루를 이길 수 있을 리가 없다.

부인들도 동감인지 보라 머리 마왕이 뭘 모르네……, 하고 쳐다보고 있었다.

실제로 파파루는 웃음을 거두지 않았다.

그러나 어쩐지 시시해하는 듯 보였다.

"이런, 이런……. 신체가 아닌 능력 특화 마왕이냐……. 제비를 잘 못 뽑았네. 게다가 설마 그 정도로 내가 질 거라고 생각하다니……. 얏!"

말을 마치자마자 파파루가 그 몸에 깃들어 있는 방대한 마력을 해방한 뒤 온몸에 휘감았다.

그 밀도가 너무나도 짙어서 보라 머리 마왕은 경악한 표정을 지었다.

그리고 파파루가 주먹을 아무렇게 내질렀다. 주먹은 허공을 갈랐지만, 그 주먹에서 농밀한 마력 덩어리가 나와서 보라 머리 마왕에게 날아갔다.

워낙 갑작스러워서 늦게 반응하기도 했지만, 애초에 마력 덩어리가 날아드는 속도에 대응할 수 없었던 보라 머리 마왕의 몸 일부가 사라졌다.

그러나 그의 몸은 액화되어 있기에 사라졌던 일부분이 이내 재생되었다.

"……이렇게 무의미한 공격으로 대체 뭘 하려는 겁니까?"

"모르는 건가? 그럼 한 번 더 해주지."

파파루가 아까처럼 마력 덩어리를 날려 보라 머리 마왕의 신체 일부를 지워버렸다.

다만 아까 전과 다른 점이 있었다. 파파루는 시간차를 두고서 2연격을 날렸다. 신체가 재생되기 전에 다른 부분이 날아가버렸다.

보라 머리 마왕은 드디어 어떤 사태인지 이해했다.

요컨대 연속 공격을 펼쳐서 재생되기 전에 다른 부분을 지워나가면 완전히 소멸시킬 수 있다는 뜻이다.

마력 덩어리가 날아드는 속도에 대응할 수 있다면 모를까, 불가능하기에 보라 머리 마왕은 궁지에 몰렸다.

"난 아직 아직 아직 아직 아직도 여력이 있다. 그래……, 그 액화된 몸을 수십 번 흔적도 없이 지워버릴 수 있을 정도로."

파파루가 말하자 보라 머리 마왕은 체념한 표정을 지었다.

"아직 죽고 싶지 않으니 패배를 인정할게요."

"음. 나와 싸우고 싶다면 신체 능력을 더욱 단련해야겠군."

파파루가 이겼냐며 이쪽을 향해 손을 흔들어주었다. 나도 손을 흔들어주었다.

나는 그대로 파파루의 라이벌인 하오스이에게 물었다.

"하오스이라면 액화된 상대와 어떻게 싸울 거야?"

"……죽을 때까지 번개 마법을 흘릴 거야."

…………역시 라이벌이네.

파파루나 하오스이, 둘 중 누구와 붙었든 간에 보라 머리 마왕은 죽을 뻔했다.

—5—

무대 위로 즈도와 노란 머리 마왕이 올라갔다.

한편 관객석에 있는 다른 이리슈로 마왕들은 패배를 거듭해서 의기소침해하고 있었다.

아직 모두가 패배한 것은 아니니 낙담하기에는 이르다고 생각한다.

그러나 남아 있는 사람은 나와 즈도뿐.

………….

…………무리네.

무대 위에서는 즈도와 노란 머리 마왕이 지근거리에서 노려보고 있었다.

"본인의 상대는 네 녀석인가?"

"예. 잘 부탁드립니다!"

"으음. 대답은 좋군."

즈도가 무언가 납득했다는 반응을 보였다.

아니 눈앞에 있는 상대와 이제부터 싸워야한다는 것조차 이해하고 있는지 의심스럽다.

뭐, 마음대로 하라고 놔두면 되겠지.

그러나 돌이켜보니 지난번에는 대마왕을 우선했기에 나는 즈도가 싸우는 모습을 본 적이 없다.

파파루가 항복한 적이 있다고 하던데, 대체 얼마나 강하지?

"그럼 우선은 본인과 싸울 자격이 있는지 확인해주지. ……으~으음!"

즈도가 몸에 힘을 주었다.

근육이 팽창하더니 버텨내지 못한 옷이 찢어졌다.

……그 결과 즈도는 윗몸을 훤히 드러내고 말았다.

"훗! 핫!"

즈도는 숨을 짧게 내뱉으면서 근육을 과시하는 다양한 포즈를 잇달아 취했다.

봐서는 안 된다며 부인들의 눈을 가리려고 했지만 이미 늦었다.

부인들은 당혹스러운지 웃으면서 시선을 돌렸다.

옳지, 옳지. 그건 보면 못 써.

그런데 예상과 달리 가장 먼저 반응한 사람은 오드 씨였다.

"……훌륭한 근육이로군. 상당히 단련되었어. ……대체 어떻게 하면 저런 근육을 얻을 수 있는 거지?"

진심이었다.

나중에 물어보면 되지 않을까? 하고 속으로만 생각했다.

즈도와 대치하고 있던 노란 머리 마왕이 그제야 반응했다.

"여, 역시 대단하군요, 즈도 님. 그런 훌륭한 근육은 처음 봤습니다."

"노력의 결정이다!"

"저도 질 수는 없죠! 흐읍!"

노란 머리 마왕이 몸에 힘을 주었다.

근육이 팽창하더니 즈도가 그랬듯이 옷이 찢어졌다.

……그 결과 노란 머리 마왕도 윗몸을 훤히 드러냈다.

부인들은 이제 눈뜨고는 못 보겠다며 눈을 감았다. 그러나 오드 씨는 아직도 진지한 표정이었다.

"……멋지다. 즈도에 비해 두께가 아직 부족하지만, 아름답게 단련되어 있어. 그대로 단련을 계속 해나간다면 몇 년 뒤에는 꽃이 필지도 모르겠군."

………….

…………오드 씨가 왜 저러는지 잘 모르겠다.

아니, 이해하고 싶지 않다고 본능이 거절했다.

무대 위에서 즈도와 노란 머리 마왕이 서로에게 근육을 과시하듯 다양한 포즈를 취해나갔다.

이리슈로 마왕들을 쳐다보니 이제 틀렸다며 머리를 싸쥐고 있었다.

이제는 즈도, 노란 머리 마왕, 오드 씨, 셋이서 다른 곳에서 가서 마음껏 근육 품평회를 열었으면 좋겠다.

솔직히 이대로 계속 지켜볼 수가 없어서 나는 플로이드에게 홍차를 끓여달라고 부탁했다. 그리고 이룸이 준비한 간식을 먹으면서 부인들과 함께 시간을 죽였다.

"하지만……."

간식을 집어먹던 나레리나가 나를 물끄러미 보면서 중얼거렸다.

"왜 그래?"

"강자를 좋아하긴 하지만, 난 와즈처럼 날씬한 사람이 좋아."

나레리나가 말하자 부인들이 나를 보면서 고개를 연신 끄덕였다.

세리아스 씨도 마찬가지로 고개를 끄덕였다.

여러 사람들이 쳐다보니 멋쩍어서 나는 얼버무리듯 뺨을 긁적였다.

그렇게 시간을 보내고 있으니 즈도의 목소리가 울렸다.

"본인의 승리로군!"

무대 쪽으로 시선을 돌리니 즈도가 근육을 과시하는 포즈를 취하며 기뻐하고 있었다. 반면에 노란 머리 마왕은 땅바닥에 주저앉아 있었다.

"크! 제 근육으로는 아직 이길 수가 없습니다. ……그래도 언젠가 그 경지에 오르고 말겠습니다!"

노란 머리 마왕이 원통해하며 말했다. 그런데 왜 저렇게까지 분해하는 건지 전혀 이해할 수가 없었다.

어떻게 승부를 냈는지는 모르겠지만 즈도가 이겨서 기쁘다.

나는 그들의 세계를 아직 잘 모르겠다.

# 제6장 신 마왕 이리슈로의 결말

-1-

나갈 차례가 되자 나는 무대 위로 올라가 기지개를 켰다.

루마루프, 티안, 파파루, 즈도가 모두 승리를 거뒀으니 나 혼자 패배할 수는 없지. 살짝 기합을 불어넣었다.

우선은 준비운동부터.

몸을 제대로 풀어놓지 않으면 예기치 않은 요상한 부상을 입을지도 모르니까.

그렇게 생각하며 몸을 가볍게 놀리고 있으니 대전 상대인 빨간 머리 마왕이 말을 걸었다.

"……뭘 하는 거야?"

"뭐하냐니……. 보면 알잖아? 준비운동."

"그건 아는데 왜 그런 짓을 하고 있지?"

"아니~, 제대로 싸워보는 게 오랜만이라서."

평범하게 대답했을 뿐인데 무슨 영문인지 빨간 머리 마왕이 한숨을 내뱉었다.

"……알고는 있나? 네가 이제부터 싸울 상대가 마왕이라는 걸."

"아, 응. 너 마왕 맞잖아? 알고 있는데?"

"전 마왕님들이 어째서 널 추천했는지는 모르겠지만, 나와 싸우려면 죽음을 각오해둬야지!"

"그쪽이야말로."

"건방진 소리!"

내 대답에 빨간 머리 마왕이 분개했다. 그러나 솔직히 지금 목숨이 가장 위태로운 쪽은 넌데?

내가 준비운동을 마치자 부인들과 세리아스 씨가 힘내라며 손을 흔들어주었다. 나도 손을 흔들어주었다.

그런데 플로이드와 티안, 이름은 무슨 영문인지 커다란 깃발에 내 이름을 쓰고서 흔들고 있고, 루마루프와 즈도는 오드 씨와 함께 술을 마시기 시작했다.

부인들처럼 이쪽에 집중하세요!

나는 똑바로 관전했으니까! ……즈도는 제외하고.

"…………아직도 준비가 안 끝났나?"

"앗, 이제 괜찮아."

빨간 머리 마왕이 신경질적으로 묻자 나는 문제없다고 대답했다.

"그럼 바로 끝내주마! 우오오오오오오오오오옷!"

빨간 머리 마왕이 긴 포효와 함께 마력을 해방했다.

아무리 봐도 초장부터 전력을 다할 작정인 듯하다.

……으~음, 저 틈에 해치워도 되겠지만 역시 그건 좀…….

더욱이 나도 준비운동을 하는 데 시간을 썼으니 기다려주도록 하자.

그런 생각을 하는 사이에 빨간 머리 마왕이 준비를 마쳤다.

어쩐지 그 상태로 변하길 기다린 것처럼 되어버렸네.

"하하핫! 이게 내 힘! '작열마투법(灼熱魔鬪法)'이다!"

……자신만만해하는 건 알겠는데 그게 뭔지 잘 모르겠다.

다만 빨간 머리 마왕의 몸이 붉게 반짝이는 마력 같은 것에 휩싸여 있다.

저 상태를 가리키는 건가?

바로 그때 빨간 머리 마왕이 느닷없이 무대를 향해 주먹을 내질렀다.

"오오랏!"

꽈직! 하는 소리와 함께 무대에 금이 가더니 주먹과 부딪친 부분이 함몰되어 부서졌다.

오드 씨를 힐끔 쳐다보니 얼굴이 굳어버렸다.

…………내가 한 짓 아냐.

…………내 탓이 아니니까 수리 청구는 이리슈로에게 부탁하세요.

빨간 머리 마왕이 부서진 무대 파편을 집자마자 손 안의 파편이 순식간에 타올라 재가 되어버렸다.

"이 상태를 발동한 나는 접촉한 모든 것을 태워버릴 수 있지. 네가 이길 가능성은 이제 없어."

설명해줘서 고맙습니다.

……그래도 일부이긴 해도 무대를 못 쓰게 망가뜨린 건 옳지 못하다.

수리비가 아니라 신축비를 청구해도 되지 않을까?

힐끔 쳐다보니 오드 씨도 같은 생각을 하는지 턱에 손을 대고 있다.

내가 다른 쪽으로 시선을 돌린 틈을 타고 빨간 머리 마왕이 덮쳤다.

"자기 몸이 타버릴까 무서워서 말도 안 나오나!"

"지금 생각하는 중이니 입 좀 다물어!"

나는 무심코 주먹을 아무렇게나 휘둘렀다. 그런데 그 주먹이 빨간 머리 마왕의 얼굴에 적중했고 그대로 그가 날아가버렸다.

쭉 날아가던 빨간 머리 마왕은 무대에 몸을 여러 번 부딪치다가 무대와 관객석 사이에 있는 벽에 세차게 격돌하고 나서야 비로소 멈췄다.

……아니, 그대로 꿈쩍도 하지 않았다.

…………꿈틀거리고 있으니 아마도 죽지는 않았겠지.

…………저질러버렸네.

워낙 갑작스러워서 힘 조절을 미처 하지 못했다. 일단 살아 있는 듯하다.

빨간 머리 마왕은 기절한 것 같으니 내가 이긴 건 이긴 거지.

나는 승리를 선언하듯 주먹을 높이 쳐들었다.

-2-

모두가 무대 위로 모였다.

부인들이 고생했다며 위로해줘서 기뻤다. 그런데 무언가 해냈다는 느낌이 전혀 들지 않았다.

"마왕을 한 방에 끝장내다니……. 대마왕을 쓰러뜨린 것도 그렇고, 와즈 님은 정말로 강하군요."

세리아스 씨가 감탄하며 말했다. 그러나 그 말에 가장 크게 반응한 자는 이리슈로였다.

빨간 머리 마왕은 아직도 깨어나지 않았으니 다른 네 명의 이리슈로 말이다.

""""저 녀석……, 아니 저 분이 대마왕을 쓰러뜨렸습니까!""""

이리슈로가 휘둥그레진 눈으로 나를 쳐다봤다.

아아……. 그러고 보니 아직 알려주지 않았던가.

플로이드……에게 맡기면 과잉 설명을 할 것 같고, 이룸……에게 맡기면 무슨 말을 할지 몰라서 오드 씨에게 내가 누군지 이리슈로에게 간략하게 알려달라고 부탁했다.

이리슈로 마왕들은 빨간 머리 마왕을 깨운 뒤 다함께 설명을 들었다. 내가 어째서 전 마왕들과 친한지 비로소 납득한 그들은 건방지게 굴어서 미안하다고 사과했다.

뭐, 난 이제 그들을 신경 쓰지 않는다. 루마루프와 전 마왕들도 태도를 고쳤으니 됐다! 면서 용서했다.

이제 문제는 이리슈로를 어떻게 하느냐다. 다들 패배한 쪽이 이긴 쪽의 소원을 들어주기로 약속했다는 걸 떠올렸는지 어떻게 하느냐고 나를 쳐다봤다.

그래서 나는 방긋 웃으며 대답했다.

"오드 씨한테 모든 걸 맡기겠습니다."

"아니, 아니, 아니, 아니, 어? 내가?"

"예. 오드 씨한테 모든 걸 맡기겠습니다."

웃으면서 떠밀었다.

오드 씨는 대체 날더러 어떻게 하라는 거냐며 머리를 싸쥐고서 고민하기 시작했다.

애당초 이건 이 도시 안에서 벌어진 일이다.

더욱이 여성들의 인기를 끌었을 뿐 달리 피해를 끼친 것은 아니니 내가 관여할 이유는 없다고 생각했다.

물론 피해를 끼치려고 한다면 내가 가장 먼저 제재하러 오겠다고 말하자 이리슈로 마왕들이 벌벌 떨면서 절대로 그런 일은 없다고 단언했다.

루마루프는 대국 가리스에서 해야 할 일이 있다고 한다. 즈도는 흡혈귀의 나라에서 근육 트레이닝이 기다리고 있단다. 나는 고생했다며 인사를 나눈 뒤 두 사람은 돌려보냈다.

두 사람 모두 꽤 재밌었다고 말했다.

플로이드와 티안은 내일 돌아가기로 했다.

이룸에게 메이드 교육을 해야 하고, 현재 이곳에 없지만 함께 여행하고 있는 야토파 씨, 라비, 루시엘 씨과 인사를 나눠두고 싶단다.

오드 씨는 이리슈로 마왕들과 앞으로의 일을 논의하기 위해서 투기장에 남기로 했다. 우리는 그대로 오드 씨네 집으로 돌아갔다.

플로이드와 티안이 함께 있는 모습을 보고 오드 씨네 집에서 기다렸던 부인들이 놀라워했다. 무슨 일이 있었는지 설명하자 다들 납득하며 고개를 끄덕였다.

나는 그대로 야토파 씨, 라비, 루시엘 씨에게 플로이드와 티안을 소개했다. 그 뒤에는 유리나 씨도 동석시켜 삽남을 나누며 하루를 보냈다.

-3-

…….

………………의식이 서서히 깨어간다.

그러자 어쩐지 위화감이 들었다.

………………방 안에 내가 아닌 다른 인기척이 느껴진다.

어제 이리슈로 마왕들과 맞붙은 뒤에 오드 씨네 집으로 돌아와서…… 부인들과 유리나 씨에게 무슨 일이 있었는지 보고했고…… 그대로 담소를 나누다보니 어느새 밤이 깊어서…… 빈 방을 빌려 잠들었는데…….

오드 씨네 집은 넓어서 빈 방도 많았다. 모두가 여유롭게 묵을 수가 있었다.

그러나 남의 집에서 역시나 부인들과 함께 자는 건 예의가 아닌 듯하여 나는 혼자서 방을 쓰기로 했다.

그렇다면 어째서 나 혼자서만 이용하고 있는 방 안에서 다른 인기척이 느껴지냐는 건데………………. 이미 익숙한 일이라서 그다지 신경 쓰이지는 않았다.

아침에 일어났더니 누군가가 있다…………. 나에게는 이제 일상 같은 일이다.

……그냥 그렇게 받아들여도 될까? 하는 의구심이 들기는 하

지만, 지금 문제는 누가 있느냐는 것이다.

역시 여신님들인가?

어쨌든 여신님들은 나와 가장 가까이에 있다. 여신님 중에서 나를 깨운 적이 없는 건 빛의 여신님과 바다의 여신님뿐이다.

둘 중 하나일 가능성이 가장 높다…………고 생각하지만, 뇌리에서 그건 아닐지도 모르겠다는 생각이 스쳤다.

왜냐면 기척이 꿈쩍도 하고 있지 않기 때문이다.

어쩐지 상대방도 내가 깨어났다는 걸 알아차린 것 같다. 그런데 나를 엿보는 듯한 시선만 느껴질 뿐이다.

빛의 여신님, 혹은 바다의 여신님이라면 이 상황에서 아무 짓도 안 할 리가 없다. 그래서 여신님은 아니라고 결론을 내렸다.

………….

그렇다면 다음으로 후보 중 가장 가능성이 높은 건…… 역시 부인들 중 누군가겠지.

그러나 이내 그건 아닐 거라고 생각을 고쳤다.

뭐, 전해 듣기만 했을 뿐 실제로 있는지는 모르겠지만, 부인들은 절도를 지키기 위해서 몰래 새치기를 하여 침실에 돌격하지 말자고 규칙을 정했다고 한다.

갈 거라면 다함께, 단 한 사람이라도 빠진다면 가지 말자고 합의했단다.

그 규칙은 지금도 지켜지고 있다. 파파루에게도 철저히 지키도록 종용하고 있다.

그래서 기본적으로 다함께 자고 있지만, 따로 자게 될 경우에는 아무 말도 하지 않고 침실에 들어오지는 않는다.

그래서 부인들 중 누군가일 가능성노 사라졌나.

그렇다면 남은 사람들 중에서 가장 가능성이 높은 건 이룸이다.

예전에 이룸이 같은 짓을 저지른 적이 있고, 지금은 메이드라는 신분이니 나를 들여다보듯 쳐다보고 있더라도 이상하지 않다.

갑자기 최유력 후보가 등장했다.

뭐, 이제 남은 사람은 세리아스 씨, 라비, 루시엘 씨뿐이다. 그 사람들은 역시 아니겠지.

………….

…………이런, 이런. 답을 알아내다니 나도 제법 성장했구나.

그러나 이룸은 틀림없이 나를 놀래고 싶었을 것이다.

그런데 그전에 내가 알아차렸으니 조금 미안하다.

………….

…………이 대목에서는 어른스럽게 놀란 연기라도 하도록 할까.

우선은 깨어났다는 걸 목소리로 알리도록 하자.

상대방도 마음의 준비를 해야 할 테니.

"후아암~…….."

나는 하품을 크게 하고서 상반신을 일으켰다.

그대로 지금 막 일어났다는 걸 보여주듯이 기지개를 펴면서 기척이 느껴진 쪽으로 시선을 돌렸다.

자, 어떻게 날 놀랠 셈이냐?

…………시선 끝에는 아무도 없었다.

………….

…………에에에에에에에에에엥!

아니, 에에에에에에에에엥!

아니, 아니, 아니, 아니, 왜 없어? 어째서 아무도 없는 거야?

"……말도 안 돼."

무심코 말이 새어나왔다.

방 안을 둘러봤지만 아무도 보이지 않았다.

분명 누군가의 인기척이 느껴져 그쪽으로 시선을 돌렸다.

그런데…… 아무도 없다.

……대체 어째서? 설마 유령?

생각만 했을 뿐인데도 몸이 부르르! 하고 떨렸다.

이건 그건가?

일단 '완전 신격화'를 발동한 뒤 준비를 해두는 편이 나을지도 모르겠다.

그렇게 생각했을 때 문득 머리 위에서 시선이 느껴졌다. 그쪽으로 고개를 드니 플로이드가 천장에 매달려 있었다.

………….

…………그러고 보니 플로이드가 있었지.

"…………그런 데서 뭐 하는 거야?"

"와즈 님을 깨우러 왔습니다."

"……응. 그렇겠지. 그런데 어째서 평범하게 깨우질 않는 걸까?"

"수석 집사라서요."

"……응, 그건 답이 아냐."

"아뇨, 살짝 기발한 방식으로 깨워볼까 했는데, 와즈 님이 시선을 돌릴 때까지 괜찮은 생각이 떠오르질 않아서 숨어봤습니다."

"……응, 딱히 숨을 필요는 없었지? 아니, 애당초 안 숨었지?"

"수석 집사라서요."

"……응. 그러니까 그건 답이 아니고, 의미도 모르겠어."

아니, 플로이드가 벌인 행동이라는 걸 알았을 뿐인데 납득이 되어버렸다.

나는 이제 됐다며 침대에서 내려와 몸단장을 했다.

그 사이에 플로이드는 아래에 내려갔다 돌아왔다.

"그런데 일부러 깨우러 온 걸 보니 무슨 일이 있는 것 같은데?"

"예. 오드 님이 부르십니다."

"오드 씨가?"

무슨 일이 있었나?

플로이드와 함께 오드 씨가 기다리고 있다는 무투도시 에스레아데의 문으로 향했다.

부인들, 세리아스 씨 일행은 이미 일어나서 다함께 아침을 차리고 있었다. 플로이드의 이야기를 들으니 긴급한 내용은 아닌 듯하여 오드 씨네 집에 남겨두기로 했다.

문에 도착하니 그곳에는 장례식을 치르는 듯한 어두운 분위기가 감돌고 있었다.

수많은 여성들이 모여서 흐느끼고 있었다.

"어음……. 저게 뭐야? 무슨 상황이지?"

"저쪽을 보십시오."

플로이드가 가리킨 쪽으로 시선을 돌리니 그곳에는 이리슈로가 있었다. 그들은 주변에서 울고 있는 여성들에게 말을 건네고 있었다.

……더더욱 의미를 모르겠는데.

고개를 갸웃거리고 있으니 나와 플로이드를 발견한 오드 씨가 다가왔다.

"앗, 오드 씨. 이게 어떻게 된 일이죠?"

"미안하다, 불러내서. 일단 이리슈로와 의논을 한 끝에 어떤 결론을 내렸는지 알려주고 싶어서."

"하아. 그래서요?"

"이리슈로는 여행……이라고 해야 하나, 세계를 순회하는 투어를 떠나기로 했다."

"…………예?"

오오……. 바로 이 자리에서도 의미를 알 수 없는 일이 벌어지고 있다.

오드 씨가 어떻게 전해야 좋을지 조금 고민하다가 말했다.

"그렇지……. 파파루를 비롯해 전 마왕들과 싸운 뒤 자신들이 싸움에는 맞지 않다는 걸 실감한 그들은 자신이 춤추고 노래하는 것을 사랑한다는 걸 다시금 확인했다고 하더군. 그리고 고작 한 도시에서만 인기를 끌었을 뿐인데 기고만장해했다며 부끄럽다고."

"그래서요?"

"그래서 세계를 순회하며 성장하고 싶다는군. 이번에는 '노래와 춤으로 세계를 정복해보이겠다!'고 단단히 벼르고 있어."

"……하아."

뭐, 싸움이 벌어지는 것보다는 평화로운 게 나은가.

"하지만 밖으로 내보내도 괜찮은가요? 다른 곳에서 전투를 벌일 가능성도 있잖아요?"

"아니, 그럴 일은 없어. 널 대단히 두려워하더군. 만약에 싸움을 벌이려고 했다가는 반드시 나타나서 자기들을 죽일 거라고. ……실제로 그런 일이 벌어진다면 달려올 거지?"

"뭐, 그렇긴 하지만……."

말을 내뱉었으니 책임은 질 작정이다.

설명을 들은 뒤에 이리슈로와 그 주위에 있는 여성들 쪽으로 시선을 돌렸다. 드디어 저 광경의 의미를 이해했다.

다시 말해 저기 있는 여성들은 이리슈로가 여행을 떠나게 되자 슬퍼하며 만류하러 온 거겠지.

그러나 이리슈로의 의지가 워낙 강해서 그저 울 수밖에 없겠지.

상황을 보고 있으니 이리슈로가 주변에 있는 여성들에게 다 들리도록 큰 목소리로 말했다.

"너무 슬퍼하지 말아줘. 영영 헤어지는 게 아냐."

"맞아. 우린 반드시 돌아올 거야. 왜냐면 이제 이곳은 우리한테 제2의 고향 같은 곳이니까."

"세계를 순회하고서 더욱 성장한 우리 모습을 꼭 보여주지!"

"……그러니까 기다려. 또 올 테니."

"우리도 여러분들과 재회할 날을 고대하며 노력할게~! 기다리고 있어~!"

그 말을 들은 여성들은 울면서 '기다릴게요! 꼭 돌아와요!' 하고 입을 모아 말했다.

그리고 여성들의 배웅을 받으며 이리슈로가 문을 지나 도시 밖으로 나가려고 했다. 그런데 그전에 내 모습을 보고는 몸을 흠칫! 떨면서 고개를 숙였다.

…………그렇게도 내가 무섭니?

괜찮아. 무서울 거 하나 없어.

어디까지나 평범하게 대했을 때 이야기지만.

여성들은 이리슈로의 모습이 시야에서 사라질 때까지 제자리에서 꼼짝도 하지 않았다. 넋을 놓고서 문을 계속 쳐다보고 있었다.

"……이거 제가 보러 올 필요가 있었나요?"

"뭐, 당사자니까."

…………하기야 그렇긴 하지만.

………내 모습을 보여서 말썽부리지 말라고 경고하고 싶었나?

아침밥이 슬슬 다 차려졌을 시간이다. 배도 적당히 고파졌다. 오드 씨는 여기 있는 여성들이 돌아갈 때까지 남겠다고 해서 나는 플로이드를 데리고 오드 씨네 집으로 돌아갔다.

# 제7장 저주 해제? 세 번째

-1-

오드 씨네 집으로 돌아가니 이미 식사가 다 차려져 있었다. 그대로 식당으로 향했다.

어째서 이렇게 커다란 집에는 꼭 커다란 식탁이 놓여 있는 걸까?

아니, 요긴하게 쓰고 있긴 하지만.

우리 모두가 동시에 앉을 수 있을 만큼 커다란 식탁을 앞에 두고서 생각했다.

유리나 씨의 이야기에 따르면 이 식당은 평소에는 사용하지 않는단다. 이리슈로와 싸울 때 남아 있던 부인들과 야토파 씨, 라비, 루시엘 씨가 어제 청소를 해줬다고 한다.

고맙습니다.

역시 밥은 함께 먹어야 맛있죠.

나는 감사 인사를 한 뒤에 부인들, 세리아스 씨 일행에게 아까 전 이 도시의 문에서 벌어졌던 일……이라고 해야 하나, 이리슈로가 어떻게 되었는지 알려주면서 식사를 했다.

"뭐, 괜찮지 않을까? 허튼 짓을 벌였다가는 와즈가 달려올 거라는 걸 알고 있을 테니."

"……서방님을 적으로 돌린다. 그건 어리석은 생각이라는 걸 깨달았겠지."

"땅 끝까지 쫓아갈 테니 도망칠 곳은 아무 데도 없어."

"게다가 오빠를 적으로 돌리면 우리도 적으로 돌리는 셈이니까."

"이제는 남한테 해를 가하지 않을 거다. 게다가 우리뿐만 아니라 루마루프를 비롯한 전 마왕들도 적으로 돌릴 테니."

이리슈로와 싸우러 갈 때 함께 했던 나레리나, 하오스이, 마오, 카가네, 파파루는 이제 문제가 없을 거라고 판단하는 듯하다.

"마왕답지 않네."

"……그나저나 마왕들이 모여서 노래하고 춤을 추다니. 조금 믿기지가 않아."

"생각도 못 했어요. 그래도 마왕을 상대로 이런 말을 하면 안 될지도 모르겠지만, 조금 즐거워 보여요."

"하기야 우리 세계의 마왕은 대부분 적이었고, 그런 공연은 당연히 하지도 않았으니."

"좀 보고 싶었는데~."

"노래와 춤으로 세계정복이라~……. 뭐, 힘으로 싸우는 것보다는 낫지 않나? 그거라면 종족의 차이 같은 건 관계가 없을 듯해서 재밌을 것 같네."

이리슈로와 만나지 않았던 메아르, 사로나, 타타, 나미닛사, 캐시, 아리아도 특별히 문제가 있다고 여기지 않았다.

일단은 부인들 쪽은 문제가 없는 듯하다.

"뭐, 이리슈로 마왕들이 대국 가리스에 가더라도 루마루프 님한테 모두 맡기면 문제없습니다."

"맞아요. 전혀 문제가 없습니다."

"괜찮지 않을까요? 여기까지 함께 동행하면서 생각했는데, 제 아무리 마왕일지라도 적수가 아니라고 생각해요."

"그렇군요. 와즈 님과 부인들이 있다면 괜찮을 거예요."

"그랜드 마스터가 문제가 없다고 판단했으니 저는 그 판단을 믿을 뿐입니다."

세리아스 씨, 이룸, 라비, 루시엘 씨도 딱히 개의치 않는 듯했다.

…………

…………

…………아니, 잠깐만.

방금 뭔가 이상한 단어가 들린 것 같은데?

그 말을 한 루시엘 씨 쪽으로 시선을 돌렸다.

"……루시엘 씨, 그랜드 마스터……는 누구?"

내가 묻자 루시엘 씨가 의아해하며 고개를 갸웃거렸다.

"누구냐뇨? 물론 제게 메이드란 무엇인지 알려주셨던 와즈 님의 수석 집사인 플로이드 님입니다."

"…………"

에엥~, 대체 언제~?

이게 어떻게 된 일이지? 나는 플로이드를 쳐다봤다.

"꽤 재능이 있더군요."

플로이드가 수상쩍게 웃으며 말했다. 아냐, 아냐. 그걸 묻는 게 아니라고.

"……대체 언제부터 알고 지낸 거야?"

""어제인데요?""

플로이드와 루시엘 씨가 입을 모아 말했다.

그렇구나.

다시 말해 어제 오드 씨네 집으로 돌아온 뒤라는 뜻이네.

…………행동이 너무 빠르지 않아? 게다가 친해지는 속도도 너무 빠르지 않아?

그러나 이 대목에서 문제로 삼아야만 한다고 해야 할까, 문제가 되는 존재는 티안이다.

플로이드 지상주의자인 티안이 잠자코 있을 리가 없는데…….

그렇게 생각하며 시선을 돌리니 티안이 문제없다는 듯이 잠자코 있었다.

그래서 불쑥 물어봤다.

"……티안은 괜찮아?"

"문제없습니다. 이미 얘기를 끝마쳤거든요. 플로이드 님은 집사로서 완벽하니 존경의 마음을 품는 건 어쩔 수 없고, 아무도 말릴 수가 없습니다. 두 사람 사이에 남녀의 정만 없다면 전 문제없습니다."

오오! 설마 용납할 줄이야!

티안이 성장했다!

그래도 플로이드가 집사로서 완벽하다는 건 조금 의문이 드는데.

"……뭐, 만약에 남녀의 정을 품는 날에는…… 어떻게 될지는 모르겠지만요."

그렇게 말하는 티안의 몸에서 왕년의 파동이 흘러넘쳤다.

…………

좋아. 플로이드에게 전부 맡기도록 하자.

일단 이리슈로의 처우에 관한 문제는 모두가 문제없다고 했으니 그대로 밥을 먹기로 했다.

식사를 마치자 플로이드와 티안이 원래 세계로 돌아간다고 해서 부인들, 세리아스 씨 일행과 함께 배웅했다.

뭐, 내가 데리고 오긴 했지만, 플로이드는 자력으로 돌아갈 수 있으니 배웅하기 위해서 밖으로 나갔다.

"그럼 또 보자."

"예. 돌아오시기를 언제까지고 기다리겠습니다."

"예, 예. 꼭 돌아갈 테니 언제까지고 기다릴 필요는 없어. 그보다도 한 가지 묻고 싶은 게 있는데?"

"뭔가요?"

"…………아무 것도 안 했지?"

"뭐가 말입니까?"

플로이드가 평소처럼 웃고 있다.

그러나 그 웃음은 이미 수상했다.

"그러니까 아무 문제도 벌어지지 않았고, 일으키지도 않았느냐는 말이야."

"…………"

다시금 물어보자 무슨 영문인지 플로이드가 골똘히 생각하는 듯한 자세를 취하고서 입을 다물었다.

……있었어? ……뭔 일이 있었던 거냐!

만약에 그렇다면 나와 부인들도 신혼여행을 일단 중지하고서 돌아갈 건데?

………….

"…………."

……아니, 말 좀 해라!

아니면 일을 너무 많이 벌여서 어디서부터 말해야 좋을지 고민하는 건가?

사건이 그렇게나 많이 벌어졌어?

어, 어어어어, 어쩌지?

진심으로 걱정하고 있으니 플로이드가 아아, 그렇군요, 하고 무언가를 떠올려냈다.

"레간 님이 와즈 님을 죽이겠다고 했습니다."

"오호~…………. 엥? 그게 뭐야? 엥? 내가 레간 씨한테 무슨 짓을 했던가? 아니, 아니, 아니, 아니, 난 아무 짓도 안 했다고? 그런데 왜 내게 살의를 보내는 건데?"

"그럼 슬슬 돌아가야겠군요."

"잠깐! 아니, 잠깐만! 설명! 자세히 설명해주세요!"

그렇게 애원했지만, 플로이드는 티안과 부랴부랴 합류하고서 '세계간 전이' 마법진을 발동시켰다.

"그럼 여러분, 언젠가 또 뵙도록 하지요."

"이쪽 세계로 돌아오시길 진심으로 기다리겠습니다."

플로이드와 티안이 마법진에서 흘러나오는 빛에 휩싸이더니 사라져버렸다.

잠깐만 기다리라고!

제대로 설명을 하고 가!

궁금해서 미칠 것 같잖아!

설명을 하고서 돌아가~!

나는 마음속으로 힘껏 외쳤다.

그러나 내용을 아는 플로이드는 이미 없다.

뒤쫓을까도 생각했지만 나는 그 생각에 제동을 걸었다.

천하의 플로이드다……. 틀림없이 내가 뒤를 쫓아올 거라고 생각하고 있겠지.

그렇다면 곧바로 돌아가는 건 너무 위험할 것 같다.

왜냐면 플로이드가 어디로 돌아갔는지 모르기에 인물을 지정하여 '세계간 전이'로 날아간다면 어디서 출현할지 알 수가 없다.

그러니 그대로 '세계간 전이'로 뒤를 쫓는다면 성새도시 리닉크에 출현하여 레간 씨와 딱 맞닥뜨려 그대로 습격 받을지도 모른다.

……아니, 오히려 플로이드이기에 상황이 그렇게 흘러가더라도 이상하지 않다.

다시 말해 지금 돌아가는 건 위험하다.

후후후……. 내가 그렇게 순순히 플로이드의 속셈대로 놀아날 거라고 생각했다면 큰 오산이야.

지금은 신혼여행을 계속하다가 나중에 틈을 봐서 한 번쯤 상황을 살펴보는 것이 상책이겠지.

……분명 시간이 해결해줄 거야…………, 아마도.

그렇게 판단하고서 플로이드의 뒤를 쫓지 않기로 했다.

—2—

플로이드와 티안을 보낸 뒤 일단 다함께 식당으로 돌아갔다. 그러고는 무투도시 에스레아데에서 자유롭게 행동할 수 있는 권한을 획득하기 위해서 집으로 돌아온 오드 씨에게 랭크전을 신청했다.

"으음, 'S' 랭크 골렘을 산산조각 내면 되는 거죠?"

"농담하는 건가?"

"아뇨, 지극히 진지합니다. 게다가 부인들도 해보고 싶다고."

"…………누가?"

"전원."

"전원이라고!"

오드 씨가 놀랐는지 눈이 휘둥그레졌다.

"예. 실력을 시험하고 싶다면서."

"……과연. 참고로 묻겠는데 와즈, 넌 어떤 결과가 나올 거라고 예상하지?"

"으~음……. 아마도 전원 박살낼 수 있을 겁니다.

"각하해야겠군."

"그럴 줄 알았죠."

뭐, 거절할 줄 알았다.

"애당초 'S' 랭크 골렘을 만드는 데 상당한 품이 들고, 그만한 숫자도 갖춰져 있질 않아. 그런 상황에서 전원이 랭크전을 치르는 건 불가능해. 게다가 와즈와 파파루는 'S' 랭크조차도 성에 차질 않잖나?"

"……뭐 저나 파파루는 일격이겠죠? 아마도."

"그러니까 안 돼."

"그러니까 어떻게 좀 안 될까요? 'S' 랭크를 얻지 않으면 이곳에서 자유로이 움직일 수가 없잖아요?"

"안심해. 인원수만큼 발행해줄 테니까."

"앗, 그런가요? 그럼 잘 부탁합니다."

나는 오드 씨에게 고맙다며 고개를 숙였다.

"……태도가 참 쉽게 바뀌는구나."

크으~, 설마 아무 것도 하지 않았는데도 발행해주겠다니 오드 씨에게 고마울 따름이다.

이 도시에서 자유롭게 돌아다닐 수 있는 권리를 얻었기에 부인들과 느긋하게 지내기로 했다.

이리슈로 마왕들이 떠난 뒤 며칠이 지났다.

그 사이에 나와 부인들은 세리아스 씨의 안내를 받아 도시 안을 돌아다녔다.

세리아스 씨는 이 도시에 여러 번 온 적이 있다고 한다.

그녀가 안내역을 맡아준 덕분에 어디로 가든 헤매지 않았다.

그 덕분에 우리는 예전에는 하지 못했던 관광을 즐겼다.

도시 안을 둘러보니 이리슈로 마왕들이 떠났지만 사람들에게는 별 영향이 없는 것 같다.

이 도시에 사는 여성들도 특별히 바뀐 모습이………… 있었다.

"……세리아스 씨. 이건 평범한 일인가?"

"역시 잊지 못하는 게 아닐는지……. 그런데 이곳에서조차 이 지경이라면 그들이 대국 가리스에 나타났을 때 어떻게 될는지……."

세리아스 씨가 당혹스러운 표정을 지었다.

그럴 만도 하다.

왜냐면 여성이 운영하는 가게에 '이리슈로 탄생의 성지 · 무투도시 에스레아데'라는 현수막이 걸려 있었기 때문이다.

…………아니, 아니, 그 문장은 마왕 탄생의 성지라고도 해석될 여지가 있는데 그래도 괜찮나?

……분명 괜찮겠지.

사실 이리슈로가 떠나서 당장 야토파 씨의 저주를 해제하고 싶었지만, 그게 불가능해서 지금 이렇게 관광을 즐기고 있는 것이다.

왜 불가능하냐면 '화' 크리스털이 있는 투기장을 이리슈로를 좋아하는 여성들이 매일 쓰고 있기 때문이다.

지금 그곳에서는 '안녕히 이리슈로! 다시 만날 날까지 우린 잊지 않아!'라는 이름의 행사가 열리고 있다.

이리슈로를 좋아하는 여성들이 모여서 추억을 나누고, 돌아올 날을 학수고대하고 있다고 한다.

……정말로 인기가 많았구나. 이리슈로.

그런데 지금은 곤란하다……고 해야 할까, 역시나 야토파 씨의 저주를 푸는 걸 대중에게 공개할 수는 없는 노릇이니 다른 장소에서 해주면 안 될까?

그래서 오드 씨에게 야토파 씨에 관해 살짝 설명한 뒤에 우리만 들어갈 수 있는 날을 어떻게든 확보할 수 없겠느냐고 부탁했다.

오드 씨도 부탁을 승낙하고서 현재 분주히 돌아다니고 있다.

도와줄 수가 없으니 결과가 나오기만을 기다릴 뿐이다.

"이게 무투도시 에스레아데의 특산품입니다."

지금까지 있었던 일들을 돌이키고 있으니 세리아스 씨가 말을 걸었다.

그녀의 손에는 이 도시의 특산품이 쥐어져…………, 목도?

나는 확인하듯이 목도를 가리켰다.

"……이게?"

"예. 이룸슈타드에서는 유명해요. 이 지역에서만 자라는 특수한 나무를 사용해서 아주 단단합니다."

그 말을 듣고 나는 세리아스 씨에게서 목도를 넘겨받은 뒤 가볍게 두드려봤다.

콩콩, 하고 경쾌한 소리가 났다.

나라면 쉽게 부술 수 있을 것 같지만, 그녀의 말마따나 평범한 목도보다는 단단하다.

부인들을 힐끔 쳐다보니 검을 쓰는 부인들은 모두 목도를 확인하고 있었다. 다른 부인들은 '무투도시 에스레아데'라고 적혀 있는 삼각형 깃발을 신기해하며 보고 있었다.

"저 깃발도 명물입니다."

"그런가요……."

……으~음……. 저게 명물이라고?

선물로 사기에는 글쎄?

그런데 별 이유 없이 라그닐을 비롯한 친구들이 기뻐할 것 같다는 생각이 들었다.

어울리지는 않을 것 같지만 성에 장식할 만하다.

…………….

일단 사둘까.

목도와 삼각형 깃발을 여러 개 구입한 뒤에 우리는 세리아스 씨의 안내를 받아 이 지역에서만 파는 술을 대량으로 사두었다.

—3—

그로부터 며칠이 더 흘렀다. 드디어 오드 씨가 오늘은 투기장을 이용해도 괜찮다고 했다. 그래서 야토파 씨와 함께 투기장으로 향했다.

그밖에도 부인들, 세리아스 씨 일행도 동행했다.

물론 이 도시의 일이라서 오드 씨도 따라와 주었다.

우리 말고는 아무도 없는 투기장에 들어가 야토파 씨를 데리고서 무대 위로 올라갔다.

"……저게 '화' 크리스털인가요. ……떠 있네요."

"처음부터 저랬어."

"……으음, 저기까지 어떻게 가면 되죠?"

"물론, 날아서."

야토파 씨의 손을 잡고서 '완전 신격화' 상태로 전환한 뒤 '화'

크리스털을 향해 서서히 올라갔다.

공중에 떠오르자 처음에 야토파 씨는 몹시 놀랐다. 그러나 내가 생긋 웃어주자 안심했는지 다시 웃음을 되찾았다.

그대로 '화' 크리스털 주위에 쳐져 있는 결계를 지나 곧장 근처까지 이동한 뒤에 정지했다.

"그럼 만지도록 해볼까."

"예."

잡고 있던 손을 떼고서 야토파 씨가 '화' 크리스털과 접촉했다.

그 순간 '풍', '화' 크리스털 때처럼 변화가 일어났다.

'화' 크리스털에서 화염이 크게 일어났다. 그리고 그 화염이 야토파 씨에게로 이동한 뒤 그녀의 몸을 휘감았다.

괜찮은 걸 알면서도 놀랐다.

야토파 씨는 눈을 감고서 몸을 내맡기고 있었다.

그 상태는 아주 잠깐만 이어졌다. 화염은 이내 허공으로 흩어져갔다.

화염이 완전히 꺼지자 야토파 씨는 '화' 크리스털에 댔던 손을 서서히 떼고서 숨을 깊이 내뱉었다.

"……잘 됐어?"

"예. 괜찮습니다. 오히려 화염에 휩싸여 몸과 마음이 모두 정화되어가는 기분이 들었어요."

"그래?"

야토파 씨의 말에 안도했다.

혹시 몰라서 확인해보니 저주의 대검 코등이 부분에 뚫려 있는 두 개의 구멍 중 한곳에 붉게 빛나는 돌이 박혀 있었다.

"이제 남은 건 '토' 크리스털뿐인가."

"이제 하나밖에 남지 않았네요."

"그러네. 드디어 여기까지 왔어."

"정말로 고맙습니다."

"인사를 하기에는 아직 일러. 저주를 완전히 다 푼 뒤에 해도 늦지 않아."

나는 야토파 씨의 손을 다시금 잡고서 이번에는 서서히 내려갔다.

결계를 지날 때 다른 크리스털처럼 결계를 강화해두었다.

이 결계 안에 들어갈 수 있도록 허가를 내리는 사람은 물론 오드 씨로 설정해뒀다.

# 제8장 무투도시 에스레아데에서의 나날

-1-

야토파 씨의 저주가 조금 더 풀려서 우리는 무투도시 에스레아데에서 느긋하게 지냈다.

주로 세리아스 씨의 안내를 받아 부인들과 함께 도시 안을 돌아다녔다. 그러나 이따금씩 마물을 퇴치하고 싶다는 사로나, 나레리나, 하오스이, 마오, 파파루를 데리고서 도시 밖으로 나가 마구 사냥을 하기도 했다.

개중에는 상당히 강한……, 아니, 모두가 강한 적수를 원했기에 우선은 그런 강한 마물을 퇴치했다.

한동안 이 부근이 나름 평온해지겠지.

물론 쓰러뜨린 마물들을 오드 씨를 통해 돈으로 바꿨다.

강한 마물을 퇴치하는 것을 우선했기에 번 돈을 모두 모아보니 우핫핫핫, 하고 웃음이 나올 만한 액수가 되었다.

이 도시에서 활동하는 모험가들의 생계에 지장이 생길 수 있으니 적당히 하라는 주의를 들었다. 그래서 다음에는 조금 더 멀리 나가기로 했다.

각력(脚力)에는 자신이 있어서 당일치기로 다녀올 수가 있다.

단련도 해야 하기에 사냥 멤버를 교체하기는 했지만, 나는 모든 사냥 일정에 동행했다.

왜냐면 부인들과 나들이하는 거나 마찬가지니까.

그런데 카가네만은 비공정 연구에 몰두하고 있는지 늘 골머리를 썩고 있다.

기분 전환이 필요하겠다 싶으면 내가 강제로 끌고 나갈 테지만.

"……역시 한 번 내부를 보지 않으면 정확한 구조를……."

언젠가 카가네가 타락한 눈빛으로 그렇게 말하며 빌린 비공정을 분해하려고 하자 모두가 총출동하여 뜯어말렸다.

그러던 어느 날 오드 씨가 모처럼 방문했으니 우리 중 한 사람은 'S' 랭크 골렘을 상대해도 좋다고 허락했다.

모두가 해보고 싶다고 손을 들었다.

나도 하고 싶었지만 부인들을 밀어낼 정도로 간절하지는 않기에 포기했다.

"어라? 타타도?"

조금 의외여서 무심코 소리가 나왔다.

타타가 자진해서 험한 싸움에 나서다니 드문 일이다.

그러자 타타가 부끄러워하며 말했다.

"죄송합니다. 단련은 평소에 하고 있지만 제가 지금 얼마나 강한지 알 수가 없다고 해야 할까요. 얼마나 힘이 있는지 시험해보고 싶어요."

평소에 단련을 해오고는 있지만, 주로 나와 다른 부인들만 상대하고 있어서 강해졌다는 실감이 들지 않는 듯하다.

부인들 중 일부를 제외하고 모두가 그런 이유라면 양보해야지,

하고 말하면서 타타에게 골렘에게 도전하는 기회를 넘겼다.

그 일부가 누구냐면.

"……괜찮아. 타타는 물리적으로 강해. 그건 내가 보증해."

"그렇지. 나 역시 타타의 결계 마법을 부수는 게 여간 어려운 게 아냐! 자신을 가지도록 해라!"

하오스이와 파파루가 고개를 연신 끄덕이며 말했다.

……아무래도 'S' 랭크 골렘과 꽤나 싸워보고 싶은가보다.

오드 씨를 힐끔 쳐다보니 얼굴 앞에서 팔을 교차시켰다. 아마도 무리인 듯하다.

"두 사람한테는 미안해. 그래도 해보고 싶어……. 그러니 양보해주지 않을래? 그 대신에 오늘은 내가 요리 당번이니 두 사람이 싫어하는 식재료는 하나도 넣지 않고 좋아하는 식재료로만 저녁을 차리도록 할게."

타타가 제안하자 하오스이와 파파루가 아무 말 없이 아싸! 하고 주먹을 쳐들었다.

타타가 만든 요리가 가장 맛있다는 건 모두가 잘 알고 있다.

그러나 싫어하는 식재료를 교묘히 넣고서 다 먹은 뒤에 알려주는 경우도 종종 있으니 주의해야한다……. 그러나 결국에는 맛있어서 다 먹어버리고 만다.

……먹고 있는 동안에는 알아차릴 수가 없으니 어쩔 수 없지.

왜냐면 다 먹기 전까지는 뭐가 들어갔는지 절대로 알려주지 않으니까.

나는 '극식인' 스킬이 있어서 딱히 싫어하는 식재료는 없다.

그래서 평소답지 않게 미리 확약을 해줬기에 하오스이와 파파루는 좋아하는 음식에만 전념할 수 있겠다며 크게 기뻐했다.

식사에 관해서는 그 누구도 타타를 거역할 수가 없다.

그리하여 타타가 'S' 랭크 골렘과 싸우기로 했다.

우리 모두는 응원을 하기 위해서 도시 밖으로 나갔다. 타타가 'S' 랭크 골렘과 대치했다.

"힘내라~, 타타~!"

나뿐만 아니라 모두가 입을 모아 응원을 보냈다.

응원이 익숙하지 않은지 타타가 부끄러워하며 뺨을 붉혔다. 그러나 이내 음! 하고 기합을 넣었다.

"그럼 준비는 됐나?"

타타와 'S' 랭크 골렘 사이에 서 있는 오드 씨가 확인했다.

"예. 언제든지."

확인을 마친 오드 씨가 개시 신호를 보냈다.

그와 동시에 'S' 랭크 골렘이 움직였다.

발을 크게 내딛으며 타타에게 주먹을 휘둘렀다.

그러나 타타는 그 광경을 냉정하게 바라보다가 뒤쪽으로 펄쩍 뛰어서 회피한 뒤 그대로 공격으로 전환했다.

"난 이것밖에 못하니까요!"

타타가 손을 들었다가 그대로 내렸다.

타타가 방금 이것밖에 못한다고 언급한 것은 바로 결계 마법이다.

그녀가 결계 마법으로 공격하는 방식은 결계의 벽과 상대를 부

덮치게 하는 것이다. 'S' 랭크 골렘이 아래로 내려친 주먹이 결계의 벽과 충돌하였다. 그리고 그대로 벽을 찌부러뜨려 나갔다.

…………….

……………아니. 벽은 찌부러지지 않았다.

골렘은 결계의 벽과 충돌했지만 뚫어내지 못했다. 그러나 몸이 부서진 것은 아니었다.

다만 'S' 랭크 골렘의 몸이 땅속으로 조금씩 매몰되어 나갔다.

결국 'S' 랭크 골렘은 머리를 제외한 몸통 전체가 땅속에 파묻히게 되어 옴짝달싹도 못했다.

"……으~음."

[…….]

타타가 동작을 멈추고서 곤혹스럽다는 듯 중얼거렸다.

우리도 어떻게 판단해야 좋을지 당혹스러워서 오드 씨를 쳐다봤다.

"승자, 타타!"

오드 씨가 타타의 승리를 선언하자 우리는 축하한다며 박수를 보냈다.

"……이긴 것 같지가 않아요."

타타가 어깨를 축 늘어뜨렸지만 이긴 건 이긴 거다.

그 점은 자랑스럽게 여겨도 되겠지.

그러나 그 뒤에는 모두가 나서서 'S' 랭크 골렘을 땅속에서 파내야만 했다. 그날 저녁, 식탁 위에 좋아하는 요리만 차려지자 하오스이와 파파루는 활짝 웃으며 먹었다.

-2-

물론 이곳은 무투도시라서 투기장에 가기도 했다.

역사가 있는 건물은 보기만 해도 어떤 감정을 불러일으키는 법이다.

그러나 투기장 내부 모습을 보고서 나는 곧장 오드 씨에게 가서 물었다.

"……설명을 부탁합니다."

"그런가……. 이미 봐버렸나."

오드 씨의 개인실에서 테이블을 사이에 두고 맞은편에 앉았다. 오드 씨는 깍지를 낀 손을 얼굴 앞으로 가져갔다.

우선 날마다 '안녕히 이리슈로! 다시 만날 날까지 우린 잊지 않아!' 행사를 열었던 여성들……, 지금은 '마희회(魔姫会)'로 바뀐 모양인데, 어쨌든 그 사람들이 활동을 자제하게 되었다.

뭐, 역시나 매일 그런 행사를 벌였으니 자기들이 지나쳤다는 걸 깨달을 만도 하지.

그러나 이리슈로를 향한 열기가 식어버린 것은 아니다.

……오히려 불타오르고 있다.

그들을 만날 수 없는 시간이 마음속 그리움을 더욱 키워나가는 듯했다.

이리슈로 마왕들이 다시 방문했을 때 큰 사태가 벌어질 것이 틀림없기에 오드 씨에게 힘내달라고 당부했다.

그래서 '마희회'가 투기장을 이용하는 횟수가 줄어들어 예전처럼 싸움의 무대가 열리게 되었는데…… 그 양상이 전과는 달랐다.

"……부탁한다. 어떻게 좀 해다오."

"어쩌라고요? 아니, 이제 마음대로 하라고 놔두는 게 낫지 않겠어요?"

오드 씨의 설명에 따르면 예전에는 엄숙한 싸움의 장이었다고 한다. 그런데 지금은 싸움의 승자가 노골적으로 자신을 과시하는 장으로 바뀌었다고 한다.

뜬금없이 노래를 부르거나 춤을 추는 등 이리슈로의 영향을 받은 자들이 늘어났다. 더욱이 느릿하게 춤을 추기도 하고, 격렬하게 추기도 하고, 기계적으로 추기도 하고, 떼거지로 추기도 하고, 노래하는 사람과 춤추는 사람이 나뉘어 있는 등 종류도 늘어나고 있단다.

……뭐, 개중에는 자기가 잘 한다고 착각하고…… 있다고 해야 할까, 서투른 사람도 있어서 욕을 얻어먹기도 한단다. 그러나 그조차도 하나의 유흥거리가 되어 주민들이 호의적으로 받아들이고 있다.

"……시대의 흐름이라는 거죠."

"……못 따라 가겠다……. 난 이 흐름을 따라갈 수가 없어."

"간판 역할은 참 힘드네요."

"……어쩌면 좋겠나? 역시나 그만두라고 하면 인기가 아주 떨어질 것 같은데."

"그럼 받아들이는 수밖에 없죠. 힘내요! 따라갈 수 없다며 포기하면 안 됩니다! 하면 된다는 마음가짐으로 시야를 넓혀 받아들이면 의외로 일이 술술 풀릴 겁니다."

오드 씨를 격려해줬지만 당사자는 차가운 눈으로 쳐다봤다.

"…………남 일이다 이거지?"

"예."

오드 씨에게 거짓말을 할 이유가 없기에 진지한 얼굴로 솔직히 대답했다.

그러자 오드 씨가 탁자에 엎어졌다.

"젠장~! 나도 안다! 내가 이 무투도시 에스레아데의 간판역이니 어떻게든 해야만 한다는 것을! 와즈가 이곳에 눌러앉으면 당장 간판역을 넘겨줄 텐데."

"그건 무리죠. 설령 눌러앉더라도 받을 수 없습니다."

"나도 안다! 아아아아, 알겠다! 받아들여주마! 뭣하면 춤추기 대회도 개최해주지!"

"바로 그 의기입니다! 힘내세요!"

"한 번 해보자고!"

오드 씨가 의욕을 보였다.

그러나 조금 걱정이 되어서 이곳에 조금 더 머물기로 했다.

-3-

그로부터 또 며칠이 지났다.

오드 씨의 상황을 살피면서 여러 번 상담에 응해주었다. 오드 씨는 어떻게든 이 흐름을 받아들여 극복한 듯했다.

정말로 잘 되었다.

오드 씨가 자포자기하지 않아서 정말로 다행이다.

이 도시는 현재 오드 씨가 중심이다. 그가 흔들린다면 큰일이 벌어진다.

흐름을 받아들인 오드 씨는 다음에 투기장에서 춤추기 대회를 열기로 했다.

…………사람은 바뀌려고 마음먹으면 바뀌는 법이지.

오드 씨가 유연하게 생각하는 법을 익혔다.

무투도시 에스레아데가 언젠가 '무도도시(舞蹈都市)'라 불리게 될지도 모르겠다.

그런 생각을 하면서 도시 안을 걸었다.

지금은 평소답지 않게 혼자 있다.

부인들 중 절반은 유리나 씨와 함께 있고, 나머지 절반은 식량과 자재 등을 사들이고 있다.

세리아스 씨와 루시엘 씨는 식량과 자재를 사들이는 부인들을 거들고 있고, 야토파 씨, 이룸, 라비는 유리나 씨와 함께 있다.

내가 혼자인 이유는 오드 씨와 함께 행동하다가 홀로 돌아가는 길이기 때문이다.

오드 씨와 함께 한 이유는 춤추기 대회를 열기에는 투기장이 조금 투박하지 않느냐는 상담을 받아 그 외관을 보러 갔기 때문이다.

그의 말처럼 투박해 보일지도 모르겠지만, 역사가 느껴진다고 해야 할까, 그다지 나쁘지는 않다고 말해주자 오드 씨가 그대로 진행하자고 판단했다.

……이거 내가 꼭 필요했나?

의문이 들면서도 그대로 오드 씨네 집으로 돌아가기로 했다.

오드 씨는 춤추기 대회를 개최하기 위해서 논의할 일들이 있다며 도중에 헤어졌다.

터벅터벅 돌아가고 있으니 누군가가 갑자기 말을 걸어왔다.

"거기 오빠. 잠깐 들렀다가 가지 그래?"

목소리가 들린 쪽으로 시선을 돌리니 길가에 점을 치고 있는 여성이 있었다.

얇은 베일을 쓰고 있어서 얼굴은 알 수가 없었다. 그러나 겉모습과 목소리로 미루어보아 나보다 연상인 것 같다. 점칠 줄 아는 누나라는 느낌이다.

"……무슨 용건이라도?"

그러나 경계를 늦춰서는 안 되므로 다가가지 않고 말을 걸었다.

저 사람보다 전투력이 떨어진다고 생각하지는 않지만, 이 상황에서 이상한 일……, 예를 들어 어떤 이유로 점쟁이 누나와 아침에 함께 돌아오게 된다면 부인들이 화를 낼 게 틀림없다.

이 대목에서는 신중하게 행동해야…….

"오빠, 위험해. 상을 보니 엄청난 여난(女難)이……."

"얘기를 듣도록 하죠."

나는 곧바로 점쟁이 누나 앞으로 이동한 뒤 귀를 쫑긋 세웠다.

대체 앞으로 무슨 일이 더 벌어진다는 걸까?

어째서 나는 부인들과 느긋하게 행복을 만끽할 수가 없는 거지?

어쩌면 힌트를 얻을 수 있을지도 모른다.

더욱이 사전에 무슨 일이 벌어질지 안다면 대비나 마음의 준비를 할 수가 있다.

그러니 내 행동은 틀리지 않았다.

"오, 오빠, 너무 덥석 무는 거 아냐? ……저기, 요즘에 여러모로 고생하고 있어?"

"그, 그럴 리가 없잖습니까? 아이 참~…… 아하하……."

큭! 역시 점쟁이 누나.

이쪽 사정을 훤히 꿰뚫어보고 있나?

…………저 점쟁이 누나, 용하네.

그런 내 생각이 표정으로 드러났는지 점술사 누나가 웃음을 지었다.

"후후후……. 난 그렇게 용한 점쟁이가 아냐. 그냥 괜히 고생하는 것처럼 보였을 뿐이야."

그런 걸 보고 용하다고 하는 거잖아?

그러나 지금 문제는 닥쳐올지도 모를 여난이다.

"아아, 미안해. 여난 말이지? 하지만 그전에……."

점쟁이 누나가 일단 말을 끊고서 히죽 웃으며 나에게 손바닥을 보였다.

……어? 이게 뭐야?

"은화 1닢이야."

"아, 아아! 돈 말이죠!"

아, 그래, 그래. 점쟁이에게 이야기를 들으려면 복채가 필요하다.

나는 주머니에서 은화 1닢을 꺼내 점쟁이 누나에게 건넸다.

“고맙습니다. 미안해. 나도 이걸로 먹고 사는 처지인지라.”

“아뇨, 상관없습니다. 그보다도 제 얼굴에서 보인다는 그 여난은 대체?”

“아아, 그건.”

점쟁이 누나가 은화를 품속에 넣었다.

“이런 거야!”

그 말과 동시에 점쟁이 누나가 품속에서 나이프를 꺼내 그대로 나를 찌르려고 했다.

그러나 나이프는 내 몸에 닿은 순간 가루가 되어버렸다.

“……어?”

점쟁이 누나가 놀라워하면서 뒤로 살짝 물러났다.

그러나 나는 아무 일도 없었다는 것처럼 태연히 말했다.

“그래서 대체 어떤 여난인지 자세히!”

“그러니까 아까 그 나이프가 그거라고!”

“…………”

…………아아! 그런 거였어!

나는 납득하고는 짝! 하고 손뼉을 치고서 점쟁이 누나를 가리켰다.

“다시 말해 적이냐!”

“빨리도 알아차리네!”

점쟁이 누나가 버럭 호통을 쳤다. 그러나 나는 위협조차 되지 않았기에 늦게 알아차렸을 뿐이다.

그러니 너무 화내지 말아줬으면 좋겠다.

……알아차리지 못해 미안.

………….

"그나저나 누구? 왜 내 목숨을 노리지?"

"보통은 나이프를 피하고서 그런 말을 하는 거야!"

알아차리지 못했으니 어쩔 수 없잖아?

그나저나 이 상황에서 왜 내가 비난받아야 하는 거야? 이상하지 않아?

난 당한 쪽이라고?

……아니, 생채기도 나지 않았고, 나이프도 부서졌지만.

…………앗, 나이프가 부서졌으니 물어내라는 건가?

하지만 그리 대단한 나이프는 아니었던 것 같은데?

그렇게 고민하고 있으니 점쟁이 누나가 만족하는 웃음을 짓더니 이번에는 나이프 두 자루를 꺼내 양손으로 들었다.

"그래서 진짜 누굽니까?"

"훗……. '영원의 영광'이 보낸 자객이라고 하면 알까나?"

"……과연."

나 참, 대체 언제까지 보낼 참이야?

소수 정예라고 들었는데 설마 모조리 쓰러뜨릴 때까지 끝나지 않는 건가?

이제 귀찮으니 한꺼번에 오면 안 되나?

……응? 잠깐만.

점술사 누나가 실은 자객이라는 건…….

"다시 말해 점은……."

"그냥 상대를 편하게 죽이기 위한 수단 중 하나야."

"역시. 그럼 아까 줬던 은화를 돌려줘요."

"그것도 그러네…… 가 아니라 너 같으면 돌려주겠냐! 아니, 지금 그걸 신경 쓰는 거니!"

……음.

뭐, 상대가 도적이니 순순히 돌려줄 리가 없나?

그럼 쓰러뜨려서 돌려받도록 하자.

나는 그렇게 결심하고서 점쟁이 누나를 쳐다봤다. 그런데 어쩐지 여유롭게 웃고 있었다.

"상당히 여유로워 보이네요?"

"그야 그렇지. 아까 공격이 통하지 않을 거라는 건 예상해둔 바. 다음 대책을 확실히 마련해왔거든!"

점쟁이 누나가 그렇게 말하고서 휘파람을 불었다.

그러자 주변에 있던 여성들이 서서히 이쪽으로 다가와 나를 에워쌌다.

여성들의 모습을 살펴보니 어딘지 눈이 흐리멍덩하다. 제정신으로는 보이지 않았다.

"무슨 짓을 한 거야!"

"후후후. 내 장기 중 하나가 최면이야. 지금 널 둘러싸고 있는 여성들은 내가 신호를 보내면 바로 습격할 거야. 자, 어쩔래? 이렇게나 많은 무고한 사람을 상대하면서 멀쩡히 버텨낼 수 있을지 구경이나 해볼까."

큭! 이토록 비겁한 짓을.

"정신 차리세요! 조종하는 대로 움직이면 안 됩니다!"

내가 외쳤지만 여성들은 멈추지 않았다.

"아하하핫! 그 정도 외침으로 깨어날 만큼 내 최면은 어설프지 않아! 억지로 풀려고 하면 후유증이 남을지도 몰라. 저 최면을 무사히 풀 줄 아는 사람은 나뿐. 자, 어쩔래? 네가 저항하지 않고 죽어준다면 여성들의 최면을 풀어줄 건데?"

이게 웬일이냐!

외치는 동안에 나를 에워싼 여성들이 더 가까이 다가와서 이미 점술사 누나의 모습이 보이지 않았다.

그렇다면 섣불리 움직였다가는 피해가 날지도 모르겠네.

이렇게 된 이상 '완전 신격화'로 최면을 풀 수밖에…….

………….

…………잠깐만.

여성들의 마음에 직접 울릴 만한 말을 한다면 어쩌면…….

나는 각오를 굳히고서 말했다.

"자! 여러분 내 말을 들어주세요!"

나는 선서하듯이 손을 들었다.

"……실은 난…… 이리슈로와 아는 사이예요. 아니, 정말로요."

여성들이 뚝 멈췄다.

좋아. 먹힌다.

"어? 어라? 왜 멈춘 거지? 야! 저 녀석을 어서 포위하지 못해!"

"아마도 내가 말하면 예정보다 일찍 돌아올지도? 그때 눈빛이 그렇게 흐리멍덩해서야 응원이나 제대로 할 수 있을까요? 마음에서 우러나오는 응원이 가능할까요? ……앗! 참고로 여러분을 그렇게 만든 건 저기 점쟁이 누나입니다."

내가 그렇게 말하자마자 여성들이 일제히 점쟁이 누나를 에워싸고서 무언의 압력을 넣기 시작했다.

그리고 여성들 중에서 가장 몸이 건장한 사람이 점쟁이 누나를 벽으로 밀어붙이고서 그대로 손바닥으로 얼굴 옆을 팍 때렸다.

벽에 금이 쫙 났다.

그 광경을 보고 점쟁이 누나의 얼굴이 창백해졌다.

"……예. 당장 원래대로 되돌리겠습니다."

그리고 여성들의 최면을 풀어준 점쟁이 누나가 그대로 주저앉았다.

상당히 무서웠나보다.

여성들이 후련하게 웃으며 일상으로 복귀했다. 그러나 나를 쳐다보는 그 시선에는 뜨거운 열망이 담겨 있었다.

아까 했던 이야기 잊지 마라. 우릴 속였다가는 알지? 하고.

옙! 알고 있습니다!

나는 척! 경례했다.

지금 저 여성들을 거역해서는 안 된다.

일단 다음에 이리슈로와 만나면 한 번이라도 좋으니 일찍 돌아오라고 전하자.

뭣하면 내가 '전송' 마법으로 보내도 되고.

점쟁이 누나는 이미 전의를 상실했기 때문에 힘을 봉인하고 은화도 되찾은 뒤 지난번처럼 대국 가리스에 있는 루마루프 앞으로 보내뒀다.

도시도, 오드 씨도 괜찮을 것 같으니 슬슬 다음 크리스털이 있는 곳으로 갈까 생각했다.

그 뜻을 전하자 유리나 씨가 아이가 태어나면 꼭 보러 오라고 해서 반드시 가겠다고 약속했다.

부인들도 그때를 기대하고 있는 듯하다.

또한 오드 씨도 춤추기 대회는 아이가 태어난 뒤에 개최할 작정이니 보러 오는 김에 대회도 구경하고 가라고 해서 시간이 맞으면 그렇게 하겠다고 승낙했다.

나를 어떻게든 끌어들이려는 분위기라서 주의를 해둬야겠다.

그리고 떠나는 날이 왔다. 비공정 발착장에 오드 씨뿐만 아니라 수많은 사람들이 배웅을 나왔다.

유리나 씨는 만약을 위해서 자택에서 대기하고 있다. 이미 작별 인사는 끝내뒀다.

"그럼 오드 씨. 또 올게요."

"그래, 반드시 와라! …………반드시 말이야."

……도망치도록 절대로 놔두지 않겠다고 말하는 듯했다.

우리는 수많은 사람들의 배웅을 받으며 비공정에 탑승했다. 나는 가장 마지막이었다.

내가 비공정에 탑승하려는 순간 배웅을 나온 사람들이 머리 위로 커다란 현수막을 펼쳤다.

그 현수막에는 '약속, 소중. 약속, 엄수'라고 적혀 있었다. 그걸 다 읽으니 다음에는 또 다른 현수막이 펼쳐졌다. '만약, 약속, 어졌다가는…….'라고 적혀 있었다.

……왜 굵은 글씨로?

그나저나 어기면 어떻게 되는 거지?

약간 공포를 느끼면서 나는 각오를 굳혔다.

이리슈로를 발견하면 울고 불며 애원해서라도 강제 전송시키자고.

그렇지 않으면 혼쭐이 날지도……. 아니, 살해당할지도?

반드시 약속을 지키자고 굳게 다짐했다.

내가 탑승을 끝마치자 수많은 사람들의 배웅을 받으며 비공정은 그대로 하늘로 떠올랐다.

## 별장 집사, 살짝 전진하다

-1-

…………으음, 안 오나요?

반드시 쫓아올 거라고 생각했습니다만 제 속셈을 읽은 모양이군요.

"와즈는 아직이냐? 플로이드."

짜증 섞인 목소리가 귀에 들렸습니다.

그쪽으로 시선을 돌리니 완전 무장한 레간 님이 있었습니다.

이룸슈타드에서 성새도시 리닉크로 돌아온 저와 티안은 곧바로 레간 님에게 와즈 님이 곧 나타날지도 모른다고 했습니다. 그러자 레간 님은 재빨리 완전 무장을 한 뒤에 모험가 길드 앞에서 우리와 함께 와즈 님을 기다렸습니다.

그러나 아무리 기다려도 와즈 님이 나타날 낌새는 없었습니다.

…………역시 제 행동을 읽었나보군요.

성장하신 듯하여 기쁘기 그지없습니다.

"아무래도 와즈 님은 안 오시나 봅니다."

"그런 것 같아요."

옆에 서 있는 티안이 말했습니다.

그러나 되도록 이 자리에서 레간 님의 응어리를 풀어드리고 싶었는데, 일이 이렇게 되었으니 하는 수 없군요.

저는 티안에게 시선을 힐끔 보냈습니다.

눈짓만으로 무슨 의미인지 알아차린 티안은 이곳에서 일단 사라졌습니다.

"와즈는 아직이냐~! 귀여운 루라를 위해서 그 몸을 바쳐라~!"

"진정하십시오. 레간 님. 어쩐지 악역 같지 않습니까?"

"루라를 위해서라면 악역 따윈 아무 것도 아냐!"

완전히 자아를 상실해버렸군요.

레간 님을 달래면서 어떻게든 시간을 벌고 있으니 티안이 돌아왔습니다.

"티안 언니가 와보라고 해서 따라왔는데……. 아버지! 이런 데서 뭐하는 거야! 어서 똑바로 일이나 해요!"

루라 님과 함께.

갑자기 레간 님이 당황하기 시작했습니다.

"루, 루라! 아, 아니, 이건 말이지……. 그, 그래! 일이야! 딸한테 해충이 달라붙지 못하도록 하는 이 아빠의 중요한……, 무엇보다도 중요한 일이야!"

"그런 일이 어딨어! 영주님으로서 똑바로 근무하지 않으면 저녁밥 없는 줄 알아!"

"그, 그것만은………. 알겠다. 업무에 복귀하마."

루라 님이 호통을 치자 레간 님이 어깨를 축 늘어뜨린 채 터벅터벅 일터로 돌아갔습니다.

그의 등에서 애수가 감돌고 있습니다.

그 광경을 보고 있던 주변 사람들……, 특히 남성분들은 흐르는 눈물을 애써 훔치고서 힘내라며 살짝 주먹을 쥐어보였습니다.

뭔가 통하는 바가 있나 보군요?

"플로이드 오빠, 티안 언니. 아버지가 농땡이를 부리고 있는 걸 알려줘서 고마워요."

"아뇨, 아뇨, 개의치 말아요. 당초 계획과는 달라지긴 했지만, 결말은 그리 다르지 않으니까요."

"맞아요. 어차피 루라 님이 등장할 예정이었거든요. 그 등장이 조금 앞당겨졌을 뿐."

"?"

저와 티안의 말이 이해가 안 되는지 루라 님이 고개를 갸웃거렸습니다.

그러나 이내 활짝 웃었습니다.

"잘은 모르겠지만, 와즈 오빠가 돌아오면 내게도 알려줘요. 또 만날 날을 몹시 기대하고 있으니까."

"알겠습니다. 반드시 알려드리도록 하지요."

"잠깐만! 기대하고 있다니 대체 무슨 소리냐! 이 아빠가 용납……."

"예, 예. 아버지는 어서 일터로 복귀해야죠."

"잠깐만! 영주의 일보다 이쪽이 더 우선인데!"

루라 님의 말을 듣고 되돌아온 레간 님이 질질 끌려 나갑니다.

아버지란 고생이 끊이질 않는 존재로군요.

그리고 저와 티안은 루라 님과 작별 인사를 하고서 '전이'로 이동했습니다.

-2-

온천가 오센까지 '전이'로 이동한 뒤 대륙 북서쪽에 위치하는 수인국으로 향했습니다.

온천을 만끽하고, 와즈 님에게 불려가는 바람에 깜빡하고 있었습니다만, '시작강화약'에 관한 정보를 수집해야만 합니다.

티안과 저는 별 문제없이 수인국의 왕도에 도착했습니다.

그러나 시간이 늦어져 이미 해가 지고 있었습니다.

"늦어버렸군요."

"묵을 만한 여관이 남아 있으면 좋을 텐데요."

왕도 안으로 들어가 우선은 여관을 찾았습니다.

밤도 깊었으니 밤거리를 더 돌아다니지 않도록 식당도 함께 운영하는 여관을 잡는 게 좋을 텐데요.

그렇게 여관을 찾고 있으니 저 앞에서 이리로 걸어오는 남성 4인조가 나타났습니다.

그들은 비틀거리고 있었습니다. 어느 정도 거리가 가까워지자 네 사람의 얼굴이 붉게 물들어 있는 걸 알 수 있었습니다. 그 모습을 보아하니 만취한 듯합니다.

바로 그때 제 시선을 느꼈는지는 모르겠지만, 그들이 우리 쪽으로 시선을 돌렸습니다.

"휘익~, 엄청 예쁜 여자가 있다!"

"그런데 웬 집사랑 메이드?"

"그딴 거 신경 쓸 거 없잖아? 지금 눈앞에 있으니까."

"그럼 저 예쁜 메이드랑 술 한 잔 더 하러 갈까?"

""""좋지~!""""

만취한 네 사람이 우리에게 시비를 걸었습니다.

정확하게 말하자면 제가 아니라 티안에게.

"냉큼 죽어버려."

티안이 차가운 눈으로 쏘아보며 말했습니다.

마왕의 기운이 살짝 새어나왔습니다.

이봐요. 이런 데서 그러면 안 됩니다.

그러나 역시나 만취자답다고 해야 할까요?

전혀 알아차리지 못했습니다.

"뭔 소리를 하는지 전혀 모르겠지만, 일단 좋다는 뜻이지? 그럼 우리랑 잠깐만 어울리자! 물론 술 한 잔만 마시고 끝낼 생각은 없지만~."

네 사람 중 하나가 티안에게 무턱대고 손을 뻗었습니다. 그래서 저는 에잇! 하고 그 손을 쳐버렸습니다.

"만져도 좋다는 허가를 내린 기억이 없습니다."

"플로이드 님!"

제가 그렇게 말하자 네 사람은 언짢은 표정을 지었고, 티안은 눈빛을 반짝였습니다.

"왜 네 놈의 허가를 받아야 하는데!"

네 사람이 느닷없이 달려들었습니다.

이런, 이런. 역시 만취자는 성질이 고약하군요.

티안을 제 뒤로 돌린 뒤 달려드는 네 사람의 공격을 가볍게 처리해나갔습니다.

그러자 공격하던 네 사람이 뚝 멈췄습니다.

"……어라? 왜 그럽니까? 이제 포기할 생각이라면 부디 그대로 돌아가십시오."

그렇게 말했지만, 네 사람은 돌아갈 마음이 없는지 제자리에서 꼼짝도 하지 않았습니다.

"헤헤헤……. 건방 떨지 마라!"

"우리한테는 이게 있으니까."

"이게 있는 한 그 누구도 우릴 이길 수 없어!"

"순순히 메이드를 넘기면 죽이지는 않으마!"

네 사람이 주머니에서 꺼낸 것은 손바닥만한 둥근 병이었습니다.

제 눈이 틀리지 않았다면 저 병 속에는 검붉은 액체가 한 모금 분량 담겨 있습니다.

저는 그 병에서 사위스러운 기운을 느꼈습니다.

……불길한 느낌이 드는군요.

네 사람이 그 액체를 일제히 마셨습니다.

그러자 네 사람의 체격이 조금 팽창한 듯 보였습니다.

""""죽어라~!""""

또다시 달려들었습니다.

그러나 아까 전과는 움직임이 현격하게 달려졌습니다. 분명 더 강해졌습니다.

예를 들자면 햇병아리 모험가가 단숨에 B랭크 모험가가 된 것처럼.

그러나 이 느낌……, 익숙합니다.

아무래도 아까 마셨던 액체는 '시험강화약'이 틀림없는 것 같군요.

저런 불한당에게까지 유통되었을 줄이야…….

그러나 뜻하지 않게 단서를 얻을 수 있을지도 모릅니다.

그렇다면 그저 해야 할 일을 할 뿐입니다.

"확보합시다. 티안."

"알겠습니다!"

티안이 곧바로 네 사람을 확보하기 위해서 움직였습니다.

뭐, 아무리 약을 마시고 강해졌다고는 해도 B랭크 모험가 수준으로는 우리의 적수가 되지 못합니다.

순식간에 사로잡아 무력화했습니다.

증거품인 약도 주머니 안에 아직 몇 병이 남아 있었습니다.

제법 많은 약을 갖고 있는 것으로 보아 특정한 입수 경로가 있을지도 모릅니다.

"이제부터 어쩌실 건가요?"

티안이 후련한 표정으로 네 사람을 포박하면서 물었습니다.

저는 잠시 생각한 뒤에 대답했습니다.

"여관을 잡는 건 미뤄야겠군요. 먼저 네 사람을 데리고 성으로 가서 사정을 설명하는 편이 나을지도 모르겠습니다. 휴식이 뒤로 미뤄질 텐데 괜찮겠습니까?"

"예. 괜찮습니다."

"그럼 가도록 하지요."

저와 티안은 포박한 네 사람을 끌고서 성으로 가서 성문을 지키는 병사에게 사정을 설명했습니다.

병사는 화급을 다투는 일이라는 걸 이해했는지 순순히 성 안으로 들여보내 주었습니다.

역시 제 몸에서 흘러나오는 집사 아우라 덕분에 제 말이 사실이라는 걸 믿어준 거겠지요.

포박한 네 사람은 완전 무장한 병사들에게 인계하고서 저는 증거품인 약을 들고서 수인국의 왕인 기오 님이 계시는 곳으로 안내하는 집사님 뒤를 따라갔습니다.

"잘 됐네요, 플로이드 님. 와즈 님의 집사라는 걸 이곳 사람들이 기억해줘서요. 그렇지 않았다면 이렇게 쉽게 들어오지 못했을 거예요. 그나저나 아까 문지기 분께서 엄청 흥분하는 눈치였는데, 와즈 님이 이 나라에서 뭘 하셨나요?"

나란히 걷는 티안이 물었습니다.

일개 병사에게까지 알라져 있다니 와즈 님의 위광이 그토록 눈부실 줄이야.

저는 감탄하듯 고개를 끄덕인 뒤에 티안에게 와즈 님이 이 나라에 방문하여 무슨 일을 하셨는지 간략하게 설명했습니다.

한창 이야기에 푹 빠져 있으니 어느새 목적지에 도착했습니다.

역시 늦은 시간이라서 알현의 방이 아닌 직접 면담할 수 있는 개인실로 안내해줬습니다. 그러나 아직 외부에 알릴만한 내용이 아닌지라 개인적으로 뵙는 편이 더 낫지요.

티안에게 뒷이야기는 나중에 해주겠다고 말한 뒤 집사님의 안내를 받아 방 안으로 들어가 기오 님을 뵈었습니다.

기오 님은 동생 분이신 디즈 님과 함께 계셨습니다.

"오랜만이로군, 플로이드 공. 어쩐지 다급해보이는데 이번에는 대체 무슨 용건으로?"

"마오와 와즈의 모습이 안 보이는데 무슨 일인가?"

두 분이 물으시기에 와즈 님과 그 부인들은 이룸슈타드로 신혼여행을 떠났으며, 현재 이 세계의 배후에서 벌어지고 있는 사건들을 전했습니다. 만본도 왕국에서 발각된 사건과 아까 네 사람이 소지하고 있던 약 이야기 말입니다.

"……그런 사건들이 벌어지다니. 게다가 우리나라에서까지 벌어졌다는 건 사태가 만본도 왕국뿐만 아니라 대륙 전체로 확대되었다고 보는 편이 맞을 것 같군."

"힘을 강화해주는 약 따윈 있어봤자 해만 될 뿐이야. 불필요한 혼란만 부추기겠지."

디즈 님이 말하자 기오 님뿐만 아니라 저와 티안도 수긍했습니다.

힘을 쉽게 손에 넣을 수 있다면 사람들은 태만해질 것이고 노력을 게을리 하게 되겠지요.

그렇다면 발전이 정체되어 앞으로 나아갈 수가 없게 됩니다.

"디즈의 말이 맞소. 그럼 먼저 플로이드 님이 붙잡힌 네 사람을 심문하고, 또한 그 약이 어떻게 만들어졌는지 조사해보도록 하지."

기오 님이 부탁한다며 고개를 숙였습니다.

"……없던 힘을 늘려주는 약이라……."

디즈 님이 무언가 생각하듯이 중얼거렸습니다.

그 뒤에 일이 생기면 어디로 연락을 하면 되겠느냐고 물으셨습니다. 그래서 아직 여관을 잡지 못했다고 말씀드리자 성 안에 숙소를 마련해주겠다고 하셔서 그 호의를 감사히 받아들이기로 했습니다.

-3-

정보가 들어오기를 기다리기 위해서 그로부터 며칠 동안 느긋하게 지냈습니다.

딱히 할 일이 없어서 티안과 함께 왕도를 구경했습니다.

예전에 왔을 때는 수인밖에 보이지 않았는데, 지금은 여러 종족들이 보일 정도로 북적거렸습니다. 거리에는 웃음이 흘러넘쳤습니다.

"좋은 나라군요."

"예, 정말요."

수인국은 그레이브국과 동맹을 맺었고 만본도 왕국의 지원도 받고 있습니다만, 좋은 나라로 발전한 것 같군요.

다양한 사람들에게서 이야기를 들었습니다. 이곳에서는 빛의 여신을 신앙하는 분들이 많은 듯합니다.

그 이유를 꼽자면 역시나 와즈 님이 디즈 님을 저지하려고 왔을 때 빛의 여신이 현신했다는 이야기가 널리 퍼진 것이 영향을 미쳤겠지요.

…………….

“왜 그러세요?”

생각에 잠겨 있으니 티안이 물었습니다.

“……이 세계 사람들은 빛의 여신교, 대지모신교, 싸움의 여신교, 바다의 여신교, 하늘의 여신교. 이렇게 5대 여신교를 신앙하고 있습니다. 그 중에서도 신자수가 가장 많은 것이 빛의 여신교이지요.”

“아, 예. 그게 무슨 관계가 있나요? 빛의 여신교가 너무 강하면 문제라도?”

“아뇨, 딱히 상관없습니다. 다만 이제와 돌이켜보니 저……, 다시 말해 창조신교는 없구나 싶어서.”

“꼭 만들도록 하죠! 당장 만들도록 해요! 당장 가입하겠습니다! 제가 교조가 되겠어요!”

티안이 의욕적으로 대답했지만 저는 쓴웃음을 지었습니다.

“그럴 필요는 없습니다. 난 지금의 내 자신이 아주 마음에 들거든요.”

“……그런가요.”

티안이 고개를 푹 숙이며 침울해하자 저는 말을 이었습니다.

“게다가 수많은 사람들의 추앙을 받는 건 내게 어울리지 않습니다. 와즈 님을 모시면서 티안한테 사랑을 받는 것만으로도 족해요.”

“예! 제 사랑을 영원히 플로이드 님께 바칩니다!”

티안이 눈빛을 반짝이며 그렇게 말하자 저도 웃음으로 기쁨을 드러냈습니다.

그렇게 서로를 보며 웃고 있으니 병사들이 이쪽으로 달려왔습니다.

아무래도 진전이 있는 모양이군요.

병사들의 안내를 받아 기오 님의 개인실로 향했습니다. 방 안으로 들어가니 기오 님과 디즈 님이 복잡한 표정을 짓고 있었습니다. 그래서 무슨 일이냐고 묻자 디즈 님이 대답해주셨습니다.

"플로이드 공이 붙잡은 네 사람을 심문해봤지만 전혀 불질 않더군. 그래서 약을 조사해봤는데 무엇으로 만들었는지도 전혀 모르겠고. ……허나 난 저 약과 비슷한 것을 잘 알고 있지."

그 말을 듣고 저는 떠오르는 것이 있었습니다.

지난번에 디즈 님이 중얼거렸던 말이 바로 그것이었군요.

"……과연. 사신의 혈육으로 만들어진 '붉은 구슬'과 '검은 구슬' 말입니까?"

"맞아. 그래서 그것을 단서로 삼아 여러모로 조사를 해봤지. ……결국 약이 무엇으로 만들어졌는지는 판명해내지 못했지만, 대신에 다른 사실이 판명되었지."

"다른 사실 말입니까? 뭘 알아내셨습니까?"

제가 묻자 디즈 님이 진지한 표정을 지었습니다.

"…………'사신교.' 과격한 사상을 지닌 자들이 그런 이름의 조직을 결성했다고 하더군. 붙잡힌 네 사람을 추가로 심문해봤더니 그 조직의 존재를 인정했지. 그 조직은 확실히 존재하고 있어."

디즈 님의 말을 듣고 저와 티안은 숨을 삼켰습니다.

……과연. 아무래도 잔당이라 부를 만한 존재들이 살아 있는 것 같군요.

"무슨 목적으로 존재하고 있는 건지요?"

"그 네 사람은 심부름꾼 같은 말단이라서 정보는 없더군. 그러나 조직의 이름으로 보아 세계 정복이나 파괴가 목적이겠지."

"와즈 님도 안 계신데 성가신 존재가 표면에 드러났군요."

"정말 그래. ……하지만 뭐든지 와즈한테만 의지해서는 안 돼. 우선 할 수 있는 일부터 할 작정이야."

"할 수 있는 일이라면?"

"네 사람한테서 얻어낸 정보를 바탕으로 왕도 안을 철저히 조사해보니 '사신교' 소속으로 추정되는 자들이 모여 있는 곳을 알아냈어. 지금 그곳에 갈 작정이야."

디즈 님은 일단 말을 끊고서 의미심장한 눈으로 저와 티안을 쳐다봤습니다.

"……어떤가? 함께 가겠나?"

그 권유에 저와 티안은 서로 마주보며 고개를 끄덕였습니다.

"예. 괜찮으시다면 함께 하겠습니다."

"잘 부탁드립니다."

—4—

수인국의 왕도 중앙에서 조금 벗어난 위치에 '사신교' 신자들이 이용하는 건물이 있었습니다.

겉으로는 평범하게 보이는 건물을 디즈 님과 수인국의 정예부대가 포위했습니다.

사전에 살짝 설명을 들었지만, 저 정예부대는 와즈 님의 친구 중 하나인 가인 님이 직접 선발하여 단련시킨 자들로 구성되어 있다고 합니다. 즉 일기당천의 용사들이라는 뜻입니다.

저 부대라면 도망치는 사신교 신자들을 놓치지 않을 것 같아 안심입니다.

실제로 정예부대가 물샐틈없이 건물을 포위하고 있는 광경을 보니 도망칠 곳은 없는 듯합니다.

그러나 안심해서는 안 됩니다.

뒤가 구린 자들이 모이는 곳에는 대개 도주로가 마련되어 있는 법이니까요.

창조신의 힘을 사용하여 조사해보니 실제로 도주로가 존재했습니다.

그래서 디즈 님에게 양해를 구해 저와 티안은 건물 지하에서 뻗어나가는 도주로 출입구로 향했습니다.

그 출입구는 교외에 있는 작은 집에 있었습니다.

의심을 사지 않기 위해서인지 보초도 두지 않은 듯합니다. 그래서 그대로 안으로 들어가 대기했습니다.

그러나 만약을 위해서 이곳에 온 것이니 한동안 대기해보고 아무 일도 없으면 돌아가도록 하지요.

그렇게 생각하고서 한동안 기다리고 있으니 무언가가 덜컹덜컹 흔들리는 소리가 실내에 울렸습니다.

그 소리가 들리는 나무 수납장이 옆으로 움직이더니 그 안에서 길이 드러났습니다. 그리고 그곳에서 한 남자가 나타났습니다.

전사라기보다는 연구자처럼 생긴 그는 집요하게 주변을 확인하고 있습니다.

그때 저는 한 가지 계책을 떠올렸습니다.

그 인물이 우리의 모습을 포착하자마자 저는 인사를 했습니다.

"기다리고 있었습니다."

"……누굽니까?"

남성이 경계하며 물었습니다.

"이쪽이 습격을 받을 거라는 정보가 들어와 그분의 명령으로 데리러 왔습니다. 다만 달려와서 보니 이미 포위가 되어 있어서 이렇듯 여기서 기다리고 있었습니다."

제가 그렇게 말하자 남성은 안전이 확보되었다며 안도의 한숨을 내뱉었습니다.

아무래도 잘 속여 넘긴 듯합니다. 그러나 아직 안심해서는 안 됩니다.

"다른 자들은 이제 틀렸습니다. 수인국이 정예부대로 습격했으니 지금 달아나지 않으면 붙잡힐 수도 있습니다. 자, 어서 서두르지요."

저는 남성에게 손을 내밀었습니다.

그러나 저는 이내 그 손을 내렸습니다.

제 행동을 보고 남성이 미심쩍은 눈으로 쳐다보고 있습니다.

"도망치기 전에 그분이 먼저 확인을 해보라고 하셨습니다.

……그 일과 관련된 건 남겨 놓은 게 없겠지요? 예를 들어 우리 쪽으로 이어질 만한 단서라든지."

"그, 그건 괜찮습니다. 그런 건 챙길 수 있을 만큼 챙기고서 남은 건 다 태워버렸으니까."

남성이 어깨에 메고 있는 가방을 들어 올려 보였습니다.

아주 양호하군요.

"그렇습니까? 좋습니다. 그럼 가도록 할까요?"

"자, 잠깐."

이동을 개시하려고 하자 남성이 제지했습니다.

어라? 경계하는 걸까요?

뭔가 실수라도 했을까요? 저는 의아해하며 고개를 갸웃거렸습니다.

"어, 어떻게 도망칠 작정입니까?"

"문제없습니다. 수인국의 꽤 높은 분과 얘기를 다 해놨으니 당당하게 나가면 됩니다. 좋겠군요. 그만큼 그분께서 당신을 중요하게 여기고 있다는 거 아닙니까."

"그, 그런가요!"

남성이 기쁜지 목소리를 높였습니다.

"아아, 역시 '다비' 님은 날 버리지 않았어."

……과연.

"……한 가지 물어볼 게 있습니다만."

"뭔가요? 어서 떠나야만 하니 되도록 간략하게 물어보시지요."

"아아, 그렇군요. 미안합니다. 그런데 이곳이 발각되었다면 다른 곳은 어떻습니까? '만본도 왕국'과 '그레이브국' 쪽은?"

"안타깝지만, 만본도 왕국 쪽은 이미 발각되어 적발되었습니다."

"……그렇습니까?"

제가 현 상황을 전하자 남성이 의기소침해졌습니다.

"……그럼."

"딱 하나만 물어보기로 하지 않았던가요?"

"미안합니다. 정말로 딱 하나만 더 물어보죠. 이제부터 전 어디로 가는 겁니까? 만본도 왕국 쪽이 적발되었다면 그레이브국입니까? 아니면 '본부'입니까?"

……흐음.

알고 싶은 건 대강 다 알아낸 듯합니다.

의외로 일이 잘 풀려서 김이 새긴 합니다만, 사신교는 사악한 자들이 모인 집단이지요.

그러나 남성이 가야할 곳은 정해져 있기에 순순히 알려드렸습니다.

"이제부터 어디로 가야할지는 뒤를 돌아보면 알 수 있지요."

"……뒤?"

남성이 의아해하며 뒤를 확인했습니다.

그곳에는 디즈 님과 정예부대원 몇 명이 흉악하게 웃으며 대기하고 있었습니다.

"웰컴!"

"히이이이이익!"

남성이 비명을 지르며 달아나려고 했지만, 결국 아무 것도 못한 채 정예부대원들에게 붙잡혔습니다.

우리가 그 광경을 보고 있으니 디즈 님이 말을 걸어왔습니다.

"발을 붙들어줘서 고맙다. 역시 와즈의 집사와 메이드로군."

"아뇨, 아뇨, 칭찬을 들을 만한 일이 아닙니다."

"플로이드 님한테서 달아날 수는 없으니까요."

디즈 님에게 인사하고서 아까 얻어낸 정보를 디즈 님에게 전했습니다.

본부의 소재지는 이 나라 분들에게 알아봐달라고 부탁해야겠군요. 그레이브국에도 사신교 패거리가 있다고 하니 알리러 가는 편이 좋을 것 같습니다.

–5–

훗날 저와 티안은 기오 님과 디즈 님으로부터 정보를 들었습니다.

디즈 님이 '사신교' 건물에 뛰어들었던 시점부터 이야기가 시작됩니다.

건물 안에는 예상보다 사람들이 더 많았습니다. 그리고 개중에는 수인들도 섞여 있었다고 합니다. 그러나 '사신교' 신도들은 예기치 않은 기습에 당황했는지 서로 호응을 하지 못했고, 순식간에 진압되었습니다.

개중에는 망설이지 않고 바로 '약'을 사용한 자도 있었습니다. 그자는 난동을 부리려고 했지만, 설령 약으로 신체를 강화하더라도 바탕이 되는 신체가 형편없으면 의미가 없지요.

설령 상대가 '약'을 사용하더라도 디즈 님이라면 혼자서, 정예 부대원이라면 둘이서 충분히 대처할 수 있는 수준이었습니다. '사신교' 신도들의 입장에서 무슨 짓을 하든 뒤집을 수가 없는 상황이었던 거지요.

"실제로 상대해보니 어땠습니까?"

"상대가 전혀 되질 않더군. 분명 약으로 힘을 대폭 늘리는 건 위협적이긴 하지만, 급격하게 늘어난 힘에 도취되어 휘둘리기만 하는 자들뿐이더군."

"……즉."

"휘둘리지 않고 그 힘을 제대로 제어해낼 수 있다면 위험해진다. 그건 틀림없지."

디즈 님은 그렇게 말씀하셨지만, 이번에 진압된 무리는 그저 숫자만 많은 형편없는 조직이었나 봅니다.

그 뒤에 타다 만 찌꺼기와 물건이 부자연스럽게 사라진 지점이 발견되었습니다. 물건을 태우거나 없앤 자들이 보이지 않아서 정예부대원 몇 명과 함께 제가 알려준 길로 갔더니 저와 티안이 낯선 남자와 대치하고 있는 장면과 맞닥뜨렸다고 합니다.

그때 붙잡은 남자를 심문해봤더니 우선 '사신교'는 본부와 3개의 지부가 있다고 합니다.

그 중 지부 두 군데는 만본도 왕국과 수인국에 있고 이미 진압되었지만, 나머지 한 지부는 '그레이브국'에 있다는 사실이 판명되었습니다. 그래서 저와 티안은 다음에 그곳으로 갈 예정입니다.

그러나 '본부'라는 그곳이 어디 있는지는 알아내지 못했습니다.

심문을 받은 남성은 '사신교 · 수인국 지부'의 책임자였다고 합니다. 그러나 아무리 심문을 해봐도 '본부' 위치는 불지 않았습니다. 아무래도 정말로 모르는 듯합니다.

용의주도하다며 경계해야할지, 지부와 본부가 어설프게 연결되어 있는 허접한 조직이라고 여겨야할지 고민이 되긴 하지만, 대강은 짐작이 갑니다.

만본도 왕국, 수인구, 그레이브국에 지부가 있는데 이스코아 왕국에만 없다는 건 아무리 생각해도 부자연스럽습니다.

그렇다면 역시 이스코아 왕국에 '사신교' 본부가 있다고 판단해야겠지요.

…………

……그러나 단정을 지어버리면 자칫 시야가 좁아질 수 있습니다. 그저 유용한 정보를 얻은 것 같다……는 선에서 정리하고서 우선은 그레이브국에 있는 지부를 쳐부수기로 할까요.

"과연. 저와 티안은 원래 이 다음에 그레이브국에 갈 예정이었으니 마침 잘 되었군요."

제가 그렇게 말하자 기오 님과 디즈 님이 저에게 고개를 숙였습니다.

"잘 부탁하오. 그레이브국은 동맹국이라서 우리도 준비가 되는 대로 원군을 보낼 작정이오."

"허나 우리나라 내부를 어느 정도 정화한 뒤에야 가능하겠지. 성가신 일에 앞장을 세우는 것 같아 미안하지만 잘 부탁한다."

"고개를 드십시오. 애당초 일개 집사한테 그런 말씀을 가당치도 않습니다. 게다가 그레이브 님은 와즈 님이 형님으로 흠모하고 있는 분. 그런 분이 다스리는 나라에 위험한 자들이 있는데 못 본 척 지나갈 수는 없습니다. 만약에 제가 그런 짓을 했다가는………… 와즈 님한테 버림받고 맙니다!"

아아아아아앗! 저는 무너져 내렸습니다.

"세상 사람이 다 버리더라도 오직 저만은 플로이드 님을 버리지 않아요!"

티안이 그렇게 외치며 제 몸을 뒤덮듯 끌어안았습니다.

그대로 한동안 우는 연기를 했습니다.

"……그런 건 와즈 앞에서 해주지 않겠나?"

"우린 어떻게 반응해야 좋을지 조금 난처한지라."

어이없다는 반응이 돌아왔습니다.

저와 티안은 곧장 일어나서 흐트러진 옷을 매만졌습니다.

"그것도 그렇군요. 실례했습니다. 다음에는 와즈 님 앞에서 하겠습니다. 연습 잘 했습니다."

"……부탁이니 다른 곳에서 해다오."

"와즈 님, 어서 돌아오시게."

디즈 님은 곤혹스러워하며 관자놀이를 눌렀고, 기오 님은 기도하고 있습니다.

왜 저러시는 걸까요?

그리고 저는 티안과 함께 신세를 졌다며 인사하고서 그대로 그레이브국으로 가려고 했습니다. 그런데 기오 님이 불러 세웠습니다.

"이걸 가지고 가게."

기오 님이 품속에서 두 장의 봉투를 꺼냈습니다.

봉투를 받아서 확인해보니 두 봉투 모두 수인국의 문장이 찍힌 밀랍으로 봉해져 있습니다.

"……이건?"

"한 통은 그레이브 공한테 보내는 편지네. 현시점에 '사신교'에 관해 알아낸 정보를, 플로이드 공의 편의를 봐달라는 부탁과 함께 적어놨지. 물론 동맹국으로서 우리도 협력하겠다는 뜻도."

그렇군요.

다시금 확인해보니 분명 받는 이가 그레이브 님으로 되어 있습니다.

그런데 나머지 한 통에는 받는 이가 적혀 있지 않습니다.

"……나머지 한 통은?"

"그건 딸인 마라오한테 보내는 건데……. 혹시 몰라 확인하겠는데 플로이드 공은 만난 적이 있나?"

"음……, 얼굴은 기억하고 있으니 괜찮을 것 같습니다."

"그럼 됐군. 내용은 그레이브 공한테 보내는 편지와 대체로 같소. 플로이드 공한테 협력하라고 적어 놨지."

"그 말씀은?"

"맞소. 현재 마라오는 공부를 위해서 그레이브국에 있지."

"알겠습니다. 이 두 편지를 꼭 전하겠습니다."

"잘 부탁하오."

그리하여 저와 티안은 수인국을 나서 그레이브국으로 향했습니다.

# 제9장 어느 곳에서 긴급 사태가 발생했다

무투도시 에스레아데를 떠난 나는 지금까지 그래왔던 것처럼 갑판에 테이블과 의자를 놓은 뒤 이름이 끓여준 홍차를 음미하며 느긋하게 축 늘어져 멍하니 있었다. 그러나 한편으로는 앞일을 생각하는 것도 잊지 않았다.

다음 목적지는 '토' 크리스털이 있는 지하미궁이 위치한 오하자다. 그러나 문제는 지하미궁이다.

야토파 씨를 싸우게 할 수는 없으니 어떻게 지키면서 나아가야 할지…….

이룸을 그녀의 곁에 두는 건 당연하고, 만약의 사태에 대비해 그녀를 지킬 수단을 하나 더 마련해두고 싶다.

수많은 마물들이 포위하더라도 문제가 없을 정도로…….

역시 나도 곁에 있는 편이 안전한가?

마물과의 전투는 부인들에게 맡기면 문제없다.

오히려 과잉 전력이라고 할 수 있다.

마물은 그래도 상관없지만, 오히려 성가신 쪽은 모험가들일지도 모른다.

쓸데없이 방해를 할 가능성도 함께 고려해야만.

그렇다면 오하자의 모험가 길드 마스터인 스레가 씨에게 협력을 요청해볼까.

일단 지하미궁으로 들어가는 모험가들의 숫자를 줄여주기만 해도 큰 도움이 될 테고.

지하미궁 안에서 우리에게 방해하는 자는 후회하게 만들어주면 될 뿐이다.

아니면 곁에 있기만 해도 상대방이 꼬리를 내릴 만한 유명한 모험가라도 고용할까?

…………으~음.

그러나 초면인 사람을 완전히 신용할 수는 없는 노릇이고, 자칫 부인들에게 추파라도 던진다면 내 이성이 끊어질지도 모른다.

……이 안건은 보류하자.

그런 생각을 하면서 흘러가는 풍경을 바라보고 있으니 갑자기 내 능력치 화면이 열리더니 그 일부가 부풀어 오르다가 터졌다. 그리고 그곳에서 작열하는 듯한 새빨간 머리카락을 지닌 여성이 모습을 드러냈다.

내 안에 있는 여신님들 중에서 가장 선량하고 착한 여신님인 싸움의 여신님이다.

뭐 '화' 크리스털과 접촉한 뒤이니 언젠가 나타날 거라고 예상했기에 냉정하게 대처할 수 있었다.

"안녕하세요. 싸움의 여신님."

내가 말을 건네자 부인들과 세리아스 씨 일행도 싸움의 여신님이 나타났음을 알아차렸다. 이쪽으로 다가와 서로 인사를 나누었다. 그런데 싸움의 여신님은 무언가 다급한지 인사를 건성으로 받아준 뒤 내 앞으로 성큼 다가왔다.

가까워요! 가깝다고요!

"큰일이 벌어졌어!"

"크, 큰일이요?"

"어. 아주 위험한 사태야. 하늘의 여신의 말에 따르면 하늘에서 창이 쏟아지거나, 바다의 여신의 말에 따르면 바다가 붉게 물들거나, 대지모신의 말에 따르면 엄청난 해일이 대륙을 집어삼키는 그런 재앙에 비견될 만한 사태라고 해. 나도 실제로 목도하고서 위기감을 느꼈지."

싸움의 여신님이 단숨에 말을 쏟아냈다.

……아무래도 꽤 큰일이 벌어진 모양이다.

싸움의 여신님이 든 예는 하나 같이 천변지이(天變地異)라는 말에 걸맞는 기이한 재해다.

불온한 단어뿐이라서 부인들과 세리아스 씨 일행도 긴장했다.

"……무슨 일이죠? 자세히 알려주세요."

나도 진지한 표정으로 묻자 싸움의 여신님이 무슨 영문인지 내 능력치 화면을 가리켰다.

"저길 보면 알 거야!"

싸움의 여신님이 가리킨 방향으로 시선을 돌리니 내 스킬이 적혀 있는 부분이 보였다.

저게 왜? 나는 당혹스러워하면서 읽어나갔다.

처음에는 특별한 변화가 없어서 알아차리지 못했다. 그런데 이내 싸움의 여신님이 무슨 말을 하고 싶었던 건지 눈치챘다.

그곳에는 이렇게 적혀 있었다.

[빛의 여신은 빌고 있다.]
…………

[하늘의 여신은 두려워하고 있다.]
……대체 무슨 생각을 하는 거지.

[바다의 여신은 조심스럽게 말을 걸었다.]
저기, 빛의 여신? 대체 뭘 하고 있는 건가요?

[대지모신은 겁을 먹었다.]
이건 이상사태예요.
무서워요! 이대로 놔뒀다가는 세계가 멸망하고 말아요!

…………문장의 바뀌었다.

[빛의 여신은 자애롭게 웃으며 대답했다.]
내가 빌고 있는 건 딱 두 가지입니다.
와즈 씨가 신혼여행을 무사히 끝마치는 것과 두 세계가 평화를 유지하는 것.

[하늘의 여신은 기절했다.]
……으~음……, 보그르르……

**[[바다의 여신, 대지모신은 비명을 질렀다.]**

**히이이이이이이익!**

**제정신으로 돌아와~!**

…………….

…………….

……………과연. 꽤 위험한 상황인 듯하다.

이건 바람직하지 않다.

세리아스 씨 일행은 어리둥절해하고 있지만, 빛의 여신님을 잘 아는 부인들은 모두 믿기지 않는다는 표정을 짓고 있었다.

망했다. 정말로 까먹고 있었다.

"……싸움의 여신님. 빛의 여신님이 이렇게 바뀌게 된 이유가 크리스털 말고 달리 또 있습니까?"

"반대야, 와즈. 아무것도 없기 때문이야."

"……?"

"이 세계에 '광' 크리스털이 없어서 비탄하는 줄 알았는데 어느새…… 저렇게 돼버렸어. 지금 빛의 여신은…… 이 세계의 모든 것을 자신의 자애로 감싸려고 하고 있어."

싸움의 여신님이 분한 표정으로 말했다.

그런가……. 그렇게까지 궁지에 몰렸던 건가…………. 응? 잠깐만.

세계의 모든 것을 자신의 자애로 감싸려고 한다니……. 그게 그렇게나 나쁜 일인가?

오히려 신으로서 당연한 처사 아닌가?

내가 의아하게 여기자 부인들도 같은 생각인지 어라? 하고 고개를 갸웃거렸다.

아니, 지금껏 빛의 여신님의 행동을 돌이켜보면 저런 행동을 할 여신님은 도저히 아니다.

세계 평화를 바라는 모습은 본 적이 없고.

그래도 다른 여신님들이 저토록 당황하는 것으로 보아 틀림없이 이상한 사태겠지.

빛의 여신님이 저렇게 된 건 내 책임이라고 반성하고 있으니 문장이 또 바뀌었다.

**[하늘의 여신이 게임을 권하다.]**

**……자, 같이 게임할래?**

**……함께 놀자?**

**[바다의 여신이 슬퍼하며 눈물을 지었다.]**

**설마 크리스털이 없다고 해서 저렇게까지 바뀔 줄이야…….**

**부탁이니 예전의 빛의 여신으로 돌아와…….**

**[대지모신은 솔직하게 사과했다.]**

**미안해요. 크리스털이 있다며 우리가 너무 우쭐거렸어요.**

**그러니 원래대로…….**

**[빛의 여신은 자애로운 미소를 거두지 않았다.]**

**여러분, 대체 무슨 말을 하는 건가요? 난 나예요.**

**그리고 내 속성은 '빛.'**

**이 세계를 자애로운 빛으로 비추는 여신이랍니다.**

**자, 함께 빌도록 하죠. 세계의 평화를.**

…………글렀다.

분명 지금 빛의 여신님은 자기 직분에 맞는 올바른 행위를 하고 있다.

그러나 내가 보기에 빛의 여신님은…………, 역시나…….

나는 싸움의 여신님을 쳐다봤다.

"다시 말해 이 사태를 타개하기 위해서……."

"'광' 크리스털이 필요해."

"……알겠습니다. 이루……."

"예. 여기 있습니다."

이룸이 바로 내 옆에 대기하고 있었다.

점점 속도가 빨라지는 듯하다. 플로이드 수준에 거의 근접했네.

"'광' 크리스털을 만들려면 어떻게 해?"

"현존하는 다른 크리스털과 똑같은 크리스털을 원하신다면 불가능하다고밖에 말씀을 못 드리겠네요. 그 크리스털들은 오랜 세월을 거쳐 현재의 형태와 힘을 갖추게 된 겁니다."

"간단하게 만들지는 못하나?"

"하지만 작은 크리스털이라도 괜찮다면 만들 수는 있습니다. 그 정도면 현신하는 데 필요한 힘 정도는 부여해줄 수 있지 않을까 싶네요."

"그래? 그럼 부탁하고 싶은데?"

"그런데 말이죠……. 지금 수중에 있는 재료가 부족해서……. 다음 목적지인 지하미궁에서 재료를 조달할 수 있다면 괜찮습니다."

곧 지하미궁에 갈 작정이니 잘 되었다.

나는 다시 싸움의 여신님을 쳐다봤다.

"알겠습니다. 지하미궁에 들어가 재료를 입수하면 '광' 크리스털을 만들도록 하죠."

"고맙다, 와즈. 너도 예전의 빛의 여신을 더 좋아한다니 기뻐."

싸움의 여신님이 활짝 웃었다.

그 뒤에 나는 이룸에게서 '광' 크리스털을 만드는 데 필요한 재료가 무엇인지 물었다. 부인들과 세리아스 씨 일행은 아직 현신 시간이 남아 있는 싸움의 여신님에게서 지도를 받고 있었다.

특히 세리아스 씨는 기사이기도 해서 굉장히 기뻐했다.

"와즈 님. 제 말씀을 듣고 계신가요?"

"어? 뭐라고 했더라?"

"그러니까 꼭 필요한 소재는 지하미궁의 레어 보스들이 갖고 있습니다. '와즈 수첩'으로 확인해보니 와즈 님은 재수가 절대적으로 좋다고 적혀 있더라고요. 부디 잘 부탁드립니다."

"……알겠어. 뭘 힘내라는 건지 모르겠지만 일단은 알겠어."

지난번처럼 그 슬라임들, 둘라한, 도깨비녀와 맞닥뜨리지 않으면 안 되는 건가.

…………….

……………아니, 나에게도 그 '와즈 수첩'을 보여주면 안 될까?

정중하게 거절당했다.

# 제10장 마녀의 나라

–1–

지하미궁이 있는 오하자를 향해 비공정이 날아가고 있다.

그런 어느 날 밤.

…….

…………….

…………물을 마시고 싶다.

욕구가 시키는 대로 눈을 뜨고서 몸을 일으키니 아직 밤이라는 걸 깨달았다.

눈을 비비며 기지개를 켜고서 협탁에 있는 물주전자와 컵을 들고서 물을 따랐다.

"…………오? 오오오오오오오오오오?"

그러자 창밖에 펼쳐진 풍경 속에서 느닷없이 대낮처럼 훤한 장소가 나타났다.

마법이라도 쓴 것처럼 눈이 부셨다. 어두운 밤하늘에 뜬 별처럼 반짝이고 있다.

대체 저기에 뭐가 있는 거지? 흥미가 생기는, ……차갑다.

"오오오오오오오오오옷!"

컵에서 흘러넘친 물이 내 하반신을 적셔갔다.

…………….

…………아무리 봐도 실례를 한 것처럼 보인다.

안 돼~!

이건 바람직하지 않다! 아무리 봐도 바람직하지 않아!

누가 보기 전에 증거를 어서 은폐해야만 해!

나는 초조해하다가 손이 미끄러져 물주전자와 컵을 떨어뜨리고 말았다.

피해가 더욱 확대되었다.

"………………오."

망연자실해하고 있을 상황이 아냐!

어서 말려야 해!

……우선은 심호흡을 하면서 마음을 가라앉히자.

그렇게 생각하고서 침대 위에 떨어져 있는 컵을 들었다. 갈증을 견디지 못하고 아직 안에 남아 있는 물을 마시려다……가 멈췄다.

"…………아니, 아니. 이건 그냥 물. 소변이 아냐."

입으로 내뱉긴 했지만 찝찝함을 지울 수가 없다.

……결국 물이라는 걸 알면서도 마실 수가 없었다.

그래서 증거를 은폐하는 쪽을 우선하기로 했다.

물주전자와 컵은 협탁에 내려두고 침대 덮개를 벗겼다. 그리고 침대 본체는 창문을 열어놓아 환기가 잘 되는 곳으로 옮겼다.

그대로 나는 손바람으로 벗겨낸 덮개를 말렸다.

이건 시간과의 승부다.

새벽이 가까워졌다. 언제 누가 일어나더라도 이상하지 않다.

그때까지 모든 것을 말려서 아무 일도 없었던 것처럼 행동해야 한다.

들키면 사회적으로 사망이다.

힘내라! 지면 안 돼!

팔이 저리더라도 계속 손부채질을 해야 한다.

바로 그때 '완전 신격화'하여 마법으로 말리면 된다는 생각이 떠올랐다.

보통은 마법을 쓸 수가 없지만, '완전 신격화'를 발동하면 쓸 수 있다. 그러면 단숨에 문제를 해결할 수 있겠다고 생각했을 때 방문이 열렸다.

"실례합니다, 와즈 님. 밖에까지 무슨 소리가 들리던데, 무슨 일입니까?"

그렇게 말하며 실내로 들어온 루시엘 씨와 눈이 마주쳤다.

펄럭펄럭…….

루시엘 씨가 눈으로 침대 덮개에 손부채질을 하고 있는 나와 실내 모습을 순식간에 확인했다.

"……과연."

…………뭐가 과연이라는 걸까?

"시……."

실례했습니다, 라는 말을 하도록 내버려둘 순 없어!

루시엘 씨가 문을 열고서 밖으로 빠져나가기 전에 쾅! 하고 닫았다.

내가 루시엘 씨를 문으로 밀어붙인 듯한 구도가 되었다. 그러나 그건 사소한 문제다.

지금은 긴급사태이니까.

"어디로 가려는 겁니까?"

"음. 역시 와즈 님이 실례를 했다고 다른 분들께 보고를 하러……."

"제발 참아줘요!"

나는 곧바로 그것만은 하지 말라고 부탁했다.

그러나 루시엘 씨는 지금 자신의 모습과 내 모습을 보고서 곤혹스러운 표정을 지었다.

"……하지만 이 구도는 주인이 메이드한테 억지로 손을 대려는 모습으로밖에 비치질 않네요. 봉사하라는 뜻으로 봐도 틀림없겠죠?"

아니, 아닙니다.

"하지만 전 라비의 메이드입니다. 그런 제 몸에 손을 대려는 건가요? 혹시 제가 울부짖는다면 '이 방은 방음이라 아무리 외쳐도 아무도 오지 않아! 어디 마음껏 소리쳐봐! 오히려 저항하는 모습을 보니 더 끌리네' 하고 유린할 작정인가요? 제가 누구의 소유물인지 제 몸에 똑똑히 새겨두고서 마음을 꺾어 굴복시킬 셈인가요? 그리고 순종하는 절 이용하여 그 독니를 라비한테……."

"잠깐, 잠깐! 잠깐만!"

루시엘 씨의 머릿속에서 나는 대체 어떤 존재인 거야?

선택을 잘못했다.

우선은 사과부터 하자

나는 무릎을 꿇고서 고개를 꾸벅 숙였다.

"정말로 죄송했습니다. 하지만 그렇지 않다는 걸 부디 이해해 주십시오."

내가 그렇게 말하자 루시엘 씨가 살짝 웃고는 땅바닥에 앉아 나와 눈높이를 맞춘 뒤에 고개를 숙였다.

"저야말로 죄송합니다. 워낙 갑작스러워서 여유를 잃었습니다. 느닷없이 달려든 와즈 님의 잘못인 거 아시죠?"

"미, 미안."

루시엘 씨의 표정에서 분노의 감정이 사라졌다. 그녀는 뺨을 조금 붉히고서 장난스러운 표정을 지었다.

"그래서 왜 실례를 하신 건가요? 무서운 꿈이라도 꾼 건가요?"

그녀가 태도를 확 바꿔 악마처럼 웃었다.

"아, 아냐! 실례 한 게 아니라니까! 물을 마시려다가 흘렸을 뿐이야! 마, 맞아! 냄새! 냄새를 확인해보면 알 거야!"

"…………그런 취향인가요? 알겠습니다. 받아들이도록 하죠."

"잠깐! 아냐! 내가 잘못했어! 맞아, 내가 말을 잘 못했으니 확인하러 가지 마! 제발!"

"…………(꿀꺽)."

"잠깐, 그것도 아냐! 실은 저게 진짜 소변이라서 만류한 거 아니냐는 표정을 짓지 마! 정말로 소변이 아니었다니까! 분위기가 요상해질 것 같아서 반대했을 뿐이야!"

루시엘 씨는 결심하고서 행동을 벌이는 속도가 너무 빨라!

그 뒤에 루시엘 씨는 겨우 상황을 이해해주었다. 둘이서 덮개를 말리며 증거 은폐를 했다.

"둘만의 비밀이네요."

"하하하……."

루시엘 씨가 그런 사람은 아니라고 생각하지만, 어쩐지 협박을 받은 듯한 기분만은 떨쳐낼 수가 없었다.

—2—

그날 아침밥을 먹으면서 나는 지난밤에 봤던 광경이 무엇이었는지 세리아스 씨 일행에게 물었다.

부인들은 그 광경을 보지 못했는지 흥미진진해했다.

아니, 파파루는 알고 있을 거라고 생각했는데.

세리아스 씨 일행은 조금 생각한 뒤에 알려주었다.

내가 봤던 풍경은 '위치 가든'이라 불리는 마녀국의 도시에서 발해진 빛이었다.

아니, 아니, 광량이 심상치 않던데?

그런 내 생각이 얼굴에 드러났는지 세리아스 씨 일행이 쓴웃음을 지으며 위치 가든이 어떤 곳인지 알려주었다.

마녀국은 국토의 대부분이 산이나 숲으로 되어 있다. 위치 가든은 마녀국의 유일한 도시라고 한다.

그런데도 나라로서 성립했을 뿐만 아니라 주변 국가들도 인정해줬다니 놀랍다.

왜 인정을 받았느냐면 위치 가든은 이룸슈타드에서 최고의 마도구 제작 기술을 보유하고 있다고 한다.

마도구를 제작하는 데 필요한 소재를 모으기 위해서 산이나 숲을 개발하지 않고 놔뒀다.

다만 그만큼 마물들도 많이 배회하고 있기에 주로 비공정을 이용하여 마도구를 구입하러 간다고 한다.

또한 국민 중 대다수는 마녀라 불리는, 마도구 제작을 생업으로 삼고 있는 여성들이다. 실제로 마녀왕이라 불리는 여성이 가장 높고, 지금껏 남성이 왕이 된 적은 없다고 한다.

세리아스 씨 일행도 손가락으로 꼽을 정도밖에 가보지 않았다고 한다. 내가 봤던 빛은 밤에 마도구가 도시를 비추는 빛이라고 알려주었다.

실제로 봐야 알 수 있겠지만, 이룸슈타드에서도 가장 문명화된 곳이라고 한다.

그 말만 듣고도 나와 부인들은 흥미가 생겼다.

카가네만은 정말로 그런지 한 번 두고 보자는 눈빛을 하고 있었다.

나는 모두와 상담했다.

위치 가든에 가려면 오하자로 가려던 당초 계획을 수정해야만 한다.

가게 되면 잠시 머물게 될 테니 일정이 뒤로 밀린다는 소리다.

그건 다시 말해 저주를 완전히 풀기 위해서 야토파 씨가 조금 더 기다려야만 한다는 건데…….

"전 개의치 말아요. 애당초 전 와즈 님과 부인들의 신혼여행에 동행하고 있는 길동무니까요. 이미 저주가 3개나 풀려서 많이 편해졌고, 저 역시 위치 가든에 흥미가 있어서 가보고  싶습니다."

그래서 가기로 했다.

비공정의 항로를 위치 가든 쪽으로 돌린 뒤 오후가 되기 전에 도착했다.

세리아스 씨가 미리 착륙 허가를 받아주었다. 비공정은 위치 가든에서 조금 떨어진 곳에 있는 발착장에 착륙했다.

승조원들은 교대로 휴식을 취하겠다고 해서 그들에게 비공정을 맡기기로 했다. 우리는 다함께 비공정에서 내렸다.

세리아스 씨 일행이 알려준 대로 발착장에는 여러 비공정이 세워져 있었다.

개중에는 우리가 현재 이용하고 있는 왕족용 비공정과 비교하여 손색이 없는 비공정이 많이 있었다.

……다시 말해 각 나라에서 파견한 사람뿐만 아니라 부자들도 와 있다는 건가?

그러한 내 생각이 얼굴에 드러났나 보다.

세리아스 씨가 쓴웃음을 지으며 알려주었다.

"그렇죠. 이곳에 세워져 있는 비공정 중 대다수는 개인자산이 막대한 분들이 소유하고 있습니다. 간단하게 말하자면 비공정을 개인적으로 운용할 수 있을 만한 대상인이라거나."

뭐, 그렇겠지.

나처럼 비공정을 빌린 사람이 오히려 특별하다고 할 수 있을까?

그래도 이렇듯 부인들과 함께 여행을 할 수 있을 만큼 큰 비공정을 빌려준 건 정말로 감사하다. 그러니 되도록 멀쩡한 상태로 반환할 수 있도록 애쓰자.

…………수리비로 얼마를 청구할지 알 수가 없으니.

그렇게 결의하면서 발착장 출구에서 증명 카드를 제시하여 통과한 뒤에 위치 가든으로 이어지는 직통 통로로 들어갔다.

비공정에서 본 인상을 말하자면 위치 가든은 높다란 원형 벽에 둘러싸여 있고, 숲 밖까지 포장된 도로가 뻗어나가는 여타 다른 도시와는 별반 차이가 없었다.

그러나 도시 내부는 전혀 달랐다.

평범한 크기의 주택들도 있긴 했지만, 귀족들이 살 법한 커다란 저택들이 대다수였다.

그중에는 1층 부분을 점포로 이용하고 있는 곳도 있었다.

도시 안에 깔려 있는 도로도 바깥과 마찬가지로 말끔하게 포장되어 있고 청결했다.

자세히 보니 내 허리 높이만한 기둥이 포장된 도로에서 바지런히 움직이고 있었다.

더구나 하나가 아니라 여러 개나 되는 기둥들이 통행인을 피하면서 말이다.

…………저건 대체?

"저도 처음에는 놀랐습니다. 도로 위에서 움직이는 더 둥근 기둥은 '자동청소기'라는 마도구입니다. 그 이름대로 자동으로 청소를 해주다가 쓰레기가 일정한 양 이상 쌓이면 알아서 지정된 곳으로 돌아가는 구조라고 하더군요. ……저, 저도 자세한 내용을 듣지 못해서 구조까지는.”

세리아스 씨가 움직이는 기둥이 무엇인지 알려주었다.

뒷부분은 카가네가 그럼 구조는? 하고 물어봐서 나온 대답이었다.

도시 내부가 왜 이렇게 청결한지 알겠다. 저 움직이는 기둥만 보고도 이 도시가 다른 곳보다 얼마나 발전되어 있는지 알겠다.

그러나 그뿐만이 아니었다.

도시에는 마도구만 있는 것이 아니었다. 나무들이 많이 심겨 있어서 자연과 융합된 듯한 인상을 풍겼다.

아마도 그렇게 보이거나 느껴지도록 여러모로 계산을 하여 설계했겠지.

부인들도 오호~……, 하고 도시 내부를 둘러보고 있다.

“위치 가든의 내부 구조는 그렇게 복잡하지 않습니다. 집을 보면 마녀로서 등급이 얼마나 되는지 알 수 있죠. 예외는 있겠지만, 기본적으로 일반 주택에는 마도구 제작 기술을 습득하고 있는 제자들이 살고 있고, 저택에는 일류 마녀가 살고 있죠. 그 중에서도 점포가 차려져 있는 저택은 이름이 알려져 있는 초일류 마녀가 살고 있다고 해요.”

라비가 설명하자 나와 부인들은 고개를 끄덕였다.

도시 내부를 두리번거리며 나아갔다. 그런데 배경지식을 알고서 보니 새로이 발견한 것이 있었다.

점포가 차려져 있는 주택들을 보니 제각기 특기 분야가 다른 듯하다.

대충 둘러보니 분야는 크게 세 가지로 나뉘어져 있었다.

간단하게 말하자면 생활 특화, 보조 특화, 전투 특화로 나뉘어져 있다.

그리고 각 분야는더욱 세분화되어 있다. 마녀들은 서로 경쟁을 하지 않는 듯 보였다.

손님들이 필요로 하는 것을 쉽게 찾을 수 있도록 물건들이 잘 배치되어 있었다.

"와즈 님이 봤던 빛은 아마도 밤에 저게 켜진 빛일 겁니다. 광량이 다른 도시에 있는 것과 다르기도 하지만, 숲과 산이 에워싸고 있어서 보다 눈에 잘 띄는 거겠죠."

루시엘 씨가 길을 따라 세워져 있는 가로등을 가리켰다.

가로등 숫자가 저렇게나 많으니 일제히 켜지면 그렇게 보일 만도 하겠다.

별빛밖에 없는 밤에는 특히나.

그나저나 아까부터 우리는 도시 내부를 두리번거리고 있다. 주변에서 우리를 촌놈으로 보고 있겠지.

조금 창피하지만 호기심이 더 앞서서 그만둘 수가 없었다.

무엇보다 가장 놀란 점은 빗자루를 타고 하늘을 날아다니는 사람들이 있다는 것이다.

저 빗자루도 마도구인데 위치 가든에서 일류 마녀만이 탈 수 있는 이동용 마도구란다.

장거리를 날아가지는 못하지만, 단거리는 문제가 없다고 한다.

이 도시, 굉장하네~.

“도시에 흥미를 느끼는 건 알겠지만, 체류할 여관을 먼저 결정하는 게 좋지 않을까요? 너무 늦으면 빈 방이 남은 여관도 없어질 테니까요.”

이룸이 제안하자 나는 그것도 그렇다며 수긍했다.

모처럼 왔으니 비공정에서 묵는 건 시시하다.

……뭐, 지금 빌려 쓰고 있는 비공정은 왕족 전용이라서 최고급 품질이긴 하지만.

어디까지나 기분 문제다.

왜냐면 신혼여행이니 부인들과 함께 방을 잡아보고 싶기도 하고.

눈을 떠서 잠자리에 들기까지 함께 지내고 싶기도 하고.

그래서 우선은 여관을 잡으러 갔다.

…………그런데 어떤 여관이 좋을까?

초행이라서 판단하기가 어렵다.

내가 으~음, 하고 고민하고 있으니 라비가 알려줬다.

“그렇다면 ‘순백의 마녀정’은 어떤가요? 예전에 제가 왔을 때 이용했던 여관인데요. 위치 가든에 있는 여관들 중에서 방과 식사, 서비스가 최고품질이었어요. 실제로 국빈급 분들은 대개 그 여관을 이용하죠.”

역시 그앗도크아 왕가.

이런 사정에는 정통하다.

“그런데 비싸지 않을까?”

“숙박비가 비싸긴 하지만, 애당초 지금 자금 사정이 궁핍한가요?"

…………….

……………아니, 궁핍하지 않다.

대국 가리스에서 어느 정도 여비를 받았고, 무투도시 에스레아데에서 운동을 할 겸 마물들을 토벌하여 돈을 꽤 벌어놓았다.

……………어라? 되나?

사치를 부려도 문제없겠구나.

오히려 지금이야말로 사치를 부릴 때다.

더욱이 숙박비가 부족하다면 다른 여관으로 가면 될 뿐이다. 우선은 그 여관을 보고서 결정해야겠지.

모처럼 권해줬기에 아마도 그곳에 묵을 것 같긴 하지만.

그 여관으로 가려고 하자 청자색 긴 머리를 휘날리는 남성을 필두로 30명쯤 되는 무장한 남성들이 앞길을 막아섰다.

선두에 선 남성이 나를 보고서 불쾌하게 웃었다.

"후하핫! 아니, 아니, 방금 '순백의 마녀정'을 이용하겠다는 말을 들었는데 제정신인가? 뭐, 그 마음은 이해가 돼. 위치 가든의 최고의 여관이니까. 하지만 너희들처럼 촌놈들이 감히 이용할 만한 곳이 아냐. 여관의 품위가 떨어지니 포기해줬으면 좋겠네. 아까부터 자꾸 두리번거리질 않나, 시끄럽게 떠들어대질 않나. 꼴불견이니 제발 하위 등급 여관이나 이용하라고. 아니, 이 위치 가든에서 떠나주면 더 좋고."

[맞다, 맞아. 젊은 나리의 말이 맞다.]

선두에 선 남성이 말하자 주변에 있는 무장집단이 동의했다.

저 패거리는 뭐야?

무장한 무리는 일단 제쳐두고서 선두에 선 남성을 다시금 쳐다봤다.

청자색 긴 머리를 소유한 그는 얼굴 생김새가 단정하다. 취향이 의심되는 요상한 옷차림에 허리에는 레이피어를 차고 있었다.

"훗. 너희들, 말투가 너무 험하잖나?"

[죄송합니다. 젊은 나리.]

아무래도 무장집단은 저 청자색 머리 남성을 따르는 듯하다.

분명 나는 촌놈이 맞긴 하다. 그러나 저 남성과 무장집단의 태도가 영 마음에 들지 않았다.

내가 속을 끓이고 있으니 그 남성이 부인들, 세리아스 씨 일행 쪽으로 시선을 돌렸다.

그 눈에는 욕망이 깃들어 있었다.

"하지만 촌놈치고 괜찮은 원석들을 데리고 있지 않은가? 어떤가? 내 밑으로 오면 자유롭고도 훨씬 편하게 살 수가 있어. 내가 애첩으로서 아름답게 갈고 닦아주지."

[그거 좋은 생각이군요. 젊은 나리와 함께 산다는 건 여성으로서 최고의 행복이니.]

"…………."

다시 말해 죽고 싶다는 거구나.

부인들을 비롯해 내가 마음에 들어 하는 사람들에게 집적거린 시점에 저 녀석들은 명백한 적이 되었다.

뒤를 힐끔 돌아보니 부인들과 세리아스 씨 일행이 이해할 수 없다는 표정을 지었다.

……일단 어쩌지.

되도록 장소를 옮기고 싶다.

그렇게 생각하며 주위를 둘러보고 있으니 검은 모자를 쓰고 검은 로브를 걸친, 붉은 완장을 찬 다섯 여성들이 빗자루를 탄 채 공중에서 빙글빙글 돌고 있는 모습이 보였다.

어쩐지 이쪽을 보고 있는 듯했다.

……저 무리는 뭐지?

이 녀석들보다 저쪽에 흥미가 가는데!

내가 신기하게 보고 있으니 청자색 머리 남성도 알아차리고서 훗, 하고 웃었다.

"보아하니 아직도 날 붙잡을 생각인 듯하군. 뭐, 뒷일을 위해서 그냥 보내주도록 하지. 관대한 내게 고마워하며 살도록. 다만 이대로 위치 가든에 머물 작정이라면 늘 주변을 살피며 다녀라. 만약에 또 만나게 된다면 험한 꼴을 당하게 될 테니까."

청자색 머리 남성이 말하자 무장집단이 히죽거렸다.

짜증난다.

"가자. 얘들아."

[예. 젊은 나리.]

청자색 머리 남성이 무장집단을 이끌고서 가버렸다.

그에 맞춰서 공중에 있던 여성들도 어디론가 가버렸다.

……느닷없이 성가실 것 같은 사람들과 맞닥뜨렸다.

내가 맞받아치지 않았다고 해서 멋대로 우쭐대다니. 애당초 이

자리에서 손을 봐주지 않은 이유는 싸워서는 안 되는 야토파 씨가 만에 하나라도 휘말릴까봐 우려해서였다.

더욱이 이곳에서 공연히 소동을 일으킨다면 나중에 더욱 성가시게 될 것이 눈에 뻔하다.

다만 문제는 생각보다 속이 더 부글부글 끓는다는 점. 그리고 저런 것들과 얽힌 바람에 이 매력적인 도시가 여러모로 불쾌해졌다는 점이다.

벌써 돌아가고 싶은 기분이 들었다.

……위치 가든에 굳이 머물 필요가 있나?

……비공정에 돌아가서 다음 목적지로 향할까?

부인들, 세리아스 씨 일행도 썩 좋은 기분은 아닌 듯하다.

내가 진심으로 그렇게 생각하고 있으니 이번에는 두 여성이 이쪽으로 달려와 우리 앞에 멈추고는 고개를 숙였다.

""진심으로 죄송합니다!""

………….

…………사과하기 전에 설명을 부탁합니다.

## -3-

우리는 인근에 있는 찻집으로 자리를 옮겼다.

그 찻집에 있는 널찍한 개인실에서 우리는 느긋하게 앉아 있었다.

그런데 이곳에도 주문한 것을 가져다주는 둥근 기둥과 누르기만 하면 주문이 되는 메뉴판 등 다양한 마도구가 있어서 흥미가 생겼다.

요리만은 사람이 손수 한다고 하는데 맛도 나쁘지 않다.

식사를 마치고서 맞은편에 앉아 있는 두 여성을 쳐다봤다.

한 사람은 자신의 이름을 '시파니'라고 밝혔다. 진녹색 긴 머리를 지니고 있는 그녀는 귀엽고 앳되게 생겼다. 검은 삼각 모자에 검은 망토를 착용하고 있다. 그 안에는 분홍색 원피스를 입고 있다.

겉모습으로 보건대 하오스이나 카가네와 비슷한 또래인 것 같다.

다른 한 사람은 자신의 이름을 '린키스'라고 밝혔다. 검은 긴 머리를 뒤로 묶은 그녀는 늠름하게 생겼다. 백은색 갑옷을 두르고 있고 장검을 소지하고 있다.

겉모습으로 보건대 나레리나와 비슷한 또래인 것 같다.

저 두 사람이 아까 전에 사과하고서 우리를 이곳으로 데리고 왔다.

뭐, 점심을 먹기 전이라 마침 잘 되었다며 함께 식사를 했는데, 라비는 시파니 씨를 알고 있었다.

아니, 단순히 아는 사이가 아니라 친구였다.

시파니 씨는 이 위치 가든을 다스리는 마녀왕의 외동딸로 정식 이름은 '시파니 레이밍암'이라고 한다.

또한 린키스 씨의 정식 이름은 '린키스 아드네'이다. 위치 가든의 전투부대인 '마녀대'를 이끄는 '클리어 아드네'라는 여성의 여동생으로 시파니 씨의 호위역으로서 동행하고 있다.

라비가 두 사람을 소개해준 뒤에 마찬가지로 우리를 간략하게

소개해나갔다.

나뿐만 아니라 이룸이 이 세계의 창조신이라는 것과 야토파 씨에게 걸린 저주까지.

느닷없이 왕가 사람이 등장해서 우리도 놀라긴 했지만, 사실 시파니 씨 일행이 더 크게 놀란 듯했다.

“와즈 님이 대마왕을 무찌른 구세주님이었을 줄이야!”

“존안을 뵙게 되다니 진심으로 기쁘기 그지없습니다.”

두 사람이 고개를 숙이려고 하자 만류했다.

딱딱한 것은 질색이라서 평소처럼 대해달라고 부탁했다.

그리고 아까 전에 왜 갑자기 사과했는지 이유를 알려달라고 했다.

“그자가 위치 가든에 방문하신 분들을 언짢게 하고 다니는 건 파악하고 있어서 레이밍암 왕가 사람으로서 사죄한 겁니다.”

“……으음, 힘들겠네요.”

“이건 사죄금입니다. 부디 받아주세요.”

린키스 씨가 그렇게 말하고서 탁자 위에 묵직할 것 같은 자루를 올려두고서 내용물을 보여줬다.

자루 안에는 금화가 한가득 담겨 있었다.

………….

“…………엥!”

갑작스러워서 놀랐다.

“아니, 아니 사죄금 같은 건 됐어요.”

“그럴 수는 없습니다. 게다가 이 사죄금은 그자한테서 피해를 입은 모든 분들께 드리고 있으니 개의치 마시길."

"아니, 하지만…… 이렇게 큰 액수는……."

"괜찮아요. 이건 제 용돈을 떼어서 드리는 것이라서 얼마 되지는 않거든요."

시파니 씨가 활짝 웃으며 말했다.

………….

…………으음, 금화 한 자루가 용돈일 뿐만 아니라 그마저도 얼마 안 된다?

아니, 아니, 대체 얼마나 큰 부자인 거야!

내가 경악하고 있으니 라비가 슬쩍 귓속말을 했다.

"와즈 님. 레이밍암 가의 다른 별칭은 '세계 최고의 부자'입니다."

"……그래?"

"예. 전 세계의 부자들이 앞 다퉈서 위치 가든에서 제작한 마도구를 구하려고 하니 이곳에 돈이 쌓인다는 말도 과언은 아니죠. 물론 마도구 중에는 값비싼 것도 있고, 구하기 쉬운 것도 있지만."

하아~. 나는 떨떠름하게 납득했다.

다시 말해 시파니 씨는 세계 최고의 부자 가문의 아가씨라는 건가.

………….

…………받아도 되려나?

아니, 아니지. 나는 고개를 가로저었다.

딱히 궁핍하지 않기에 거절하기로 했다.

"아뇨, 됐습니다."

"그럴 수는 없습니다. 이건 정식 사죄이니 받아주십시오."

시파니 씨는 물러서지 않았다.

린키스 씨도 마찬가지다.

어떻게든 설득하여 이 찻집에서 먹은 음식 값을 대신 내주는 것으로 타협을 봤다.

그 대신에 자세한 사정을 듣기로 했다.

우리에게 뜬금없이 시비를 건 청자색 머리 남성의 이름은 '나르스트 캠페'다. 무장한 집단은 그의 권속들이다.

나르스트는 우리처럼 위치 가든에 처음 방문한 사람에게 시비를 걸 거나 쫓아내고 있다고 한다.

위치 가든을 자신의 소유물로 여기고 있다고 한다.

꽤나 자신만만하다고 한다. 실제로 그 실력은 고랭크 모험가에 필적한다고 한다. 아주 골치가 아픈 이야기다.

지금껏 여러 말썽들을 부려온 것 같은데, 위치 가든을 다스리는 레이밍암 왕가는 왜 대처를 하지 않는지 의아할 지경이다.

"위치 가든에서 추방하고서 출입을 금지시키면 되지 않습니까?"

"……부끄러운 얘기입니다만 그게 어렵습니다."

시파니 씨가 분통해하는 얼굴로 대답했다.

그게 불가능한 이유는 나르스트의 아버지인 '도르도 캠페'라는 인물 때문이다.

그 도르도라는 사람이 당주를 맡고 있는 '캠페 가'는 상인 가문으로 불온한 소문이 나돌고 있다. 그러나 위치 가든 안에서는 꽤 힘을 갖고 있다.

판로 등을 억지로 확보하여 활개를 치며 돌아다니고 있단다.

그리고 이름을 밝히지는 않았지만 어느 왕가와 연줄이 있다고 한다.

더는 방치할 수 없을 정도로 그의 아들인 나르스트가 우쭐거리며 말썽을 부리고 있지만, 아버지가 뒷배를 봐주고 있어서 쫓아낼 수가 없는 것이 실정이다.

다만 이번에는 상대를 잘 못 만났다.

나에게 싸움을 걸어왔으니 민폐가 되는 그 가문을 철저하게 박살내주지.

다만 생각만 간절할 뿐 멋대로 움직일 수는 없다.

우선 부인들, 세리아스 씨 일행과 의논을 해봐야한다.

"잠깐만 기다려주겠어요?"

""아, 예.""

시파니 씨와 린키스 씨가 모호하게 대답하자 나는 곧장 부인들, 세리아스 씨 일행과 의논을 했다.

일단 내가 의욕이 있다는 걸 전했다.

그러자 부인들, 세리아스 씨 일행도 나르스트의 태도에 울컥했다면서 거들겠다고 했다.

참 고마운 말이긴 한데, 그들이 울컥한 이유는 나를 모욕했기 때문이란다.

나, 사랑받고 있구나.

뭐, 내가 그 가문을 박살내자고 마음먹은 이유도 부인들, 세리아스 씨 일행에게 집적거렸기 때문이니 피차일반이네.

그래서 내가 시파니 씨, 린키스 씨에게 협력하겠다고 말하자 두 사람은 구세주님이 도와줘서 정말로 기쁘다고 말해주었다.

"철저히 박살내도록 하죠!"

[오~!]

부인들, 세리아스 씨 일행뿐만 아니라 시파니 씨와 린키스 씨도 손을 높이 쳐들었다.

저 두 사람은 분위기를 잘 타는구나.

# 제11장 쇼핑하러 갑니다

–1–

시파니와 린키스를 도와 캠페 가문을 쫓아내기 위해서 움직였다.

위치 가든에서 쾌적하게 머물려면 그런 녀석들을 쫓아내야 하기에.

우리가 협력하겠다고 하자 두 사람은 앞으로 호칭에서 '씨' 자는 빼달라고 부탁했다. 그래서 가볍게 부르기로 했다.

그런데 이런 일이 있을 때마다 절실히 실감한다.

플로이드가 있었더라면…….

아마도 '이럴 줄 알고서……' 하고 말하며 부정한 증거를 내밀었을 것 같다.

"문제없습니다. 오빠 대신에 제가 있으니까요."

이룸이 그렇게 자기 주장했다.

그건 즉, 이럴 줄 알고서…….

"아뇨, 지금 가려고요."

"그렇겠죠."

일이 그렇게 술술 풀릴 리가 없나.

다만 이룸이 조사해보고 싶다며 의욕을 보이고 있다.

"……으음, 그건 어렵지 않을까 싶습니다. 우리 쪽에서도 증거를 수집하려고 애를 썼지만, 교묘히 감춰놓은 듯해서 좀처럼 확보하질 못했습니다."

린키스가 그렇게 말하자 시파니는 그 말이 맞는다며 쓴웃음을 지었다.

자신들의 무력함을 떠올렸는지도 모른다.

그러나 이제 괜찮습니다.

여기 있는 메이드는 일개 메이드가 아니니까.

이 세계의 창조신이니.

아마도 플로이드와 마찬가지로 순식간에 증거를 모아주겠지.

이런 부류의 일에는 아마도 그 누구도 당해내지 못할 플로이드의 여동생이니까.

"괜찮아. 뭐, 본인은 의욕이 넘치고 있으니 한 번 시켜보려고 해. 그럼 잘 부탁해. 이룸."

"알겠습니다. 조금 시간이 걸릴 듯하니 그 동안에……."

야토파 씨의 일은 나에게 맡겨두라고 고개를 끄덕이자 이룸은 그대로 창문을 활짝 열고서 얍! 하고 뛰어내려 도시 안으로 사라졌다.

이제는 결과가 나오기만 기다리면 된다.

그 결과가 나오기 전에 이쪽에서도 할 일을 하도록 하자.

우선 필요한 건 소재다.

"그럼 시파니, 린키스. 우선은 마녀왕을 만나고 싶은데 만날 수 있어?"

내가 묻자 이름이 뛰쳐나간 창문을 물끄러미 보고 있던 두 사람이 제정신을 차렸다.

“앗, 예. 물론 만날 수 있죠. 애당초 구세주님의 방문을 거절할 수 있을 리가 없으니.”

“……그렇게 대단한 인물은 아니라고 생각하지만, 뭐, 만날 수 있으니 이 경우에는 잘 되었다고 해야 하나. 그럼 그전에 사고 싶은 것들이 있는데 어디로 가면 돼? 어디 괜찮은 데라도 있나?”

“그럼 백화점이 근처에 있으니 그곳으로 가죠. 뭐든지 갖춰져 있으니 와즈 님이 바라는 물건도 틀림없이 있을 겁니다.”

…………….

…………백, 백화점?

“그럼 거기로 안내해주겠어?”

“맡겨두세요. 원하는 대로 마음껏 구입하세요. 물건 값은 제 용돈으로 낼 테니까요.”

시파니가 방긋 웃었다.

원하는 대로 구입하라면서 물건 값은 용돈으로 내겠다니…….

대체 시파니의 용돈이 얼마나 되는 건지 차마 물어보기가 두렵다.

그나저나 마음껏 구입하라는 말을 듣고서 부인들과 세리아스 씨 일행이 눈빛을 반짝이고 있다.

아니, 아니, 캠페 가문을 박살내기 위해서 필요한 물건은 대신 값을 치러달라고 해도 되지만, 역시나 부인들의 개인 물품은 내 돈으로 값을 치를 거야!

여행하는 동안에 신세를 졌으니 세리아스 씨 일행이 구입하는 물품도 내가 낼게요. 그러니까 시파니에게 부탁하지 말아요!

마음껏 구입해도 되니까!

그렇지 않으면 내가 경제력이 없는 남자처럼 보일 거 아닙니까!

어떻게든 양쪽을 설득하고서 우리는 백화점으로 향했다.

-2-

………….

…………솔직히 백화점이라 불리는 곳과 관련하여 좋은 기억이 없다.

난 미아가 아냐……, 미아가 아니니까…….

참고로 위치 가든에 있는 백화점은 대국 가리스의 왕도에 있는 백화점과는 5층 규모라는 점은 같지만, 넓이는 2배 더 넓다.

………….

…………틀렸다. 미아로 불리는 미래밖에 보이질 않아.

이렇게 된 이상 다함께 행동하자고 생각했지만 이미 늦었다.

안으로 들어가서 필요로 할 것 같은 액수보다 2배는 더 많은 돈을 넘겨주자 부인들은 세리아스 씨 일행을 데리고서 제각기 뛰어갔다.

어느 정도 인원들이 뭉치기는 했지만 각 무리마다 행선지는 제각각이다.

입구에는 지난번처럼 나와 메아르가 남았다. 그리고 이번에는 시파니와 린키스도 함께였다.

아니, 뭐, 뭉치는 것보다 흩어져서 행동하는 편이 시간을 절약할 수 있다는 건 알지만…….

이런 상황에 여성의 뜻에 거역하면 안 될 것 같으니 깊이 생각해서는 안 된다.

"……저기 괜찮나요?"

시파니가 걱정스레 묻자 나는 쓴웃음을 지으며 대답했다.

"뭐, 지난번에도 그랬어. 우리도 먼저 쇼핑을 끝내둘까. 으음, 필요한 물건이……."

필요로 할 것 같은 물건들을 하나씩 읊어나가자 시파니가 이곳에 다 갖춰져 있다고 한다. 그래서 우선 그 물건들부터 구입하러 갔다.

안내를 받아 점포들을 돌아다니는 동안에 시파니가 전 마왕들과 대마왕에 관해 여러모로 물어봤다. 그래서 대답할 수 있는 범위 안에서 알려주었다.

린키스도 궁금한지 귀를 쫑긋 세우고 있다.

뭐, 전 마왕 중 하나인 파파루와 이미 만났다는 사실을 알고서 가장 놀랐다.

"……위치 가든, 괜찮을까요? 아무리 마도구 기술이 최첨단이라고는 해도 저 마왕 파파루를 당해낼 수 있을지 장담할 수 없는 게 현실이니."

"그때는 제가 시파니 님을 지켜드리겠습니다."

시파니와 린키스가 어쩐지 진심으로 걱정하기 시작했다.

으~음……. 마왕 시절 파파루는 정말로 공포의 대상이었구나.

지금은 그렇지 않다고 진정시키고서 쇼핑을 계속했다.

필요한 물건들을 구입하여 메아르의 시공간 마법 속에 다 넣었다. 이제는 부인들과 세리아스 씨 일행을 데리러 가면 된다.

……어디에 있는지 전혀 모르겠는데.

그래도 이번은 지난번과 다르다.

시파니와 린키스라는 든든한 아군이 있다.

이 백화점은 구역을 크게 나누면 생활용품 판매구역과 전투용품 판매구역으로 나뉘어져 있다. 우리가 방금 전까지 돌아다녔던 곳은 생활용품 판매구역이었다.

그 구역을 돌아다니는 동안에 부인들, 세리아스 씨 일행의 모습을 보지 못했으니 아마도 전투용품 판매구역 쪽에 있는 듯하다. 그래서 그쪽으로 향했다.

때마침 현재 5층에 있기에 층을 하나씩 내려가면서 찾아나갔다.

"있어~."

메아르의 말에 반응하여 가리킨 쪽으로 시선을 돌렸다.

얼핏 보니 다양한 무기들을 취급하는 가게인 듯하다.

그 가게 안에서 나레리나, 하오스이, 마오, 파파루, 세리아스 씨의 모습을 발견했다.

데리러 왔다고 말하려고 가까이 다가가니 대화하는 소리가 들려왔다.

"……으음, 여러분 지금 보조 무기만 둘러보고 있는데, 주력 무기 쪽은 괜찮습니까?"

세리아스 씨가 곤혹스러워하며 묻자 나레리나를 비롯한 부인들이 웃었다.

"아아, 주력 무기는 괜찮아. 다들 와즈가 손수 제작한, 신검에 필적할 만한 무기를 갖고 있으니까. 뭐, 현재 우리의 기량으로도 과잉이라 할 만큼 성능이 뛰어나. 아직도 무기에 휘둘리고 있다는 느낌이지."

"……서방님은 걱정이 너무 많아."

"뭐, 그만큼 우리를 걱정하고 있다는 뜻이니 기쁘긴 하지만."

"난 아직 무기를 못 받았다. 뭐, 애당초 필요하다고 생각하진 않지만, 임자의 성격을 생각해보면 다른 부인들한테는 다 줬는데 나한테만 안 줄 리는 없겠지. ……다음에 만들어달라고 떼를 써봐야겠어."

과연.

이스코아 왕국에 가기 전에 제작했던 무기 성능에 휘둘리고 있어서 다루기 편한 보조 무기를 생각하고 있는 건가?

하기야 마도구라면 그 용도에 딱 알맞을지도 모르겠다.

하지만 다루기 버겁다면 다음부터는 그 부분을 중점에 두고서 단련시키도록 할까.

아니면 내가 보조 무기를 만드는 것도…………, 안 된다.

부인들이 사용할 물건이라는 생각만 해도 어중간한 무기는 만들 수가 없다.

똑같은 짓을 되풀이할 것 같으니 그만두도록 하자.

그나저나 파파루의 무기는 어떻게 할까?

나처럼 주먹으로만 싸우고, 무기를 쓰는 모습은 본 적이 없다. 별로 필요가 없을 것 같은데.

…………너클이라도 괜찮을까?

“그랬군요. 그렇다면 보조 무기를 찾는 것도 납득이 됩니다. 그나저나 와즈 님이 손수 제작한 주력 무기라…………, 좋겠다.”

마지막에 중얼거린 소리를 들었는지 나레리나를 비롯한 부인들이 싱글벙글 웃으며 세리아스 씨를 에워싸고서 숙덕거리기 시작했다.

목소리가 너무 작아서 잘 들리지 않는데, 무슨 영문인지 세리아스 씨의 얼굴이 새빨개졌다.

…………무슨 소리를 들은 거지?

고개를 갸웃거리며 다가갔다.

“어음, 세리아스 씨한테도 신세를 졌으니 만들어줄까요?”

내가 그렇게 말하자 세리아스 씨가 놀라서 펄쩍 뛰었다.

부인들은 후후후……, 하고 웃으며 즐거워하고 있다.

“앗, 아뇨, 으음, 저기……, 괘, 괜찮습니까?”

“예. 좋아요.”

“앗, 하, 하지만 당장 만들어줄 필요는 없습니다. ……그때가 오면.”

응? 그때는 무슨 때?

나는 의아해하면서 나중에 만들어주기로 약속만 해두었다.

“파파루는 너클이라도 상관없나?”

"좋다! 검이나 창은 성미에 맞질 않아. 너클이 딱 좋지!"

파파루도 너클을 좋아해주었다.

그러나 지금 당장 제작하는 건 역시 무리다.

어쨌든 소재가 없다.

애당초 부인들의 주력 무기는 라그닐의 성 보물고에 있었던 무구들을 바탕으로 제작했다. 그러니 파파루의 무기를 만들기 위해 다시 한 번 가봐야겠네.

라그닐의 허가를 받아야만 하니 나중에 물어봐야겠다.

……아니, 잠깐만.

이곳은 최첨단 마도구 기술을 자랑하는 도시다. 그러니 내가 원하는 소재가 있을지도 모른다.

쇼핑을 다 마친 뒤에 물어보자.

그 뒤로 부인들은 보조 무기가 유용한지는 실제로 써봐야만 알 수 있다는 결론을 내렸다. 그래서 적당히 구입하고서 메아르의 시공간 마법 속에 넣은 뒤에 다른 부인들을 찾으러 갔다.

"있어~."

메아르가 그렇게 말하고서 방어구점을 가리켰다.

나와 시파니 일행뿐만 아니라 새로 합류한 부인들도 함께 찾고 있는데, 메아르가 가장 먼저 찾아냈다.

……훗, 다음에는 내가 가장 먼저 찾을 테야.

방어구점에 다가가니 그 안에 캐시, 아리아, 야토파 씨, 라비, 루시엘 씨가 있었다. 몸에 부착할 만한 액세서리 같은 걸 보고 있는 듯하다.

부인들이 지금 차고 있는 팔찌에는 마력으로 장벽을 펼치는 기능이 부여되어 있는데, 무기와 마찬가지로 보조 액세서리라도 찾고 있는 걸까?

……야토파 씨에게도 똑같은 기능이 부여된 액세서리를 주면 좋을 것 같지만, 역시나 소재가 없다.

팔찌의 소재 역시 라그닐의 성에서 구한 것이라…….

뭐, 이룸이 곁에 있는 동안에는 괜찮을 테지만.

더 가까이 다가가니 대화를 하는 소리가 들렸다.

"역시나 갑옷이라면 본격적으로 교환해야만 하지만, 원포인트 정도라면 괜찮겠죠~."

"그러네. 이 정도 크기라면 싸울 때 거추장스럽지는 않을 거야. 무엇보다도 조금이라도 귀엽게 보이고 싶다고 해야 할까, 여성스럽게 보여야 하니까."

"전 저주 때문에 신세만 지고 있으니 더 이상은 민폐를 끼치지 않도록 조금이라도 몸을 보호해줄 만한 물건이 있었으면."

"저도 야토파 님이 말했던 물건이 필요해요. 지금껏 싸워본 적이 없고, 늘 루시엘의 보호만 받아왔거든요."

"괜찮아요, 라비. 단련도 시작했으니 이제부터예요. 다른 분들과 출발점이 다를 뿐이에요. 따라잡지 말라는 법도 없으니까요."

싸울 수 없는 것을 신경 쓰는 야토파 씨와 스스로를 걸림돌로 여겨 의기소침해하는 라비를 세 사람이 필사적으로 달랬다.

그런 두 사람에게 용기를 북돋아준 것은 캐시와 아리아의 말이었다.

"두 분은 너무 예민해요~. 게다가 애당초 말이죠~."

"싸울 수 없다느니, 걸림돌이 된다느니, 그런 건 신경 쓰지도 않아요, 와즈는."

응? 나? 왜 거기서 내 이름이 나와?

영문은 모르겠지만, 아리아의 말처럼 나는 그런 건 신경 쓰지 않는다.

야토파 씨와 라비가 즐겁게 웃었다.

"후후, 그 말이 맞군요."

"뭐, 이따금씩 어설픈 모습도 보여주긴 하지만, 전혀 개의치 않았죠."

"그만큼 그릇이 크다는 거지."

……으음, 칭찬을 해주고 있으니 좋아해야겠지?

대체 어떤 상황일지 짐작하고 있으니 캐시와 아리아가 우리를 알아보고서 합류했다. 방어구점에서는 아무 것도 구입하지 않을 듯하다.

"어라? 아무 것도 안 사? 다양한 액세서리 같은 걸 보고 있던 것 같던데."

"그건~, 참고가 될 만한 게 없는지 물색하고 있었거든요~."

"필요한 물건은 와즈가 직접 만들어주는 편이 더 좋아. 성능 같은 부분도 믿을 수 있고."

캐시와 아리아가 그렇게 말하고서 야토파 씨와 라비 쪽으로 시선을 돌렸다.

……뭔가 말하고 싶어서 입이 근질거린나는 표정으로 기대를 담아 나를 보고 있다.

뭐, 야토파 씨와 라비의 액세서리를 만드는 건 상관없지만 지금 당장은 무리다. 나중에 아이템을 제작할 때 한꺼번에 만들어 주기로 약속해두었다.

그대로 합류하여 다른 부인들을 찾으러 갔다.

"있어~."

또 메아르에게 선수를 빼앗겼다.

우리도 전력으로 찾았는데 왜 그런 걸까?

…………후각 때문인가?

뭐, 발견하지 못하고 지나치는 사태는 피하게 되었으니 고맙다.

메아르가 가리킨 곳이 마법에 관한 마도구를 판매하는 가게임을 시파니가 알려주었다.

그곳에는 사로나, 타타, 나미닛사가 있었다.

마도구를 들고서 생각하고 있는 듯하여 말을 걸었다.

"여기 있었어? 아까부터 물끄러미 보고 있던데, 그 마도구가 뭐 어떻기에?"

"아니, 마법과 관련된 마도구를 보고 있었는데, 대부분 효과를 높여주는 마도구뿐이라서."

"보조적인 기능만 달려 있어요."

사로나와 타타가 그렇게 대답했다.

"그런데 마도구는 원래 그런 거 아냐?"

"아니, 뭐라고 해야 좋을까……."

"마도구는 보조 용품이 맞긴 하지만, 효과 상승률이 생각했던 것보다 높지 않다고 해야 할까요……."

으~음, 하고 고민하기 시작한 사로나와 타타.

대체 왜 저토록 고민하고 있는 걸까? 내가 의아하게 여기고 있으니 나미닛사가 대답해줬다.

"이 정도 상승률이라면 우리 세계에서는 그만큼 마력을 더 주입하면 돼요. 이야기를 들어보니 이룸슈타드에는 마력 자체를 끌어올린다는 개념이 없는 것 같아요. 대신에 마도구가 마법의 효과를 올려준다고 하네요. 마법의 운용 효율면에서 보자면 유용하긴 하지만, 효과나 위력 쪽을 따져보면 부족해요. 아마도 문명 수준은 이룸슈타드가 더 진보한 듯하지만, 마법만큼은 우리 세계가 더 위일지도 모르겠네요."

……과연.

알 듯 모를 듯.

뭐, 마법은 우리 세계가 더 위라고 인식하면 되려나?

이쪽 세계에서 비공정 등 여러 물건들을 보고서 놀라기는 했다. 우리 세계가 이쪽 세계보다 조금이라도 우수한 부분이 있다니 기쁘네.

그러나 효율이라…….

앞으로 참고가 될 것 같아서 모두와 의논하여 마도구 몇 개를 구입해뒀다.

그리고 그대로 사로나, 타타, 나미닛사와 합류하여 다른 곳으로 이동했다.

이제 남은 사람은 카가네뿐이다. 그런데 어디에서도 보이지 않았다.

메아르도 발견하지 못한 듯하다.

대체 어디? 다함께 찾으면서 아래층으로 내려갔다.

………….

결국에는 1층까지 내려오고 말았다.

그런데 푸드 코트에서 드디어 발견했다.

카가네가 마녀복을 입은 고령의 여성과 즐겁게 대화를 나누고 있었다.

카가네가 마도구로 추정되는 물건을 들고서 그에 관해 질문하면, 고령의 여성이 즐겁게 대답해주는 듯 보였다.

“‘……엇?’”

우리는 카가네를 발견하고서 안도했지만, 반면에 시파니와 린키스는 놀라워하며 목소리를 높였다.

“왜 그래?”

“으음, 지금 카가네 님과 대화를 나누시는 분은 위치 가든에서 다섯 손가락 안에 드는 마도구 제작 명인입니다.”

“다만 성미가 까다로운 분인지라 제자도 들이지 않는데……. 저렇게 즐거워하는 모습을 보는 건 처음입니다.”

그랬구나.

카가네의 커뮤니케이션 능력은 뛰어나지.

……아니, 마도구를 향한 정열이 가능케 했는지도 모른다.

그렇게 생각하고 있으니 카가네가 우리가 온 것을 보고서 고령의 여성에게 작별 인사를 했다.

고령의 여성은 한 장의 종이를 카가네에게 건네주고서 손을 흔들었다.

카가네가 기뻐하며 그 종이를 받고서 이쪽으로 다가왔다.

“기다리게 해서 미안~.”

“아니, 딱히 상관없지만, 뭘 받은 거야?”

“약도가 함께 그려져 있는 명함! 다함께 와도 되니 다음에 놀러 오래! 이 도시에 머무는 동안에 가 봐도 될까?”

“그래. 나도 흥미가 있으니 다함께 가도 된다면 한 번 가볼까?”

모두를 둘러보니 한 번 가보자며 고개를 끄덕였다.

“고마워.”

카가네가 기뻐하며 웃었다.

마녀 공방에 방문하는 것을 체류 일정에 포함시켰다. 카가네가 합류하여 드디어 모두가 다 모였다.

마음속으로 안도했다.

…………이번에는 미아라고 불리지 않아 다행이다.

그나저나 부인들과 세리아스 씨 일행 모두가 전투용품 판매구역에 있었지. 생활용품 판매구역은 안 둘러봐도 되나?

그렇게 생각하고 물어보니 벌써 다녀왔단다.

내가 필요로 하는 소재를 구입하는 동안에 둘러봤다고 한다.

둘러봤다는 것치고는 짐이 없는 것 같다. 그런데 생각해보니 팔찌에는 간이 시공간 마법 기능이 달려 있다. 분명 그 안에 넣어 놨겠지.

자, 그럼 사악한 캠페 가문을 박살내기 위해 마녀왕을 만나러 가볼까.

시파니와 린키스에게 다시금 확인해보니 지금 방문해도 문제가 없다고 한다.

# 제12장 물리력을 사용하지 않는 나의 방식

-1-

아니, 문제가 있었다.

있다기보다는 이미 벌어지고 있었다.

시파니와 린키스의 안내를 받아 마녀왕을 만나러 위치 가든의 북부에 있는 작은 성으로 향했다. 그 성은 접객용으로만 사용하며 본 저택은 성 뒤에 있다고 한다. 지금 마녀왕은 본 저택에 있다고 해서 그쪽으로 향했다.

마녀왕의 본 저택은 평범한 2층짜리 건물이었다.

특별히 호화롭지도 않다.

……정말 여기야? 한 나라의 군주가 여기서 산다고?

의문을 느끼고 있으니 시파니가 키득 웃었다.

"저게 본 저택이라는 사실을 알면 대부분의 사람들이 놀라더라고요. 그런데 어머니는 돈으로 사치를 부릴 바에야 마도구 연구비로 충당하는 게 더 낫다고 생각하는 분이에요. 가족끼리 오손도손 살 수만 있다면 족하다면서 성에는 거주하지 않아요. 모처럼 만들어놓은 성이 아깝다면서 접객용으로 쓴 적도 있지만, 현재는 마도구 연구용 성으로 개방되어 있죠."

"오호~……."

뭐라고 해야 할까. 이야기가 통할 것 같다.
성 내부도 보고 싶지만, 그건 다음으로 미루기로 했다. 일단은 시파니와 린키스를 따라 본 저택 안으로 들어갔다.
그때 문제가 벌어졌다는 걸 알았다.
"웃기는 소리 지껄이지 마라! 죽고 싶은 게냐!"
"크흐흐. 웃기는 소리라니요? 마도구 연구자인 마녀들은 아직도 당신을 따르고 있습니다만, 이미 위치 가든을 실질적으로 지배하여 움직이고 있는 건 바로 납니다. 위치 가든이 이토록 융성해진 건 우리 캠페 가문의 판매망 덕분이 아닙니까? 그 지배력을 더욱 공고히 하기 위해서 우리가 보다 강하게 엮이는 게 어떻겠냐고 제안했을 뿐입니다만? 게다가 괜찮겠습니까? 캠페 가문이 이 나라에서 떠난다면 위치 가든은 틀림없이 쇠락하고 말 테고, 그렇게 되면 앞으로 넉넉한 연구비는 기대하기가 어려워질 텐데요?"
여성의 호통과 음침한 웃음소리가 들려왔다.
얼굴이 창백해진 시파니와 린키스가 소리가 나지 않도록 커다란 문을 살짝 열고서 안을 엿봤다.
그래서 우리도 조용히 따라가 살며시 내부를 들여다봤다.
거실로 보이는 널찍한 실내에는 값비싸 보이지는 않지만 실용성이 높은 가구들 몇 개가 놓여 있었다.
그 실내에는 여성 1명과 남성 3명이 있었다. 그 중 한 사람은 내가 적으로 인정한 나르스트다.
데리고 다니던 무장집단은 없는 것 같은데 어디로 간 거지?
다른 세 사람이 누구냐고 물어보니 시파니가 나직이 알려주었다.

우선 네모난 안경을 낀 눈으로 날카로운 안광을 뿜어내는 연녹색 단발머리 여성은 검은 옷을 입고 있었다. 틀림없이 미인이지만, 지금은 앞에 있는 남성을 노려보고 있어서 어쩐지 무섭다.

저 여성이 시파니의 어머니인 '데니 레이밍암'이다.

그 데니 씨 뒤에서 마찬가지로 마주 보고 있는 남성을 노려보고 있는 사람이 시파니의 아버지인 '조르지 레이밍암'이다.

금발 머리에 평소에는 인상이 부드러울 것 같지만, 지금은 얼굴에 한껏 분노를 드러내고 있다. 셔츠와 바지를 멋들어지게 차려입고 있다.

시파니의 부모님이 지금 노려보고 있는데도 여유롭게 웃고 있는 남성이 캠페 가문의 당주인 '도르도 캠페'라고 한다.

머리가 벗겨지고 몸이 비대한 그는 호화로운 옷을 입고 있다.

얼핏 봐도 혐오감이 든다고 해야 할까, 졸부 같은 느낌이 든다.

데니 씨와 도르도 씨가 아까부터 말다툼을 벌이고 있다.

대체 무슨 일일까 궁금하여 몸을 내밀자 부인들과 세리아스 씨 일행도 궁금한지 마찬가지로 몸을 내밀었다.

"어? 잠깐!"

"앗! 꺄악!"

모두가 균형을 잃고서 앞으로 고꾸라졌다. 그러고는 그대로 실내에 쓰러져버렸다.

실내에 있는 사람들이 화들짝 놀라 이쪽을 쳐다봤다.

그 사람들과 눈을 마주친 우리.

…………,

………….

"아, 안녕하세요."

쓴웃음밖에 나오지 않았다.

-2-

일단 우리는 린키스의 보호를 받으며 방치되었다.

데니 씨에게 우리를 소개하는 것은 뒤로 미루고, 일단 시파니가 왜 말다툼을 벌이고 있는지 물었다.

그 동안에 도르도와 나르스트가 부인들과 세리아스 씨 일행을 쳐다보고 있었다.

그 눈에는 욕망이 깃들어 있다.

……못 봐주겠네.

"겨, 결혼하라고 말하러 왔다고요?"

데니 씨의 이야기를 듣고서 시파니가 화들짝 놀랐다.

그 말을 듣고 캠페 가문이 레이밍암 왕가에 무엇을 원하는지 금세 알 수 있었다.

시파니와 나르스트를 결혼시켜 두 가문을 끈끈하게 묶어두려는 속셈이겠지.

"어머님은 그걸 인정하셨어요?"

"인정할 리가 없잖느냐! 누가 귀여운 딸을 저런 쓰레기들한테 주겠느냐!"

데니 씨가 말하자 시파니는 안도하고서 도르도와 나르스트를 세게 째려봤다.

그건 데니 씨도 마찬가지다.

지금 약간 존재감이 공기처럼 가벼워진 시파니의 아버지인 조르지 씨도 마찬가지로 노려보고 있다.

지금까지 겪어왔던 경험으로 미루어보아 아버지가 힘내줬으면 좋겠다.

그러나 세 사람이 아무리 세게 노려보더라도 도르도와 나르스트는 여유로운 웃음을 거두지 않았다.

"크흐흐. 그렇게 고집을 부릴 필요는 없잖습니까? 시파니 양. 팔불출 소리를 듣겠지만, 내 아들인 나르스트는 완벽해요. 얼굴은 잘 생겼고 몸매도 훤칠하고 머리도 명석합니다. 무엇보다 평범한 남자는 상대조차 안 될 만큼 강합니다. 이토록 우수한 남성과 결혼할 수 있는 기회는 좀처럼 없지요."

"아버님, 과찬이에요. 하지만 맞는 말인지도."

"난 당연한 소리를 했을 뿐이야, 나르스트. 어떻습니까? 시파니 양. 중요한 건 당사자들의 마음이지요. 다행히도 나르스트는 시파니 양을 신부로 맞이해도 좋다고 하더군요."

도르도가 음침하게 웃다가 그대로 이쪽으로 시선을 돌렸다.

"그쪽에 있는 아가씨들도 어떤가? 첩 신분이긴 해도 나르스트는 모두를 평등하게 사랑할 수가 있는데? 거기 있는 보잘 것 없는 남자보다."

……으~음, 날 말하는 건가?

나를 쳐다보고 있으니 일단 틀림없겠지.

뭐, 나에게 무슨 소리를 하든 개의치는 않지만, 역시나 부인들과 세리아스 씨 일행에게 손을 대려는 건 용납할 수 없다.

그러나 이미 내 뒤에서 살의의 업화가 활활 타오르고 있다.

부인들과 세리아스 씨 일행이 정말로 이성을 잃었다.

살의가 새어나와, 새어나온다고.

더는 감출 수가 없다……, 아니, 감추려고도 하지 않는다.

내가 달래지 않으면 아마도 난동을 부릴 테지.

저 살의들을 느꼈을 텐데도 도르도와 나르스트는 여전히 여유롭게 웃고 있다.

아마 만사가 자신들의 뜻대로 흘러가리라 지금도 믿어 의심치 않는 거겠지.

하지만 안타깝게 됐다.

이미 막혔으니까.

이제 상대하는 것조차도 귀찮아졌다고 해야 할까? 이곳에서 한시라도 빨리 나가주길 바라기에 저들을 끝장내기 위해서 앞으로 나섰다.

물론 겉으로는 웃어주는 것을 잊지 않았다.

"이런, 이런. 갑자기 앞으로 나오더니 무슨 일입니까?"

"우리가 정곡을 찔러서 당황한 거냐?

마음대로 지껄여라.

"으음, 넌 누구지? 초면인 것 같은데 시파니의 친구니?"

"와즈라고 합니다. 거추장스러운 녀석들을 박살내주러 왔습니다."

데니 씨가 묻자 간단하게 대답했다.

"……와즈? …………그 이름, 어디선가……."

데니 씨가 생각에 잠겼다.

시파니가 아직 우리를 소개하지 않았는데 어디서 들었을까?

"이런, 이런. 혹시 거추장스러운 녀석들이란 우릴 두고 말하는 건가?"

"캠페 가문이 어떤 가문인지 모르는 듯하군요."

예, 예.

"으음, 뭐라고 해야 좋을까. 그래, 그래, 이제 슬슬 증거들이 나올 때인데."

나는 그렇게 말하고서 손바닥을 위로 향했다.

돌이켜보면 플로이드는 타이밍을 잰 것처럼 등장하곤 했다.

혈통을 믿는다면 부르면 분명 와줄 것이다.

아니, 그런 부분만큼은 믿고 있다.

"이……."

"많이 기다리셨죠. 이걸 확인하세요."

말 좀 하게 해줘!

하다못해 이름만이라도!

……그러고 보니.

플로이드도 이름을 전부 말하기 전에 나타났었지.

이런 점도 역시나 남매구나 싶다.

이룸이 느닷없이 나타나자 부인들과 세리아스 씨 일행을 뺀 모두가 놀랐다. 나는 이룸이 내민 서류를 받아 내용을 확인했다.

…………….

……………역시나, 라는 말밖에 나오지 않는다.

나는 그대로 서류를 데니 씨에게 넘겼다.

"이걸 받으세요. 내용을 보면 알 테니."

"아, 그래……."

데니 씨가 당혹스러워하면서 서류를 받아들어 내용을 확인했다.

그녀가 눈이 휘둥그레져서는 서류를 훌훌 넘기며 확인했다. 그러고는 놀란 얼굴로 나를 쳐다봤다.

"이, 이걸 대체 어디서?"

"어디서?"

"모든 건 신의 마음대로."

응. 그건 대답이 될 수 없어.

분명 메이드가 아닌 창조신으로서의 힘을 쓴 것이 틀림없겠지.

그런데 창조신이 신의 마음대로, 라고 말해도 되나?

아니, 분명 이룸의 마음대로이긴 하지만.

그러자 데니 씨가 확인하듯 물었다.

"여기 적힌 내용이 틀림없으렸다?"

"틀림없지?"

"전부 진실임을 제가 보증합니다."

그럼 문제가 없다며 나는 데니 씨를 보고서 고개를 끄덕였다.

"놀란 표정인 것 같은데 대체 무슨 일입니까?"

"여유롭게 굴 수 있는 것도 바로 지금뿐이다, 도르도! 너희들의 부정과 지금껏 저질러온 범죄 증거들이 이렇듯 전부 적혀 있으니!"

데니 씨가 도르도와 나르스트에게 서류를 내보였다.

미안합니다. 그걸 가져온 사람은 이룸이거든요.

도르도와 나르스트는 데니 씨에게서 서류를 빼앗아 내용을 쑥 훑어보고는 경악했다.

"마, 말도 안 돼! ……아, 아니, 이건 뭔가 착오가 있는 거야. 존재할 리가 없어."

"맞아요, 아버지. 게다가 이렇게 하면 이제 증거는 없는 거나 마찬가지."

나르스트가 레이피아를 뽑아 서류를 찢었다.

내용을 판별할 수 없을 만큼 서류가 갈가리 찢기자 도르도와 나르스트는 다시 여유를 되찾았다. 데니 씨가 무슨 짓이냐며 화를 냈다.

……아니, 아니, 이제 증거가 없어졌다고 판단하기에는 너무 이른 거 아닌가?

"이럴 줄 알고……."

이룸이 서류 다발을 여러 개나 꺼내 이곳에 있는 모두에게 건네주기 시작했다.

…………으~음, 몇 부 정도는 복사해놨을 거라고 예상하긴 했지만, 설마 머릿수에 맞춰서 준비할 줄이야.

이 광경에 가장 놀란 사람은 도르도와 나르스트다.

"이, 이렇게 웃기는 짓거리를 벌이면 곤란하지요. 애당초 저기 있는 메이드가 보증한다고 해서 뭐가 달라집니까? 서류가 진실이라는 증거라도 된답니까?"

"아니, 충분히 보증할 수 있어. 우리가 조사한 부분과 부합하는 내용이 여러 개나 있지."

데니 씨가 서류에 적혀 있는 내용이 틀림없다고 단언했다.

나도 그렇게 생각한다.

아니, 이룸이 나에게 잘 못된 서류를 넘길 리가 없다.

서류가 진짜라는 것이 밝혀졌는데도 도르도는 심호흡을 한 번 하고서 데니 씨에게 여유로운 웃음을 지었다.

"과연. 마녀왕인 당신이 그렇게 말하면 설령 사실이 아닐지라도 사실로 통할지도 모르겠군요. 하지만 그게 뭐 어쨌다는 겁니까? 설령 우리가 부정한 짓을 했다고 치더라도 그런 건 중요하지 않아요. 우리 캠페 가문을 내쫓아도 정령 괜찮겠습니까?"

"무슨 말을 하고 싶은 것이냐?"

"위치 가든에서 캠페 가문이 사라져버린다면 이 나라는 끝장이 날 텐데요? 지금 이 나라가 이토록 윤택한 것은 캠페 가문의 판로가 있기 때문. 게다가 이 도시는 소재를 확보하기 위해서 숲과 산으로 둘러싸여 있습니다. 그래서 주변에 수많은 마물들이 들끓고 있지요. 그것들을 상대하면서 구매자한테 상품을 전해줄 수 있겠습니까?"

"그건 너희들을 대신할 새로운 상인이나 모험가를 고용하면 될 일이다. 게다가 지금은 비공정이 있지. 하늘을 통해 옮기면 돼."

"크흐흐. 비공정을 이용한다는 방안은 분명 괜찮긴 하군요. 하지만 그 비공정을 날리는 데도 돈이 든다는 건 아시지요? 그런 방식을 썼다가는 금세 적자가 쌓여 파산할 게 눈에 뻔하군요. 그럼 구매자가 직접 사러 오면 되지 않겠느냐고 되물을 수도 있겠지만, 현실적이지 않습니다. 주변 안전이 확보되지 않은 이 도시에 올 자는 그리 많지 않을 테고, 비공정을 타고 오려고 해도 비용이 듭니다. 새로운 상인이나 모험가를 고용하더라도 현 수준까지 다시 끌어올리는 데 시간이 많이 걸리지요. 그 동안에 위치 가든이 버텨낼 재간이 없어요. 즉 우리가 없으면 궁지에 내몰린다는 겁니다."

"............"

데니 씨가 원통해하며 입술을 깨물었다. 도르도는 의기양양하게 웃고 있다.

아아, 예, 예.

그 부분도 시파니에게서 다 들었어요.

그래서 물론 대책을 이미 마련해뒀지요.

—3—

"메아르."

메아르를 부르면서 나는 '완전 신격화' 상태로 변화했다.

평범한 상태에서도 DEX 덕분에 괜찮은 것들을 만들어낼 수 있지만, 지금은 마력을 써야하기에 '완전 신격화' 상태로 변해야만 한다.

이 상태에서는 '고유마법 : 신'을 사용할 수 있어서 내 마음대로 할 수가 있다.

메아르가 옆으로 다가오자 백화점에서 구입하여 시공간 마법

속에 넣어놨던 필요 물품들을 꺼내달라고 했다.

네니 씨와 도르도, 나르스트는 여전히 서로를 노려보고 있지만, 시파니와 린키스는 함께 행동해와서인지 내가 뭘 하는지 놓치지 않겠다며 지켜보고 있다.

자, 해볼까.

그렇게 생각한 순간 카가네와 이륨이 내 주위에 깃발을 세워나갔다.

뭘 하는지 실눈을 뜨고서 물끄러미 쳐다보니 깃발에는 '세계의 와즈 공방', '위험한 작업 중 출입 엄금'이라고 적혀 있었다.

…………….

……………틀린 말은 아니긴 한데, 굳이 세울 필요가 있었을까?

아니, '세계의 와즈'라는 부분은 창피하니 그만뒀으면 좋겠지만, 지금은 생각하는 것을 포기했다.

자, 작업, 작업…….

구입해온 소재를 조립해나갔다.

특별한 상자를 2개 만들 예정이다.

여길 이렇게, 저걸 저렇게, 그걸 그렇게…….

건성으로 하는 것처럼 보여도 계산을 다 해두고서 작업하는 중이다. '완전 신격화' 덕분에 마법과 지식도 습득한 상태이기에 순서도 틀림없다.

그보다는 어느 정도 힘을 빼고서 작업하지 않으면 DEX에 의한 자동 보정으로 엄청난 완성도의 물건이 만들어지고 만다.

데니 씨를 비롯한 이 나라 사람들에게는 미안하지만, 부인들에게 줄 선물이라면 모를까 타인, 혹은 지인에게 줄 물건을 제작하려면 힘을 어느 정도 빼야만 한다.

애당초 이 물건은 위치 가든의 마녀 중 누군가가 만들고 있거나, 혹은 장차 만들게 될 것이다.

내가 만들고 있는 물건은 그저 그 시기를 앞당겼을 뿐이다.

그런 생각을 하는 동안에 사람 하나가 들어갈 만한 크기의 상자 2개가 만들어졌다.

모양은 던전에 있을 법한 보물함 모양이다. 일단 걸쇠가 달려 있긴 하지만, 자물쇠 부분은 다이얼 형식으로 되어 있다.

문제가 없는지 최종 확인을 끝마친 뒤 나는 숨을 내뱉었다.

시선을 드니 실내에 있는 모든 사람들이 이쪽을……, 아니, 두 상자를 응시하고 있다.

부인들과 세리아스 씨 일행은 사전에 내가 무얼 만들지 알려줬기에 완성을 기뻐해주었다. 그러나 시파니와 린키스는 웬 상자냐는 표정을 짓고 있고, 도르도와 나르스트는 저 녀석이 대체 무슨 짓을 하고 있는 거야? 하는 눈으로 나를 쳐다보고 있다.

그러나 데니 씨와 조르지 씨만은 경악한 표정으로 두 상자를 물끄러미 보고 있다.

어라? 혹시 이 상자가 무엇인지 눈치챘나?

그때 데니 씨가 두 상자를 가리키며 조심스럽게 물었다.

"……이, 이름이 분명 와즈라고 했었지. 저 상자는 혹시……."

"맞습니다. 한쪽 상자 안에 든 물건을 다른 쪽 상자로 전송할 수 있는 '전송함'입니다."

실제로 사용해보면서 사용법을 설명했다.

알기 쉽도록 두 상자에 번호를 붙였다.

'1번'과 '2번' 말이다.

1번 상자에 남은 자재를 넣고서 달려 있는 다이얼을 2에 맞췄다.

일단 다이얼에는 1부터 12까지 적혀 있지만, 상자는 2개뿐이지.

그러고서 1번 상자에 마력을 살짝 흘리자……, 어머나 세상에.

1번 상자에 넣었던 자재가 2번 상자 안에!

짜~잔!

부인들과 세리아스 씨 일행이 박수를 보내는 와중에 위치 가든 사람들이 놀라워하며 상자를 응시하고 있다.

이거 어때요?

"……물건을 전송할 수 있다?"

"예, 가능해요. 이 도구로 의뢰서와 대금을 받은 뒤 제작한 마도구를 보내면 판로 문제도 해결이죠. 예를 들어 모험가 길드는 각지에 있으니 안전을 고려한다면 놔두기에 괜찮은 장소가 아닐까요? 물론 개인 마력 등록도 가능하니 특정 인물만이 사용할 수 있도록 제한할 수도 있습니다. 뭐, 신용 문제도 있을 테니 그 부분은 당사자들한테 맡겨두기로 하고……. 여하튼 한 도시에서 다른 도시로 이동하는 시간을 따져본다면 오히려 이쪽이 더 빠르니 도시가 종전보다 더욱 융성해지지 않을까요? 의뢰를 한다면 더 만들어줄 수도 있지만, 뭣하면 아예 제작 방법도 알려줄 수 있고요. ……아아, 참고로 살아있는 생명은 전송이 안 됩니다."

데니 씨가 중얼거린 말을 듣고서 내가 대답하자 이번에는 나를 똑바로 쳐다보며 물었다.

"그, 그건 고맙지만……, 어째서 이렇게까지 해주는 거지? 이런 물건을 쉽게 만들어낼 만큼 기술이 있다면 위치 가든 이외에서도 활약할 수 있지 않나?"

"처음에는 이렇게까지 할 작정은 아니었지만, 협력하게 된 이유는 단순합니다."

나는 방긋 웃으며 도르도와 나르스트를 가리켰다.

"제게 싸움을 건 저 녀석들이 싫다는 이유뿐이죠."

솔직하게 말하자 데니 씨가 맞는 말이라며 고개를 끄덕였다.

전송함이 등장하자 당황하기 시작한 도르도와 나르스트를 더욱 궁지에 몰았다.

"그러고 보니 도시 주변에 있는 마물들 때문에 위험하다고 했죠?"

"그것도 어떻게든 해결해줄 수 있나?"

"뭐, 도시 전체에 강력한 결계를 쳐봤자 여기까지 오는 경로 자체가 문제이니 뭣하면 도우미를 부르도록 할까요? 마침 한가할 것 같은 사람을 하나 알고 있어서."

"아니, 한 사람을 더 늘려봤자."

"아아, 오해할 만한 발언을 했네요. 그 사람이라면 혼자서도 괜찮습니다. 오드 씨조차도 이길 수 없을 수인이거든요. 앗, 수인에 관한 편견이 있습니까?"

"아니, 그건 없지만, 그 오드보다도 강하다니……. 정말로 그런 사람이 존재하나?"

"있지요. 뭐, 이쪽 세계 출신은 아니지만. 최근까지 수인족 정예부대를 훈련시키다가 최근에 그 일도 마무리되어 한가하다고 하니…… 마침 괜찮을 것 같아서."

마오를 힐끔 쳐다봤다.

그 시선만으로 마오는 내 속내를 눈치챘는지 좋은 생각이라며 미소를 지었다.

활기찬 할아버지이니…….

날뛸 만한 장소가 생겨서 기뻐할 것 같다.

그래! 마물들을 퇴치하는 김에 마녀들도 단련시킬 수 있는지 데리고 오면서 상담해볼까.

"도저히 믿기지는 않지만……."

데니 씨가 그렇게 말하며 시파니를 쳐다봤다.

시파니는 괜찮아요! 믿어주세요! 라며 고개를 힘차게 끄덕였다.

뭐, 우리를 데리고 온 건 시파니이니 시파니에게 그 판단을 맡기겠다는 뜻이겠지.

데니 씨는 생각에 잠긴 듯 눈을 감았다. 그리고 다시 눈을 뜨고서 나를 똑바로 쳐다봤다.

"알겠다. 시파니가 믿고 있다면 나도 너희들을 믿도록 하지! 부디 협력해다오!"

"예. 저야말로 잘 부탁드립니다."

나와 데니 씨는 굳은 악수를 나누었다.

……어라? 이것으로 마무리가 될 줄 알았는데, 무언가가 더 남은 것 같은 기분이 들었다.

으~음……. 내가 그게 무엇인지 생각하고 있으니 데니 씨가 도르도와 나르스트에게 호통을 쳤다.

"이제 너희들은 이 위치 가든의 해악에 불과하다! 철저하게 내쫓아주마!"

"……과연. 증거를 들이밀면서 우리의 강점까지 없애버리다니. 멋지다고 표현할 수 있겠지만, 그게 뭐 어떻다는 겁니까? 애당초 가장 중요한 걸 간과한 것 같군요."

"무슨 말이냐? 아직도 뭔가가 더 남았다는 것이냐?"

"잊었습니까? 캠페 가문은 왕가와 두터운 관계를 맺고 있다는 사실을. 우리를 내쫓는다는 건 그 왕가에 반기를 드는 짓이나 마찬가지. 그 왕가가 잠자코 있을까요?"

아아, 그게 남아 있었지!

나는 떠올렸다는 듯이 짝! 하고 손뼉을 쳤다.

데니 씨가 대담하게 웃었다.

"분명 그런 소문이 나돌고 있기는 하지만, 왕가와 연줄이 있다고 아무리 떠들어본들 신빙성은 없어."

"그렇게 말할 줄 알았지요. 그럼 알려드릴까요? 캠페 가문의 뒤를 봐주고 있는 왕가는 대마왕조차 무찌른, 현재 세계 최고라고 일컬어지는 국가인 '대국 가리스'입니다."

…………….

…………엥!

나와 부인들, 세리아스 씨 일행이 일제히 놀랐다.

## -4-

지금까지의 줄거리.

위치 가든에 도착했더니 누군가가 느닷없이 우리에게 시비를 걸었다.

싸움을 걸었다고 나는 판단했다.

그 상대가 위치 가든에서 제일가는 권력을 가진 캠페 가문 사람이라는 걸 마녀왕의 딸인 시파니가 알려줬다.

이대로는 위치 가든을 쾌적하게 관광할 수 없겠다고 판단한 우리는 시파니에게 협력을 요청하여 캠페 가문을 쫓아내기 위해 움직였다.

캠페 가문이 판로 때문에 자신들을 내쫓을 수 없을 거라고 으름장을 놓자 전송함을 제작하여 뭉개버렸다. 그리고 주변에 도사리는 위험한 마물 문제를 해결하기 위해서 내 친구를 데려오기로 약속해뒀다.

마녀왕인 데니 씨도 시파니 덕분인지 우리를 신용해주었다. 이제 아무 문제없다며 캠페 가문을 내쫓으려고 했더니 자신의 가문이 어떤 왕가와 연줄이 있으니 거역하지 않는 편이 나을 거라고 했다.

또한 그 왕가가 대국 가리스 왕가라고 했다.

"……그래서 상황이 이렇게 되었는데, 그나저나 실제로는 어떤가요?"

"……캠페 가……, 캠페 가…………, 그러고 보니 몇 번인가 알현을 청했던 상인의 이름이 그랬던 것 같은……."

"알현 말인가요? 그나저나 그 말씀을 들으니……."

"예. 한 번도 만나본 적이 없습니다. 집사를 시켜 조사해봤더니 진위는 알 수 없지만 나쁜 소문밖에 돌지 않는 상인 가문이라서 거절했습니다. 그러니 단 한 번도 얽힌 적이 없다고 단언할 수 있습니다."

"……라고 합니다."

그럼 잘 부탁합니다. 나는 데니 씨에게 뒷일을 맡겼다.

그러나 데니 씨를 비롯한 이곳 사람들이 꿈쩍도 하지 않았다.

도르도와 나르스트도 움직이지 않았다.

무슨 일이지? 나는 고개를 갸웃거렸다.

"아니……. 그 대목에서 우리한테 화제를 돌리면 곤란한데……, 그나저나 그쪽 분은?"

데니 씨가 내 옆에 있는 인물이 누군지 물었다.

어라? 면식이 없나?

확인하듯 옆으로 시선을 돌리니 만난 적이 없다며 고개를 끄덕였다.

……그랬구나.

그럼 우선 소개부터 해야겠지.

"어음, 이쪽은 대국 가리스의 왕인 옴로렐 씨입니다. 정말로 연줄이 있는지 확인하고 싶어서 제가 '전이' 마법으로 불러왔습니다."

"모두 처음 뵙는 분들이군. 옴로렐이라고 하오."

내가 소개하자 옴로렐 씨가 고개를 살짝 끄덕였다.

그래도 데니 씨를 비롯한 이곳 사람들은 어리둥절해하고 있다.

…………어라아~?

하는 수 없이 옴로렐 씨와 논의를 하고서 다시 한 번 시도했다.

"와즈입니다."

"대국 가리스의 왕인 옴로렐이오."

옴로렐 씨와 손을 맞잡고서 자기소개를 했다.

………….

………….

그래도 이곳 사람들은 여전히 멍한 얼굴로 꼼짝하지 않았다.

이렇게 했는데도 안 되나?

그럼 다음에는 어떻게 해야 할까? 하고 옴로렐 씨와 함께 생각하고 있으니 도르도와 나르스트가 격앙되었는지 목소리를 높였다.

"웃기지 마라! 이 촌극은 대체 뭐냐! '전이' 마법으로 데리고 왔다는 거짓말이나 내뱉는 자의 말을 누가 믿겠나! 거기 있는 영감탱이가 대국 가리스의 왕이라? 거짓말로 남을 속이려거든 더 그럴 듯해 보이는 사람을 데려왔어야지!"

"아버지의 말이 맞아. 애당초 여긴 너희들 같은 아무 권력도 없는 자들이 있어도 되는 곳이 아냐. 분수를 좀 알도록 해라."

오, 오우…….

설마 우리를 거짓말쟁이라고 취급할 줄이야. 나, 부인들, 세리아스 씨 일행, 옴로렐 씨는 말문이 막혔다.

아니, 세리아스 씨가 검을 뽑으려고 해서 부인들이 만류하고 있다.

……뭐, 대국 가리스의 기사이니 옴로렐 씨를 위선자라고 부르

는 자들을 용서할 수가 없겠지.

나는 한숨을 내뱉고서 도르도를 쳐다봤다.

“거짓말이라고?”

“애당초 너 같은 어디서 굴러왔는지 모를 자의 말을 믿을 리가 없지.”

“…………아아, 그래, 그런가. 잊고 있었네.그러고 보니 시파니와 린키스는 알고 있지만, 데니 씨를 비롯한 다른 사람들에게는 내가 누군지 알려주지 않았다.

“으음, 난…….”

…………아니, 아니, 잠깐만.

이름 말고 또 뭐라고 소개해야하는 거지?

대마왕을 무찌르고 이룸슈타드를 구했습니다! 하고 덧붙이면 되나?

……그게 통할 것 같지 않고, 믿어줄 리도 없겠지.

그렇다면…… 구세주?

………….

…………부끄럽다.

스스로를 그렇게 칭하는 것은 얼굴이 화끈 달아오를 만큼, 죽을 만큼 창피하다.

……말 못해……. 내 입으로는 말 못해.

으~음……, 하고 팔짱을 끼면서 고민하고 있으니 옴로렐 씨가 한 걸음 앞으로 나왔다.

“이놈들……, 썩은 상인 나부랭이가 나뿐만이 아니라 와즈 님까지 폄훼하는 발언을 일삼다니……. 이제 곱게 죽을 생각은 하지 말거라. 네놈들 같은 존재는 위치 가든뿐만 아니라 이룸슈타드에도 해악이니라. 이 자식들…… 오오!"

무지 화가 났다.

보는 사람으로 하여금 절로 뒷걸음질을 치게 할 만큼 분노했다.

온화한 옴로렐 씨의 모습만 알고 있기에 더더욱 놀랍다.

…………무서워라.

도르도와 나르스트는 옴로렐 씨가 내뿜는 압박이라고 해야 할까, 살의에 겁을 집어먹었다.

"왜 입을 다물고들 있나? 입이 뚫려 있으면 말을 해봐라! 오오!"

""어어~.""

"도무지 진전이 없구먼. 그렇다면 똑똑히 알게 해주지! 알려주십시오, 이룸 님."

"맡겨두세요."

옴로렐 씨가 부탁하자 이룸이 앞으로 나섰다.

뭘 하는가 싶더니만 느닷없이 신의 아우라를 데니 씨를 비롯한 이 도시 사람들에게 방출했다.

신의 아우라를 목격하고서 이 도시 사람들이 곧바로 엎드렸다.

"메이드복 차림이라 미안하군요. 내 이름은 이룸. 정확하게는 이룸슈타드입니다. 그 이름이 말해주듯 이 세계의 창조신입니다. 지금 내 말이 진실이라는 건 지금 당신들도 이해할 수 있겠죠?"

[…….]

데니 씨를 비롯한 이 도시 사람들은 아무 말도 하지 않았다.

그러나 그 태도가 말하고 있다.

"되도록 전면에 나서는 건 삼가하고 있지만, 당신들은 해서는 안 되는 짓을 하고 말았습니다."

이룸의 시선이 도르도와 나르스트에게로 쏠렸다.

"내가 모시고 있는 와즈 님을 우롱하다니 절대로 용납할 수 없습니다. 창조신으로서도, 메이드로서도. 따라서 내가 증명하죠. 방금 제출한 서류는 전부 내가 직접 조사한 것이며 그 모든 내용이 진실이라는 것을. 여기 계시는 분은 대국 가리스의 왕인 옴로렐 님이 맞는다는 것을. 그리고 와즈 님이야말로 대마왕을 혼자서 무찌른, 이 세계의 구세주라는 것을."

이룸이 빠바방! 하고 말폭탄을 터뜨렸다.

[아, 예~…….]

데니 씨를 비롯한 이 도시 사람들이 또다시 엎드렸다.

………….

일단 이룸과 옴로렐 씨는 이러면 어떠냐! 하고 말하는 듯한 표정을 짓고 있다.

………….

부인들, 세리아스 씨 일행은 이제 정말로 끝난 걸까? 하고 의문을 품고 있다.

………….

…………뭐, 응.

일단 이것으로 이번 사건을 마무리 지으면 되지 않을까?

……어쩐지 마지막 장면을 이룸과 옴로렐 씨가 뺏어간 것 같은

느낌이 들긴 하지만.

# 에필로그

창조신 이룸슈타드가 모든 것이 사실임을 증명해주어 캠페 가문은 멸문되었다.

도르도와 나르스트는 곧바로 구속되었고, 그들의 권속인 무장집단도 마찬가지로 구속되었다. 그런데 오히려 무장집단의 신세가 더 비참했는지도 모르겠다.

아까부터 계속 참아서 몸이 근질거린다면서 하오스이와 파파루가 그들을 잡으러 쫓아다녔고, 마찬가지로 울분을 풀고 싶다며 다른 부인들, 세리아스 씨 일행이 호되게 몰아붙였다.

결국 무장집단은 흠씬 얻어맞아 눈물콧물로 범벅이 된 얼굴로 제발 구속해달라며 자수해왔다.

구속한 뒤에도 덜덜 떨고 있었다.

어지간히도 무서웠나보다.

………나도 부인들의 심기를 거슬리지 않도록 조심해야겠다.

그리하여 위치 가든에서 캠페 가문이 사라지게 되었지만, 모든 것이 끝난 건 아니었다.

품행은 제쳐두고서라도 캠페 가문이 지닌 상재(商材)는 실제로 뛰어났다고 한다. 그 구멍을 어떻게든 메워야만 한다.

전송함을 제작하여 도와주기는 하겠지만, 우리도 언제까지고 이곳에 머물 수는 없다.

이 상황에서 가장 큰 힘을 발휘한 사람은 바로 옴로렐 씨였다.

각지에 전송함을 설치하고, 구조와 사용법을 설명하는 등 성가신 일들을 모두 맡아주기로 했다.

다만 그 대신에 위치 가든에서 필요 경비를 부담해주고, 위치 가든제 마도구를 저렴하게 구입할 수 있게 해달라고 조건을 제시했다.

데니 씨는 대국 가리스의 협력을 구할 수 있다면 그리 비싼 대가가 아니라면서 승낙했다. 옴로렐 씨와 데니 씨는 계약서를 작성한 뒤 내 눈앞에서 굳은 악수를 나누었다.

…………어쩐지 내가 공증인이 된 것 같은 입장이다.

그 입장을 이용하여 필요 경비가 얼마나 되는지 물어봤더니 들어본 적도 없는 큰 액수였……지만, 데니 씨는 시원한 얼굴로 '그건 내 용돈으로도 충당할 수 있지' 하고 말했다.

그리고 기왕 주머니는 여는 김에 시파니가 주려고 했던 금액의 5배쯤 되는 거액의 돈을 주려고 해서 정중하게 거절했다.

………….

…………무시무시한 금액을 척 내놓는 부자라니 무서워라.

그렇게 돈이 많다면 캠페 가문이 없어진 뒤에 대신할 만한 인력을 구할 때까지 버틸 수 있을 것 같다고 생각했지만, 어지간한 일이 아닌 이상 자신의 연구 자금은 스스로 마련해야한다는 암묵적인 규칙이 있다고 한다.

……아마도 마도구 제작자로서의 자존심 문제겠지.

또한 캠페 가문과 함께 꿀을 빨던 자들도 있을 텐데, 그들에게는 데니 씨……, 아니, 위치 가든을 다스리는 마녀왕으로서, 레이밍암 가문의 이름을 걸고서라도 기필코 제재를 가하겠단다.

……뭣하면 이룸에게 조사를 시킬까요?

"이 정도면 충분하겠나?"

"아뇨, 충분하지 않습니다."

내가 아니라 이룸이 멋대로 거절했다.

충분하지 않다는 대답에 데니 씨가 탁자 위에 금화 자루를 잇달아 쌓아나갔다. 그래도 이룸은 아직 멀었다며 고개를 계속해서 가로저었다.

"그만! 그만해! 얼마나 뽑아먹을 작정이야!"

"앞으로 무슨 일이 벌어질지 알 수 없으니 돈은 많으면 많을수록 좋죠. 그러니 뽑아낼 수 있을 만큼 최대한……."

"아니, 데니 씨도 여유롭다는 듯이 돈을 자꾸 꺼내지 말아요!"

보고 있기만 해도 심장에 안 좋을 것 같아 만류했다.

이룸에게 조사를 부탁하는 대신에 이 도시에 체류하는 동안에 우리는 위치 가든의 최고급 여관인 '순백의 마녀정'에 공짜로 묵게 되었다.

다른 여관에 묵어도 괜찮겠지만, 우리 모두가 묵을 만한 곳이 그곳밖에 없단다.

그리하여 우리는 '순백의 마녀정'에 며칠 동안 머물기로 했다.

참고로 옴로렐 씨는 대국 가리스에 돌아가지 않았다.

이곳에 온 김에 자유롭게 지내고 싶다기에 마음대로 하라고 했다.

왕으로서 그래도 되나 싶었지만, 너무 간섭하는 것도 좀……. 그래서 신경쓰지 않기로 했다.

대국 가리스의 문제는 분명 대국 가리스 사람들이 해결할 수 있겠지.

옴로렐 씨가 자신이 이곳에 온 김에 불러달라고 해서 오레리나 씨와 디소르, 그리고 대국 가리스의 재상 부부와 호위 근위병들도 데리고 왔다.

오레리나 씨와 디소르는 데이트를 시키기 위해서, 근위병들은 자신을 지키게 하기 위해서, 라는 이유가 있지만, 재상 부부는 어째서? 나는 그런 의문이 들었다.

재상 부부와는 거의 면식이 없다. 데리러 가니 눈물을 흘리면서 나에게 감사인사를 했다. 그리고 막상 데리고 왔더니 옴로렐 씨에게 잔소리를 늘어놓았다.

그 이유는 곧 밝혀졌다.

"지갑 끈을 풀 때가 온 것 같아요. 여보."

"아아. 자, 가자! 우리의 성지로!"

잔소리를 마치자마자 재상 부부가 전사의 얼굴로 도시 안으로 사라졌다.

열광적인 마도구 마니아라고 한다.

우리 이야기가 아직 안 끝났어! 하고 옴로렐 씨와 근위병들이 황급히 쫓아갔다.

……그러고 보니 대국 가리스는 가격을 우대해준다고 했었지?

틀림없이 그 이야기를 전하기 위해서 부른 거겠지.

나 역시 조금 바빠졌다.

전송함은 위치 가든이 쇠락하느냐, 아니면 더욱 융성하느냐를 결정하는 중요한 요건 중 하나다. 꽤 많은 양이 필요해서 그 제작법을 전수해야만 한다.

그래서 성 안에 있는 레이밍암 가문이 소유한 연구실 중 한 곳으로 안내를 받았더니 내 앞에 나이 불문하고 수많은 마녀들이 자리하고 있었다.

……데니 씨의 이야기에 따르면 노련하고 고명한 마녀부터 장래가 기대되는 신진까지 모두 모인, 초인기 강좌라고 한다.

그 안에는 시파니도 있었다.

"…………으음, 와즈입니다. 잘 부탁합니다."

[예, 선생님!]

이 자리에 있는 마녀들이 그렇게 부르니 조금 창피해졌다.

# 추가 이야기1 새로운 전설의 개막

–1–

와즈와 그 부인들이 사는 세계에서 후세까지 길이길이 전해져 오는 전설 속에 '마도왕 닐'이라는 인물이 등장한다.

전설에 따르면 그는 해골처럼 생긴 불사의 네크로맨서라고 한다.

전설에 따르면 몸에 방대한 마력이 깃들어 있고, 온갖 마법을 자유자재로 구사할 줄 아는 인간을 초월한 존재라고 한다.

전설에 따르면 그 힘은 혼자서라도 국가를 상대할 수 있는 수준이라고 한다.

그 닐은 지금도 살아있다. 그는 반려자로 삼은 여성 해골 하렘 멤버들을 데리고서 예전 세계를 뛰쳐나와 이룸슈타드라는 세계에 강림했다.

다만 해골 모습으로 나돌아 다니면 마물이라고 착각할 수도 있기에 쓸데없는 싸움을 피하기 위해서 표면상 사람의 모습을 취하고 있다.

그앗도크아 왕가에서 자신들의 신분을 증명하는 카드를 받고, 와즈에게서는 일정 금액의 여비를 받은 닐 일행은 이룸슈타드를 여행했다.

마찬가지로 인간의 모습을 취한 하렘 멤버들과 함께 하는 여행이다.

그런데 그들이 방문한 도시에서 바로 사건이 벌어졌다.

와즈에게서 여비를 받긴 했지만, 돈은 많으면 많을수록 좋다고 생각한 닐은 용돈을 벌기 위해서 모험가 등록을 하고자 모험가 길드로 향했다.

여행하던 도중에 쓰러뜨린 마물들을 돈으로 환금하기 위해서이기도 하다.

하렘 멤버들이 지켜보는 앞에서 닐이 모험가 등록을 마치고서 설명을 듣고 있을 때 그 보고가 날아들었다.

"크, 큰일 났다! 마, 마물들이 대범람하여 이 도시를 향해 몰려오고 있다!"

젊은 모험가가 보고한 내용을 듣고 모험가 길드 안에 있는 모든 사람들이 전율했다.

처음에는 길드 직원들이 그 보고의 진위를 의심했다.

그러나 이내 그럴 필요가 없어졌다.

잇달아 달려온 모험가들이 똑같은 보고를 했기 때문이다.

더욱이 시간이 얼마 남지 않았다.

마물들이 코앞까지 밀려든 것이다.

모험가 길드 밖에서도 소란을 떠는 소리가 들리는 것으로 보아 이미 이 도시 전역에 그 소식이 전해졌으리라.

너무나도 긴급한 사태인지라 모험가 길드 내부는 혼란에 휩싸였다.

왕도나 큰 도시였다면 나름 싸울 수 있는 자들도 모여 있을 테니 대책을 마련할 수 있을지도 모른다.

그러나 이곳은 그렇게까지 큰 도시가 아니다.

전멸을 각오하고서 당장 도시에서 황급히 달아나는 수밖에 없다.

모두가 그렇게 생각했을 때 모험가 길드의 문이 소리를 내며 열렸다.

모두가 그 소리를 듣고서 시선을 돌렸다.

수려한 미녀들을 대동하고서 댄디한 중년 남성이 밖으로 나가고 있었다.

"이런, 이런. 모처럼 여행을 나섰더니만……, 풍류를 모르는 마물들이구먼."

겉모습과는 어울리지 않는 말투로 말하고서 닐이 도시 밖으로 향했다.

부들부들 떨고 있는 도시 병사들을 헤치고서 가장 앞으로 나선 닐은 이미 가시거리 안으로 들어온 마물들을 물끄러미 쳐다봤다.

낯선 자가 느닷없이 등장하자 이곳에 있는 모두가 수런거렸다.

그러나 닐은 주변 사람들이 수런거리든 말든 신경도 쓰지 않았다. 하렘 멤버들이 지켜보는 앞에서 어디선가 지팡이를 꺼내 그 끝으로 마물들을 겨눴다.

"이제 막 시작한 여행을 방해하지 말거라. 이 어리석은 마물들같으니. '시야에 비치는 모든 자에게 나는 종언의 막을 연다. 흑전멸편(黑電滅鞭).'"

닐이 마법을 영창하자 지팡이가 그 주문에 응했다.

지팡이 끝에서 검은 번개를 휘감은 채찍이 여러 가닥이나 출현했다.

그 길이는 사람은커녕 거대한 마물조차 뛰어넘을 정도로 길었다. 그 중심에 있는 닐은 보는 이에게 두려움을 안겨주었다.

검은 번개를 휘감은 채찍들이 땅을 기었다. 그을린 자국이 여러 가닥 찍혔다.

"가거라."

닐이 명령하자 검은 번개를 휘감은 채찍들이 더욱 뻗어나가 엄습해오는 마물들에게까지 닿았다. 그와 동시에 모든 것을 태워버렸다.

그 현상은 여러 가닥이나 뻗어나간 채찍 끝에서 동시다발적으로 벌어졌다.

천둥이 울리고, 마물들이 타는 냄새가 닐이 서 있는 곳에까지 흘러들었다.

그래도 닐은 마법을 멈추지 않는다.

마물 전체가 유린당할 때까지 마법을 그치지 않았다.

"……슬슬 되었나."

그렇게 중얼거리자마자 닐이 마법을 풀었다.

남은 것은 검게 타버린 땅바닥과 마물들의 시체뿐.

모든 마물들이 닐의 마법에 휘말려 전멸했다.

"흐음. 이 정도밖에 안 되는구먼."

발걸음을 돌린 닐을 기다리고 있는 것은 하렘 멤버들의 반짝이는 시선과 웃음……, 그리고 살아남았다는 기쁨을 표현하듯 모든 사람들이 쏟아내는 커다란 환호성이었다.

그 모든 것에 응하듯 닐은 손을 가볍게 쳐들었다.

그날 이 도시에 사는 사람들이 결코 잊을 수 없는 영웅이 탄생했다.

—2—

닐과 하렘 멤버들은 여러 도시를 순회하며 여행을 즐기고 있었다.

도중에 마물들이 출현할 때마다 족족 처치했기 때문에 지갑 사정도 점점 좋아지고 있다.

그러나 그뿐만이 아니다.

닐과 하렘 멤버들이 방문한 도시는 하나같이 문제를 떠안고 있었다. 그런데 닐이 그 모든 문제들이 해결될 수 있도록 이끌었다.

닐 일행은 도시를 나설 때마다 감시 인사를 받았다. 일행이 다음에 도착한 도시는 흉작 때문에 고민하고 있었는데, 이곳에서도 닐이 활약했다.

원체 뭐든지 파고드는 것을 좋아하는 닐은 예전 세계에서도 그 성격을 살려 농작물과 관련한 다양한 지식을 섭렵했다.

그 지식을 활용하여 흉작을 거둔 이유가 지력(地力) 때문이라고 적확하게 판단한 그는 지력을 향상시키는 조치를 취해나갔다.

처음에는 닐의 행동에 의심을 품은 자도 있었지만, 농업을 잘 아는 닐은 간절하고도 정중하게 설득하여 수많은 사람들을 아군으로 끌어들였다.

그 뒤로는 그야말로 닐의 독무대였다.

수많은 토지에 똑같은 조치를 취해나가는 동시에 부족한 소재가 있다면 스스로 구하러 나갔다. 그리고 도시 사람들만으로는 어렵겠다고 판단하면 지식을 총동원하여 채집 가능한 소재로 대체품을 만들어내는 기술을 확립해나갔다.

원래는 이렇게까지 할 필요는 없다.

닐은 하렘 멤버들과 함께 여행을 하고 있을 뿐이니까.

더 커다란 도시에 도착했을 때 어려움을 겪고 있는 도시가 있으니 도와달라고 보고만 하면 될 뿐이다.

그러나 그렇게 하지 않은 이유는 단순하다. 기쁘기 때문이다.

예전 세계에서는 농업에 눈을 뜨긴 했지만, 기본적으로 혼자서 모든 것을 했다.

물론 하렘 멤버들도 거들어주기는 했지만, 동지라고 부를 만한 존재가 없었다.

그러나 이곳에는 그 동지가 아주 많다.

자신의 말하는 농업 지식을 진지하게 들어주고, 의문이 생기면 질문을 하고, 또한 놀랄 정도로 재미있는 제안을 하기도 한다.

그게 기뻤고, 즐거웠다.

닐은 동지가 생겼다고 믿고서 자신이 할 수 있는 모든 조치를 취했다. 결과가 바로 나타나지는 않으므로 할 수 있는 일을 다 했다고 확신이 들었을 때 새로운 도시를 향해 출발했다.

도시 사람들에게 감사 인사를 받으면서 닐은 꼭 다시 오겠다고 약속했다.

시간이 흘러 그 도시에 수확의 계절이 찾아왔다. 지금껏 본 적이 없는 대풍작을 거두었다. 농산물의 품질도 최고급이었다.

또한 몇 년 뒤의 이야기이긴 하지만, 그 도시는 이룸슈타드에서 둘째가라면 서러운 농업대국으로 발전하였다. 주변 국가들의 인정을 받았을 뿐만 아니라 그 도시는 왕국의 왕도가 되었다.

다만 나중에 정체가 들통이 났는지 그 왕도 중심지에는 그 지역의 땅을 구한 '구지주(救地主)'로서 호화로운 망토를 두르고는 있지만, 지팡이 대신에 괭이를 높이 쳐들고 있고, 왕관 대신에 머리에 수건을 두르고 있는 해골 네크로맨서 동상이 세워졌다.

-3-

다음에 도착한 도시는 규모가 꽤 큰 도시였다.

한 나라의 왕국과 비교해도 손색없을 정도였다. 이곳은 왕족과 가까운 신분인 우수한 통치자가 다스리고 있다고 한다. 닐은 모험가 길드에서 여행하던 도중에 처치한 마물들을 통째로 팔면서 그 이야기를 주워들었다.

참고로 하렘 멤버들은 들고 온 마물들의 숫자가 워낙 많아서 감정하는 데 시간이 걸릴 듯하여 닐이 돈을 나눠주며 쇼핑을 하라고 내보냈다.

바로 그때 메이드복을 입은 젊은 여성이 모험가 길드 안으로 뛰어들었다. 그녀는 한숨을 돌린 뒤 접수처 아가씨에게 귓속말로 무언가를 전했다.

접수처 아가씨의 낯빛이 순식간에 바뀌더니 황급히 안으로 사라졌다. 이내 척 봐도 거물임을 알 수 있는 남성이 나와 메이드와 함께 안쪽으로 들어갔다.

무슨 일이 벌어졌다는 건 알겠지만, 굳이 나서서 참견하지는 말자며 닐은 방관하기로 했다. 그대로 잡은 마물들을 감정하는 사람과 잡담을 나눴다.

잡담을 나누고 있으니 아까 그 메이드와 거물 남성이 닐 곁으로 다가왔다.

"실례합니다. 최근에 여러 도시에서 위업을 달성한 닐 님입니까?"

거물 남성이 닐에게 물었다.

그와 동시에 자신이 이곳의 길드 마스터라고도 밝혔다.

"내 이름은 분명 닐이 맞소만. 위업을 달성한 기억은 없는데."

그렇게 생각해도 어쩔 수 없다.

닐……, 아니, 어떤 자들은 사신을 쓰러뜨려 세계를 구해야만 위업이라고 인식하니까.

그 이외에 나머지 문제들은 물론 삶과 관련한 큰 문제이긴 하지만 위업이라고 해도 될는지 의문이다.

길드 마스터는 곤혹스럽게 웃었지만, 그 대답을 듣고서 확신을 얻었다.

"현재 모험가 길드에 소속된 자들 중에서 닐이라는 이름이 붙은 모험가는 닐 님밖에 없습니다."

그렇다면 그런 거겠지. 닐은 자신이 맞는다며 고개를 끄덕였다.

그러나 그 이후에는 서서 이야기할 수 없는 내용인 듯했다. 길드 마스터, 메이드와 함께 닐은 길드 마스터실로 향했다.

그곳에서 닐은 아까 전에 그들이 왜 당황했는지 이유를 알았다.

이 도시를 다스리는 영주의 외동딸이 저주에 걸려 빈사 상태라고 한다.

저주를 풀 줄 아는 자도 있긴 하지만, 워낙 저주가 강력한지라 아무도 풀지 못했고, 그 주모자도 알지 못한다고 한다.

길드 마스터와는 오랫동안 알고 지내온 영주가 일말의 희망을 걸고서 무언가 지혜라도 얻을 수 있을까 하여 메이드를 보낸 것이다.

고민하던 길드 마스터는 메이드와 만났을 때 시야 한구석에 있던 인물을 떠올렸다.

신규 등록한 중년 모험가가 각지에서 위업이라고 할 수 있을 만한 성과를 거두고 있다는 정보가 나돌았다. 처음에 길드 마스터는 의혹을 품었지만, 그가 잡아서 가져온 마물들의 숫자가 사실임을 증명하고 있었다.

그래서 닐이 그 소문의 중년 모험가가 맞는다고 그 자리에서 단정할 수 있었던 것이다.

그리고 사정을 다 듣고서 닐이 중얼거렸다.

"저주라……. 상태를 봐야만 뭐라 말할 수 있겠구먼."

촌각을 다투는 일인지라 신속하게 행동했다.

길드 마스터와 메이드의 안내를 받아 닐은 영주의 저택으로 향했다.

때마침 하렘 멤버들과 맞닥뜨려 함께 동행했다.

영주는 사람들이 갑자기 방문하자 놀랐다. 그러나 길드 마스터가 닐이 누군지 말해주자 딸과 만나도록 허락했다.

호화로운 실내에 놓인 침대 위에 낯빛이 나쁜 소녀가 가쁜 숨을 몰아쉬며 누워 있었다.

닐은 살며시 다가가 용태를 확인했다.

"……흐음. 과연. 바로 저주를 풀어도 되겠소?"

"풀 수 있는가!"

영주가 놀라워하자 닐은 문제없다며 고개를 끄덕였다.

"이만한 저주는 어린애 장난이나 마찬가지지."

닐은 그렇게 말하고서 품속에서 수제 해주약을 꺼내 소녀의 입을 벌리게 하여 먹였다. 그와 동시에 해주 마법을 가볍게 읊었다.

그러자 소녀의 입에서 회색 연기가 피어올랐다. 닐은 연기 중 일부분을 움켜쥐어 확인했다.

그 동안에 소녀의 낯빛이 순식간에 좋아지더니 서서히 눈을 떴다.

"아, 아버님."

"……아닛!"

너무 기뻐서 표정을 주체하지 못하는 영주가 소녀를 부둥켜안고서 기쁨의 눈물을 흘렸다.

소녀도 상황을 이해하고서 마찬가지로 눈물을 흘렸다.

닐은 순식간에 문제가 해결되어 얼떨떨해하는 길드 마스터에게 간략하게 적은 쪽지를 건네줬다.

"이건?"

"소녀한테 저주를 거는 데 필요한 소재들을 적어 놨네. 저주의 수준은 어린애 장난이지만, 사용된 소재 중에는 일반적인 방식으로는 구할 수 없는 것도 있더구먼. 그 부분부터 조사해 나가다보면 뭔가 알아낼 수 있을지도 모르지."

닐은 그 말만을 하고서 하렘 멤버들과 함께 나가려고 했다.

길드 마스터가 불러 세웠다.

"잠깐만! 대체 어디로?"

"당연하지 않은가. 이제 슬슬 마물들을 다 감정했을 터이니."

며칠 더 머물 예정이니 또 무슨 일이 생긴다면 연락하라고 말한 뒤에 닐 일행은 이번에야말로 밖으로 나갔다.

길드 마스터는 존경의 의미를 담아 고개를 숙였다. 그 저택에서 일하는 모든 사람들도 마찬가지로 고개를 숙였다.

훗날, 국가 찬탈을 노리던 자들의 존재가 백일하에 드러났다. 그 계획을 미연에 막아낸 셈이다.

그 계기는 닐이 건네줬던 쪽지로 소재의 출처와 그 소재를 모은 자를 찾아낸 것이었다.

그러나 닐은 그런 걸 신경 쓸 겨를이 없었다.

"닐 님. 부디 저도 하렘에 끼워주세요."

"아, 아니, 그러니까 그건 거절한다고 해야 할까…………, 그, 그래, 우린 나이차가 너무 많이 나지 않는가. 분명 그대한테는 앞으로 멋진 만남이…….”

“아뇨, 앞으로 닐 님보다 더 멋진 사람과 만날 리가 없어요!”

목숨을 건진 소녀가 저돌적으로 돌격해오자 닐은 곤혹스러워했다.

그 광경을 영주와 길드 마스터가 뒤에서 남몰래 지켜보고 있는 모습이 목격되었다.

이대로 놔뒀다가는 큰일이 나겠구나 싶어서 닐은 하는 수 없이 자신의 정체를 알려주었다. 그래도 소녀는 포기하지 않았다.

닐 일행이 그 도시를 출발했을 때 일행 속에 소녀가 한 사람 추가되어 있었다.

훗날 이룸슈타드에 널리 전해지는 ‘중년 모험가 닐의 전설’은 계속 이어진다.

## 추가 이야기2 IF · 그녀가 함께 있었을 경우②

위치 가든에 도착해 숙소로 '순백의 마녀정'을 잡으려고 한 우리를 맞이한 것은 기이한 옷을 입은 청자색 머리 남성과 질 떨어지는 무장집단이었다.

청자색 머리 남성이 우리를 조롱하듯 말을 던졌다.

"후하핫! 아니, 아니, 방금 '순백의 마녀정'을 이용하겠다는 말을 들었는데 제정신인가? 뭐, 그 마음은 이해가 돼. 위치 가든의 최고의 여관이니까. 하지만 너희들처럼 촌놈들이 감히 이용할 만한 곳이 아냐. 여관의 품위가 떨어지니 포기해줬으면 좋겠네."

"웃기는 소리 하지 말아욧!"

나는 그대로 흘려듣고서 적당히 대꾸해주려고 했는데 느닷없이 루라가 호통을 쳤다.

한껏 분노한 루라가 내 앞으로 성큼성큼 나오더니 청자색 머리 남성에게 척! 하고 손가락질을 했다.

"잘 들어요! 설령 최고의 여관이라 평가를 받고 있다고 해도 문은 그 누구에게든 활짝 열어놓아야만 해요! 이용해주시는 분이 있기에 여관을 운영할 수가 있는 거니까! 최고의 여관이라는 평가를 받기 위해서 그에 상응하는 노력을 해왔을 텐데, 관계도 없는 사람이 간섭하다니 '여관도'를 추구하는 사람으로서 용서 못해요! 게다가 우리보다는 당신들의 품위부터 의심해보는 게 어떤가요? 당신들이 벌인 짓이야말로 여관의 품위를 실추시키잖아요!"

루라가 분노의 아우라를 뿜어내며 그렇게 단언했다.

맞아, 맞아! 더 퍼부어줘라!

우리 모두가 맞는 소리라며 마음속으로 응원했다.

청자색 머리 남성과 무장집단은 갑작스러운 나머지 당황했다.

"자, 와즈 오빠! 저 사람들한테 여관이란 무엇인지 '여관도'의 진수를 알려주세요!"

"예, 옙!"

…………아니, 아니, 아니, 잠깐만.

기세에 휩쓸려서 무심코 대답하긴 했는데 '여관도'의 진수가 뭐야?

뭘 어떻게 알려주면 되는지 고민했다.

아마도 루라가 만족할 만한 말을 하지 않는다면…………, 후환이 두렵다.

진지하게 고민하는 동안에 하늘을 날고 있는 마녀들이 있다는 걸 발견했다.

청자색 머리 남성과 무장집단도 알아차렸다. 그들은 훗, 하고 웃은 뒤 무슨 영문인지 그냥 가버렸다.

"흥!"

루라가 팔짱을 끼고서 그들의 뒷모습을 지켜봤다. 그런데 어딘지 관록이 느껴졌다.

……어쩐지 뒤에서 보니 루라가 격퇴한 것처럼 보이네.

그렇게 생각하고 있으니 이번에는 두 여성이 이쪽으로 달려와 우리 앞에 멈추고는 고개를 숙였다.

""진심으로 죄송합니다!""

"와즈 오빠!"

두 여성이 고개를 숙인 채 굳어 있는데……, 방치해도 되나요?

루라가 방긋 웃으며 나를 쳐다봤다.

……어쩐지 무섭다.

"하나 묻고 싶은 게 있습니다."

"뭐, 뭘까?"

"어째서 '여관도'의 진수를 바로 알려주지 않은 걸까요?"

"아~……, 아니……, 그건, 말이지……, 저기~……."

"그렇구나. 그럼 장차 여관을 경영하기 위해서 오늘도 공부해야겠네."

"앗, 예."

나는 수긍할 수밖에 없었다.

## 저자 후기

안녕하세요. 와즈입니다. 특이하게도 이번에는 혼자입니다.

늘 제 옆으로 슬금슬금 다가오던 집사, 플로이드도 없습니다.

제게 메모만 남겨두고서 어디론가 가버렸습니다.

그래서 일단 메모를 확인해봤더니 그 안에 예전에 플로이드가 사용했던, 먼 곳을 볼 수 있는 장치의 설치방법과 기동방법이 적혀 있었습니다.

적혀 있는 대로 설치하여 기동했더니 어떤 한 방이 보입니다.

방 가운데에 원탁이 놓여 있는데 작가, 플로이드, 이룸, 여신님들이 둘러앉아 있습니다. 벽에는 현수막이 걸려 있는데 '제25회 소재 확보 토론 회의'라고 적혀 있습니다.

"예. 그러니 뭔가 소재 좀 주세요."

아무래도 작가가 이야기를 진행하고 있는 듯합니다.

"알겠습니다. 그럼 이제 슬슬 괜찮지 않을까요? 와즈 씨와 저의 문란한 밀월이……."

"……또 그 소립니까? 안 합니다. 진짜 안 할 거예요."

빛의 여신님이 제안하자 작가가 일축했습니다.

"그럼 와즈 님이 제 풍만한 육체를 이용하여 직접 보여주는 SM

실천 강좌는.”

“응. 안 해요. 아니, 생각하는 게 빛의 여신과 똑같잖아요?”

작가의 말을 듣고서 무슨 영문인지 대지모신님이 주눅이 들었습니다.

“그럼 와즈와 나의 즐거운 신혼 생활을.”

“그건 괜찮…………, 잠깐만. 싸움의 여신이 그렇게 말하고도 부끄러워하지…… 않는다는 건 싸움을 말하는 거죠? 알콩달콩 신혼 생활이 아니라 싸움을 말하는 거죠?”

정곡이라도 찔렸는지 싸움의 여신님이 시선을 쓱 돌렸습니다.

“와즈와 나의 사랑의 도피행을.”

“누구한테서 도망치는 건데요? 아니, 그런 짓을 벌이면 무사히 끝날 것 같아요?”

바다의 여신님이 잠시 골똘히 생각하다가…… 무언가를 깨달았는지 죽지 마! 하고 외쳤습니다.

“……게임 평론 회의.”

“음. 여러모로 허가를 받아야하니 무리.”

하늘의 여신님이 아쉬운지 고개를 푹 숙였습니다.

“그 교회에는 어떤 비밀이 있었습니다. 창조신이자 일개 수녀인 이룸은 신부인 와즈 님한테서 매일 밤마다 채찍으로 맞았습니다. ‘앙……, 응…… 하아……, 어, 어째서 이런 짓을?’ 그렇게 물으면서도 이룸은 알고 있었습니다. 이것이 와즈 님이 사랑을 전하는 방식임을. 그리고 몸에 새겨지는 채찍 상흔은 두 사람의 사랑의 증거라는 것을. 그렇기에 이룸은 기뻐하며 웃었습니다. 그리고 와즈 님의 눈에는 욕망이 담겨 있습니다. 맞아요, 이룸을 진심으로 실수하는 독점욕이라는 이름의 욕망."

"잠깐, 잠깐, 잠깐, 잠깐, 스톱! 스토~옵! 아니, 이제 소설 소재라는 틀에서 완전히 벗어났잖아요! 느닷없이 본문이 시작되질 않나. 기본 설정은 어디에다가 버렸어요?"

아뇨, 모든 것이 진실인데요. 이룸이 새침한 표정으로 뭐가 잘못되었나요? 하고 말하듯이 고개를 갸웃거렸다.

전부 틀렸다고 생각합니다.

"전 딱히 드릴 말씀이 없습니다. 전 작가님이 애쓰고 있다는 걸 알고 있습니다. 좋습니다. 이대로, 이대로, 원하는 대로 나아가세요."

"프, 프프프……, 플료이드, 씨?"

플로이드가 말하자 작가가 울먹이고 있는데……, 어쩐지 수상합니다.

"저 역시 지금은 와즈 님과 떨어져 있어서 출연 횟수가 조금 줄어들긴 했지만, 굴하지 않고 노력하려고 합니다."

"알겠어! 플로이드 씨의 출연을 늘리겠어! 와즈와 함께 행동할 수 있도록."

이대로 놔둬서는 안 되겠다고 판단한 저는 기척 감지로 위치를 특정한 뒤 단숨에 그곳으로 향했습니다.

안녕하세요. 나하토입니다.

자, 플로이드의 출연 횟수를 어떻게 늘릴지 고민…………, 예?

유도당했다고요?

핫핫핫. 아니, 아니, 그럴 리가……, 설마…………?

그리고 보니 분명……, 이따가 와즈 군과 상담을 해봐야겠다.

그래서 9권에서는 '소설가가 되자' 판에는 없는 새로운 이벤트 '마녀의 나라'를 추가했습니다.

이번 권에서 마무리되는 것이 아니라 조금 더 이어지니 기대해 주셨으면 좋겠습니다.

미야 카즈토모 님.

이제 어떻게 표현해야 좋을지 모르겠습니다.

루라와 테레호가 굳게 나누는 악수, 최고였습니다!

IF 이야기가 이어질 수 있었던 건 전부 그 일러스트 덕분이라도 해도 과언이 아닙니다!

다른 일러스트도 기대하고 있겠습니다.

그리고 새로이 만화판을 담당해주신 나리이에 신이치로 님.

우선 만화판을 맡아주신 것에 대한 감사 인사부터.

고맙습니다.

'그자 후에…….'가 어떻게 만화로 그려질지 기대하고 있습니다.

마음껏 비트셔도 상관없으니까요.

그럼 어스 스타 노벨의 직원 분들, 담당편집자 F씨, 이 작품에 관여한 관계자 여러분.

그리고 '코믹 어스☆스타'에서 이 작품을 담당한 모든 분들과 이 작품을 구입해주신 독자 여러분께 감사드립니다.

정말로 고맙습니다.

그럼 다시 뵐 수 있게 되길 바라면서 앞으로도 잘 부탁드리겠습니다.

9권 발행!
습니다!
이 9권이고 다음이 벌써 10권입니다.
씨의 신혼여행. 다음 권도 기대가 되네요!
카즈토모

# 그자 후에. 9

2024년 8월 15일 1판 1쇄 발행

**저 자** 나하토
**일 러 스 트** 미야 카즈토모
**옮 긴 이** 박춘상
**발 행 인** 유재옥
**담 당 편 집** 정영길

**부 사 장** 이왕호
**이 사** 조병권
**출판본부장** 박광운
**편 집 1 팀** 박광운
**편 집 2 팀** 정영길 조찬희 박치우 정지원
**편 집 3 팀** 오준영 이소의 권진영
**디자인랩팀** 김보라
**디지털사업팀** 박상섭 김지연 윤희진
**라이츠사업팀** 김정미 맹미영 이윤서
**영업마케팅팀** 최원석 박수진 이다은
**물 류 팀** 허석용 백철기
**경영지원팀** 최정연
**인쇄제작처** ㈜코리아피엔피
**발 행 처** ㈜소미미디어
**등 록** 제2015-000008호
**주 소** 서울시 마포구 토정로222, 502호 (신수동, 한국출판콘텐츠센터)
**판매 및 마케팅** (070) 8822-2301

ISBN 979-11-384-2917-7 (04830)
ISBN 979-11-384-1759-4 (세트)